LA VOIX SUR LA MONTAGNE

DU MÊME AUTEUR

La Voix sur la montagne. Roman.
  Beauport : Alire, Romans 035, 2000.

La Mort dans l'âme. Roman.
  Beauport : Alire, Romans 053, 2002.

Le Salaire de la honte. Roman.
  Lévis : Alire, Romans 071, 2003.

Le Prix du mensonge. Roman.
  Lévis : Alire, Romans 084, 2005.

LA VOIX
SUR LA MONTAGNE

MAXIME HOUDE

ALIRE

Illustration de couverture
Bernard Duchesne

Photographie
Maxime Houde

Diffusion et distribution pour le Canada
Québec Livres
2185, autoroute des Laurentides, Laval (Québec) H7S 1Z6
Tél.: 450-687-1210   Fax: 450-687-1331

Diffusion et distribution pour la France
DNM (Distribution du Nouveau Monde)
30, rue Gay Lussac, 75005 Paris
Tél.: 01.43.54.49.02   Fax: 01.43.54.39.15
Courriel: libraires@librairieduquebec.fr

Pour toute information supplémentaire
Les Éditions Alire inc.
C. P. 67, Succ. B, Québec (Qc) Canada G1K 7A1
Tél.: 418-835-4441   Fax: 418-838-4443
Courriel: info@alire.com
Internet: www.alire.com

Les Éditions Alire inc. bénéficient des programmes d'aide à l'édition
de la Société de développement des entreprises culturelles du Québec
(SODEC), du Conseil des Arts du Canada (CAC) et reconnaissent l'aide
financière du gouvernement du Canada par l'entremise du
Programme d'aide au développement de l'industrie de l'édition
(PADIÉ) pour leurs activités d'édition.
Les Éditions Alire inc. ont aussi droit au Programme de crédit d'impôt
pour l'édition de livres du gouvernement du Québec.

1er dépôt légal: 3e trimestre 2000
Bibliothèque nationale du Québec
Bibliothèque nationale du Canada

© **2000** Éditions Alire inc. & Maxime Houde

10   9   8   7   6   5e mille

PROLOGUE

La salle d'audience était plongée dans un demi-jour. Quelqu'un avait tiré les rideaux devant les fenêtres, bloquant les rayons du soleil, et le plafonnier n'éclairait pas très fort. La foule se composait de deux ou trois vieillards qui roupillaient dans la rangée du fond, comme dans toutes les salles d'audience, de quelques curieux et de l'entourage de l'accusée, Fleurette Corriveau. Dans son cas, il ne comprenait que quelques amis ; la famille n'était pas là. Elle n'était pas là depuis un bon moment.

« C'est à vous, monsieur Jennings », dit le juge.

Monsieur Jennings, l'avocat de la Couronne, se leva. Il avait un long visage sinistre et ressemblait plus à un croque-mort qu'à un avocat.

« Je n'ai pas de questions, monsieur le juge.

— Très bien. »

Le juge se pencha sur moi du haut de sa tribune.

« Ce sera tout, monsieur Coveleski. L'audience est suspendue pour quinze minutes », ajouta-t-il à l'intention de l'assistance.

Clac, le petit marteau s'abattit.

Je remis mon feutre, quittai la barre des témoins et me mêlai aux spectateurs qui marchaient à la file vers la porte. Je pouvais sentir le regard tendu de madame Corriveau sur ma nuque. Je sortis dans le couloir et retraçai mes pas jusqu'au parvis du Palais de justice. L'éclat du soleil me fit cligner les yeux. C'était une belle journée. En plus du soleil, une petite brise soufflait et les nuages se faisaient rares dans le ciel bleu.

«Hé! Stan», lança une voix derrière moi.

Un feutre brun, des yeux bruns, un long nez au bout bulbeux, une bouche mince et rougeâtre qui ressemblait à une coupure. C'était Claude Poitras, le journaliste qui suivait les affaires judiciaires pour le compte du *Montréal-Matin*. Je le connaissais du temps où j'étais détective à la Sûreté municipale.

«Salut, Claude.

— Salut. Tu as fait bonne impression à la barre, tout à l'heure, dit-il en me serrant la pince.

— Tu étais dans la salle? Je ne t'ai pas vu.

— J'étais assis au fond.

— J'ai dit que j'étais à Québec pour une affaire et que j'avais vu madame Corriveau, le jour où son ancien souteneur s'est fait poignarder. C'est tout.

— Quand même, elle va sans doute être acquittée grâce à toi.

— Peut-être. Tu sais bien qu'il n'y a rien de plus imprévisible qu'un jury.

— Oui, tu as raison.»

Il sourit. Les habitués du Palais de justice passaient à côté de nous, comme si on n'existait pas. Après quelques secondes d'inexistence, j'ajoutai:

«Si elle est acquittée, la police ne digérera pas trop bien son acquittement.

— C'est vrai, elle a trempé dans plusieurs affaires louches.

— Son casier judiciaire déborde. Ils la tiennent à l'œil, maintenant, et au premier faux pas…

— Ils vont l'arrêter, dit Claude.

— Exactement.

— Donc il vaudrait mieux qu'elle se tienne tranquille.

— Oui, ça vaudrait mieux.»

Claude consulta sa montre.

«Je dois y aller.

— Moi aussi. À la prochaine, Claude.

— Salut.»

On partit chacun de notre côté.

CHAPITRE 1

Deux jours plus tard, la routine s'était réinstallée. Je ne me présente pas tous les jours en cour. Je me pointai au bureau à neuf heures, comme d'habitude. Mon bureau était situé rue Sainte-Catherine, dans un immeuble en brique grise qui ressemblait à n'importe quel immeuble en brique grise du centre-ville. Les loyers étaient peu dispendieux et on y trouvait de tout. On pouvait se faire arracher une dent, souscrire une assurance-vie et faire évaluer sa collection de monnaies anciennes, tout ça au cours de la même visite.

J'entrai dans le hall. Comme tous les matins, Émile était assis dans son kiosque à journaux et étudiait les pages sportives.

«Qu'ont fait les Royaux, hier?»

Il leva les yeux et, me reconnaissant, descendit de son tabouret.

«Ils ont encore perdu, dit-il sur un ton bourru.

— Ils ne peuvent pas toutes les gagner.

— Non, mais une de temps en temps, ce serait bien.

— Un paquet de Grads.»

Il se pencha par-dessus sa bedaine et disparut derrière le comptoir. Je sortis les 36 sous requis, que je lui échangeai contre les cigarettes.

«Ne t'inquiète pas. Ils vont bientôt aligner les victoires.

— Avec ces lanceurs-là ?

— Les lanceurs sont capables de faire le travail.

— On a vu ça hier soir, grogna Émile. Je pensais que Jack Banta était leur meilleur lanceur.

— Il a pris une soirée de congé, c'est tout. Passe une bonne journée – quand même.

— Oui, vous aussi, m'sieur Coveleski. »

Je me rendis à l'ascenseur à l'autre bout du hall. Je dus jouer des coudes pour y entrer, il était bondé de monde. Quatre étages plus tard, je traversai le couloir jusqu'à mon bureau. Aucun client n'était assis dans la petite salle d'attente. La pièce était déserte, sauf pour Emma, assise à son bureau. Elle se limait les ongles, la tête inclinée sur le côté, et elle était si absorbée par son travail qu'elle ne m'avait pas entendu entrer.

«Tu pourrais au moins faire semblant de travailler. Ça donnerait une meilleure impression aux clients. »

Elle arrêta de limer et jeta des regards rapides autour d'elle.

«Des clients ? Où ça ?

— Très drôle. »

Elle sourit. Elle avait des yeux malicieux bruns et les cheveux auburn. Ils étaient coiffés vers l'arrière et flottaient sur ses épaules en encadrant son visage ovale au teint pâle. Elle portait toujours des robes ou des pantalons et des chandails ajustés qui soulignaient sa silhouette svelte et gracieuse.

Emma venait de la campagne. Elle avait quitté la terre familiale au début de la vingtaine. Marier un fermier et faire des enfants ne lui disaient rien, alors elle était venue en ville pour vivre sa vie comme elle le voulait, malgré ce qu'en pensaient ses parents. Elle avait vu mon annonce dans le journal (j'en faisais passer une à l'époque pour attirer les clients) et elle était venue m'offrir ses services comme secrétaire. Je n'en avais pas besoin, mais elle m'avait convaincu de l'engager. Elle travaillait pour moi depuis un an, maintenant. Je ne regrettais pas ma décision. C'était une fille perspicace, débrouillarde, pleine de surprise – elle m'avait déjà tiré d'embarras en sortant un de mes revolvers de son trench.

J'entrai dans mon bureau. Emma s'assit sur le canapé, près de la fenêtre. La fenêtre était ouverte et les bruits de la circulation dans Sainte-Catherine flottaient dans la pièce. J'accrochai mon feutre et mon veston à la patère et allai dans le coin où se trouvait le lavabo. J'ouvris le robinet de l'eau froide, desserrai mon nœud de cravate.

« Qu'est-ce que vous avez fait, hier soir ? s'informa Emma.

— Rien de constructif.

— C'est-à-dire ?

— J'ai joué un peu aux cartes, j'ai écouté la radio, dis-je. Je me suis couché de bonne heure.

— C'est très sage.

— Hm-hm, un vrai saint. »

Je m'aspergeai le visage pour chasser les brumes du sommeil et me séchai avec une serviette. Puis j'allai prendre le paquet de Grads dans ma poche de veston.

« Et toi ? Tu avais un rendez-vous hier soir, non ?

— Oui, avec Martin… »

Elle ne semblait pas enchantée de sa soirée.

« Comment ça s'est passé ? »

Je lui tendis le paquet. Elle prit une cigarette, l'alluma à mon briquet. Je m'appuyai contre mon bureau et m'en allumai une à mon tour, tandis qu'elle me racontait sa soirée.

« Il m'a amenée souper en ville, au neuvième étage chez Eaton. Il avait emprunté la voiture de son père. Puis on est allés passer la soirée au parc Belmont.

— C'est bien. Martin m'a l'air d'être un garçon charmant.

— Ouais, ben…

— Quoi ?

— Il a essayé de me tripoter dans la grande roue.

— Qu'est-ce que tu as fait ?

— Qu'est-ce que vous croyez que j'ai fait ? dit Emma comme si c'était l'évidence même. Je l'ai poussé en bas.

— Bah ! Au moins tu as eu un souper gratuit.

— Non, j'ai payé mon repas… »

Elle tira sur sa cigarette, rejeta la fumée par ses narines en esquissant un petit sourire. Dehors, le ding-ding de la cloche d'un tramway retentit.

« … malgré mon salaire de crève-faim.

— Les affaires tournent au ralenti depuis quelque temps. Mais elles devraient redécoller bientôt.

— Aujourd'hui même, peut-être.

— Qu'est-ce que tu veux dire ?

— Une femme a appelé, ce matin. Elle avait l'air essoufflée.

— Essoufflée ?

— Hm-hm. Elle a dit qu'elle se cherchait un détective privé.

— Pour quoi faire ?

— Elle ne me l'a pas dit. J'ai noté son nom et son adresse. Elle habite à Outremont. »

Voilà qui était intéressant. J'écrasai ma cigarette.

« Vous y allez tout de suite ? reprit Emma.

— Ça vaudrait mieux, avant qu'elle engage un autre détective. »

Emma se leva et se dirigea vers la salle d'attente.

« Je vais vous chercher l'adresse. »

CHAPITRE 2

La maison se dressait parmi les arbres dans l'avenue Maplewood. Construite en pierre grise, elle semblait aussi massive et aussi solide qu'une forteresse. Les pignons qui pointaient vers le ciel et la tourelle qui ornait la façade accentuaient cette impression. Les grandes fenêtres en arche étaient toutes divisées en petits carreaux. Les arbustes qui s'alignaient devant la maison paraissaient avoir été taillés cinq minutes plus tôt. Le garage adjacent à la maison était aussi grand que mon logement.

Une DeSoto qui avait connu de meilleurs jours et une Olds de l'année étaient stationnées devant la maison. Je me garai derrière la Olds, traversai le parterre jusqu'à l'escalier qui menait au porche et enfonçai la sonnette. Les carillons à l'intérieur firent un bruit si doux que je les entendis à peine. J'attendis. Au loin, les bruits de la ville retentissaient faiblement. J'avais l'impression d'être dans un autre monde.

Puis la porte s'ouvrit. Je m'attendais à me trouver devant un vieux domestique à l'air sec et revêche. Je me trouvai plutôt devant une femme aux cheveux blond cendré relevés en chignon. Elle avait dans la quarantaine, comme moi, mais ne les paraissait pas trop. Sa seule concession était de fines rides aux coins de ses yeux bleus. Elle ne portait pas de maquillage, excepté un trait de rouge à lèvres qui soulignait sa bouche rectiligne. Elle paraissait bien malgré ça. Son visage était délicatement ciselé.

«Oui? dit-elle d'une voix basse mais claire.

— Bonjour. Je m'appelle Stan Coveleski. J'aimerais parler à madame Dufresne.

— Laquelle?

— Celle qui m'a appelé.

— Je suis madame Dufresne, mais je ne vous ai pas appelé, dit la femme. C'est sûrement ma belle-mère. Mais je ne pense pas qu'elle puisse vous recevoir, elle est alitée.

— Qu'est-ce qui ne va pas? demandai-je.

— Elle a eu un malaise. Le docteur est en train de l'examiner. Pourquoi voulez-vous la voir?

— Je ne sais pas. Elle a appelé à mon bureau…

— Votre bureau?

— Je suis détective privé.»

Je lui tendis ma carte. Elle examina rapidement le recto et regarda au verso. Il n'y avait rien au verso. Elle examina de nouveau le recto, plus lentement cette fois. Son physique et son allure chic me rappelaient Kathryn, mon épouse dont j'étais séparé. Puis elle hocha la tête et me redonna la carte.

«Je crois savoir de quoi il s'agit, monsieur Coveleski. Entrez. Je vais aller la voir pour être certaine.

— C'est très aimable à vous.»

J'entrai, ôtai mon feutre. Un escalier détaché du mur dominait le hall. Il s'élevait en courbe vers un balcon orné d'une balustrade en fer forgé. Des chaises avec des coussins en peluche rouge étaient placées dans les nombreux recoins. Elles ne semblaient pas très confortables. Un énorme lustre pendait du plafond.

Madame Dufresne ferma la porte et me conduisit à une pièce située à l'arrière de la maison.

«Assoyez-vous, dit-elle. Je reviens tout de suite.»

Et elle s'en alla, le clac-clac de ses pas diminuant rapidement dans le couloir qu'on venait d'emprunter. Je jetai un œil aux alentours. C'était une jolie pièce avec deux canapés et des fauteuils massifs placés devant un foyer. Des sphinx soutenaient les accoudoirs et les pieds se terminaient par des griffes de lion en bronze. Il y avait assez de tables et de lampes, mais pas trop. Les rayons du soleil entraient dans la pièce par deux grandes portes drapées de rideaux en velours. Les portes étaient ouvertes et donnaient sur la cour.

Je déposai mon feutre sur l'accoudoir d'un canapé et sortis. Il y avait une table et quatre chaises en fer forgé sur la terrasse. Une balancelle était tournée vers la cour. Je m'appuyai contre la rampe et admirai ce qui s'étendait à mes pieds. Des bustes montés sur des socles en pierre flanquaient un sentier de gravier qui conduisait à un étang recouvert de nénuphars. Un banc avec un griffon accroupi à chaque bout était placé devant l'étang. Et il y avait des fleurs partout. C'en était étourdissant.

«Bonjour», dit une voix derrière moi.

Je me retournai. Une femme était blottie dans la balancelle, ses jambes repliées sous elle. Je ne l'avais pas remarquée. Des lunettes noires cachaient ses yeux. Sa petite bouche rouge contrastait avec son teint laiteux. Ses cheveux blond platine ondulaient sur sa nuque en scintillant sous les rayons du soleil.

Puis elle ôta ses lunettes et je m'aperçus qu'elle devait être la fille de celle qui m'avait ouvert. Ce n'était qu'une enfant – dix-huit ans tout au plus –, mais son corps avait les rondeurs d'une femme et les lunettes la vieillissaient de quelques années aussi. On voyait

dans ses traits qu'elle serait d'une grande beauté en
pleine maturité, comme l'avait sans doute été sa mère.

« Bonjour, dis-je.

— Vous êtes qui, vous ?

— Je m'appelle Stan Coveleski. Vous ?

— Sylvia, dit la fille. Vous êtes docteur, vous aussi ?

— Non.

— Je croyais que vous étiez ici pour examiner ma
grand-mère. Elle ne se sent pas bien, vous savez.

— C'est ce qu'on m'a dit.

— Aimeriez-vous vous asseoir, monsieur Coveleski ?

— Ce n'est pas de refus. »

Je m'assis à côté d'elle sur la balancelle. Aucun de
nous deux ne dit mot pendant un instant, puis je lui
demandai :

« Qu'est-ce qui est arrivé à votre grand-mère ?

— Elle a été dévalisée.

— Dévalisée ?

— Oui. Ça l'a mise dans tous ses états.

— Qu'est-ce qu'on lui a volé ? »

Sylvia me dévisagea une seconde en fronçant les
sourcils. Ses yeux étaient d'un bleu plus clair que ceux
de sa mère.

« Pourquoi vous me posez toutes ces questions-là ?

— Parce que c'est mon métier.

— Vous êtes policier ?

— Non. Détective privé.

— Ah bon. Ma mère m'a seulement dit que grand-
mère avait été dévalisée. Elle ne m'a pas dit ce qu'on
lui avait volé. »

Je me penchai en avant, appuyai mes coudes sur
mes genoux. Les oiseaux chantaient dans la verdure
autour de nous. Je devrais m'adresser à madame
Dufresne pour en savoir plus. Où était-elle passée ?
Elle en mettait du temps pour revenir.

« Détective privé, dit Sylvia en rompant le silence entre nous, ça doit être un métier excitant !

— Qui vous a dit ça ?

— Oh, je l'ai entendu quelque part…

— Ça dépend.

— Qu'est-ce que vous voulez dire ?

— On ne passe pas nos journées assis sur des balancelles à parler à de jolies jeunes filles. »

Je lui jetai un œil. Elle n'était pas gênée par ce que je venais de dire, comme l'aurait été n'importe quelle fille bien élevée de son âge. Elle avait remis ses lunettes noires et me regardait en souriant. Ses dents d'en haut s'avançaient un peu entre ses lèvres, comme si elle avait trop sucé son pouce dans son enfance, et elles apparaissaient dans toute leur blancheur.

« Qu'est-ce que vous faites ?

— Pas mal tout ce qu'on me demande, quand c'est légal.

— Comme quoi ? Donnez-moi un exemple, insista-t-elle.

— J'essaie de retrouver des enfants qui ont fugué. Ou des gens qui ont quitté leur hôtel sans payer et qui ont laissé leur chambre tout à l'envers. Ce n'est pas bien excitant.

— Ça ne doit pas être si pire, quand même. J'ai aussi entendu dire que les détectives privés portaient une arme. En portez-vous une, monsieur Coveleski ?

— Pas en ce moment, non. »

Elle semblait un peu déçue.

« Vous avez entendu autre chose ? la relançai-je.

— Oui, dit-elle avec empressement.

— Quoi ?

— Que les détectives privés étaient souvent des ex-policiers. Êtes-vous un ex-policier, monsieur Coveleski ?

— Maintenant, Sylvia, c'est vous qui posez trop de questions.

— Excusez-moi, dit-elle. Je suis trop curieuse.

— Ça ne fait rien. Oui, je suis un ex-policier, si vous tenez absolument à le savoir.

— Pourquoi vous ne l'êtes plus ? »

Là-dessus, madame Dufresne se matérialisa comme un spectre à côté de la balancelle. Je me levai.

« Je vois que vous avez fait la connaissance de ma fille », me dit-elle avec un sourire un peu forcé.

Elle lança un regard glacé à Sylvia, qui fixait le vide devant elle comme si sa mère n'existait pas. Je sentis qu'il y avait un froid entre les femmes Dufresne.

« Oui, on parlait. Comment va votre belle-mère ?

— Le docteur l'examine toujours. Mais je crois qu'elle va mieux.

— Bonne nouvelle.

— Oui. Si vous voulez bien me suivre, monsieur Coveleski ? Il faut que je vous parle. »

Elle retourna à l'intérieur.

« Content de vous avoir rencontrée », dis-je à Sylvia.

Elle leva la tête et me sourit.

« *Bye*, monsieur Coveleski. »

Je rejoignis sa mère.

◆

Comparée à l'extérieur où la chaleur régnait, la pièce était fraîche. Madame Dufresne se tenait au centre, une main sur une hanche, l'autre désignant un des canapés. On aurait dit qu'elle posait pour un photographe. Si ç'avait été le cas, ç'aurait été un portrait tout en grâce et en élégance.

« Veuillez vous asseoir, monsieur Coveleski. »

Je le fis sur un des canapés. Elle retourna un fauteuil devant le foyer pour qu'il soit face à moi et s'assit à son tour, les mains posées sur les genoux.

« Ma belle-mère souhaite vous engager, annonça-t-elle. Combien chargez-vous par jour ?

— Dites-moi d'abord pourquoi elle veut m'engager, madame Dufresne. On discutera de mon salaire ensuite.

— Très bien. »

Elle sourit d'un air embarrassé, baissa les yeux.

« Excusez-moi, je n'ai jamais traité avec un détective privé avant. Je ne connais pas le... le *protocole*. »

Je m'en rendais bien compte.

« Ça va, je vais y aller mollo. Votre fille m'a dit qu'on avait dévalisé votre belle-mère ?

— C'est exact. On lui a volé un collier.

— Rien d'autre ?

— Non, seulement le collier.

— Quand s'en est-elle aperçue ?

— Ce matin. Elle le gardait dans un étui qu'elle rangeait dans un coffre-fort.

— Elle l'avait reçu en héritage ? »

Madame Dufresne haussa les épaules.

« Peut-être. Je ne sais pas. Pour autant que je sache, elle a toujours eu ce collier.

— À quoi ressemblait-il ?

— En fait, ce n'est pas vraiment un collier. C'est plutôt un petit cœur attaché à une chaînette. Ils sont tous les deux en or. Le cœur est orné tout autour de diamants. C'est ma belle-mère qui me l'a dit ce matin. Je ne m'en souvenais pas, elle ne le portait pas souvent – juste pour des occasions spéciales.

— On dirait qu'il vaut beaucoup de sous.

— Oui. Au moins vingt mille dollars, je dirais. »

Le silence tomba sur la pièce. Madame Dufresne croisa ses jambes et tira sa robe sur ses genoux.

« Cette maison est pas mal grande, dis-je. Votre belle-mère ne doit pas vivre toute seule ici.

— À vrai dire, elle n'est pas ma belle-mère, monsieur Coveleski.

— Ah non ?

— Non, dit madame Dufresne. Je dis encore belle-mère, même si en fait on n'a plus de lien de parenté.

— Je ne suis pas certain de vous comprendre.

— J'ai déjà été mariée à un de ses fils, Joseph qu'il s'appelait, et je porte toujours son nom. Mon nom à moi est Laporte. Voyez-vous, je suis demeurée proche d'elle malgré son départ. Je l'accompagne quand elle va magasiner, je suis sa partenaire de bridge. Elle m'a montré comment jouer. »

Voilà qui était un peu particulier comme situation.

« Vous habitez ici avec elle ?

— Non, non. Je lui rendais visite ce matin quand j'ai appris que le collier avait disparu.

— Je vois. Et comment est-ce que je devrais vous appeler ? Madame Dufresne est déjà pris.

— Jeanne fera très bien l'affaire, dit-elle avec un sourire.

— D'accord. Madame Dufresne a des domestiques ?

— Oui, elle en a trois. Je leur ai donné congé jusqu'à ce soir. Je vais veiller sur elle moi-même. »

L'un d'eux était peut-être le voleur.

« Je ne crois pas que l'un d'eux puisse être le voleur, dit Jeanne, lisant dans mes pensées. Maria, la gouvernante, et Bertaud, le cuisinier, sont à son service depuis des années. Ils ne lui feraient jamais une chose pareille.

— Et le troisième domestique ?

— Alfred, le chauffeur. Il travaille pour ma belle-mère depuis une semaine. J'ai vérifié ses références moi-même. Il est au-dessus de tout soupçon, vous pouvez me croire.

— Je vous crois, dis-je. Et le chauffeur avant lui ?

— Ma belle-mère l'a renvoyé au bout d'un mois.

— Pourquoi ? »

Jeanne décroisa et recroisa les jambes et passa un bras derrière le dossier de son fauteuil. Je sentais qu'elle devenait plus à l'aise.

« C'était une petite tête en l'air. Un soir, il a foncé dans un arbre avec la voiture de ma belle-mère. Par je ne sais trop quel miracle, il s'en est tiré indemne.

— C'est pour ça qu'elle l'a mis à la porte ?

— Il aimait un peu trop la bouteille et il était soûl comme un âne lors de l'accident. Voilà pourquoi elle l'a mis à la porte. J'ai approuvé sa décision. Et puis je n'aimais pas sa façon de regarder Sylvia quand on s'arrêtait ici. »

Je ne tins pas compte de sa dernière remarque. Aucune mère n'aime la façon dont un homme zieute sa fille.

« Comment est-ce qu'il a pris la nouvelle ? demandai-je.

— Plutôt bien, je dirais. J'étais là quand ma belle-mère lui a annoncé qu'elle le congédiait. Ça m'a surprise un peu. Je m'attendais à ce qu'il pique une crise.

— Il était du genre à piquer des crises ?

— C'est ce que je croyais, compte tenu de son passé. Dan Cloutier, c'est son nom, avait déjà été arrêté pour des délits mineurs – vol de voitures, entrée par effraction, comportement dangereux. Chaque fois, il s'en était tiré avec quelques jours de prison. Et il avait des dettes, de jeu surtout. Tout ça à vingt-six ans.

— Pourquoi madame Dufresne l'avait-elle embauché ?

— Je n'en sais rien, monsieur Coveleski. Mais ce n'était pas une bonne décision, on dirait.

— On ne dirait pas, non. Vous croyez que c'est Cloutier qui a volé le collier ? »

Jeanne hocha sa jolie tête blond cendré. Ça ne me surprenait pas vraiment. Elle ne semblait pas porter dans son cœur l'ex-chauffeur de madame Dufresne.

« Vous avez dit que le collier était rangé dans un coffre-fort ?

— C'est exact.

— J'aimerais le voir, si c'est possible.

— Bien sûr. Suivez-moi, c'est au premier. »

On se leva, je ramassai mon feutre. Puis elle me guida jusqu'au hall et on commença à gravir l'escalier.

« C'est vous le détective qui a collaboré avec la police dans l'affaire Corriveau, n'est-ce pas ?

— C'est moi.

— Il me semblait bien. J'ai vu votre nom dans le journal et comme il n'y a pas beaucoup de Coveleski en ville…

— C'est vrai, il n'y en a pas beaucoup.

— Vous collaborez souvent avec la police ?

— Ça m'arrive. »

Au sommet de l'escalier, il y avait un couloir flanqué de portes. Jeanne en déverrouilla une et me fit signe d'entrer, ce que je fis. Je me trouvai dans un petit bureau décoré avec le même goût pour le luxe et le confort que le salon. Une bibliothèque couvrait tout un mur. Le soleil passait par une grande fenêtre et éclaboussait de lumière les murs et la moquette.

« Je vais ouvrir le coffre », dit Jeanne.

Elle se dirigea vers le bureau. Je m'accroupis devant la porte et examinai la serrure. Rien. Aucune trace d'effraction. Je me relevai et rejoignis Jeanne

qui était appuyée contre le bureau, les bras croisés.
Le coffre-fort était derrière le bureau.

« Qui a la clé de cette pièce ?

— Ma belle-mère. C'est la seule, à ma connaissance.
Même chose pour la combinaison du coffre. Je l'ai
déjà vue fouiller dedans, mais moi, je ne connais pas
la combinaison.

— Et la clé que vous avez là ?

— C'est sa clé à elle. Elle me l'a donnée tout à
l'heure.

— Ah bon. »

Je m'assis dans un fauteuil pivotant, le tournai
pour faire face au coffre. J'examinais ce dernier quand
Jeanne regarda par-dessus mon épaule. Ses seins effleurèrent mon dos. Son parfum était discret mais il était
bien là, doux comme une brise d'été.

« Vous avez trouvé quelque chose ?

— Non. Ou plutôt oui. »

Je fis tourner de nouveau le fauteuil.

« La serrure de la porte est intacte. Le coffre aussi.
Quelqu'un avait la clé et connaissait la combinaison. »

Elle fronça les sourcils.

« Qui ça peut bien être ?

— Je ne sais pas. Vous avez l'adresse de Cloutier ? »

Elle ouvrit un des tiroirs du bureau et se mit à
fouiller dedans.

« Vous allez l'interroger ?

— Je file chez lui dès que je sors d'ici. »

C'était mon seul suspect pour le moment.

Jeanne referma le tiroir.

« Je croyais que le carnet d'adresses était rangé
ici, dit-elle d'un air ennuyé. Excusez-moi, monsieur
Coveleski. Je reviens tout de suite.

— Ça va. Je ne bouge pas d'ici. »

Elle quitta le bureau à petits pas pressés. Je me levai et examinai la bibliothèque, histoire de passer le temps. Elle comprenait des livres de droit et d'histoire. Une bonne couche de poussière en recouvrait le dessus. La bonne ne faisait peut-être pas son travail. Ou les livres n'étaient peut-être là que pour faire savant et personne ne les avait jamais lus.

« Je peux savoir qui vous êtes ? lança une voix hautaine dans mon dos. Et ce que vous faites là ? »

Je tournai la tête. La voix appartenait à un homme tiré à quatre épingles, debout dans l'embrasure de la porte, trousse de médecin au poing. Il avait une petite bouche féminine et portait des lunettes rondes cerclées d'or. Un œillet rouge fraîchement coupé était fixé au revers de son veston marine.

« Je m'appelle Stan Coveleski. J'attends madame Dufresne.

— Jeanne ?

— C'est ça. »

L'homme s'avança dans la pièce.

« Je suis le docteur Verreault.

— Enchanté. »

Je serrai la petite main rose manucurée avec soin qu'il me tendait. Emma avait plus de poigne que lui.

« C'est vous qui avez examiné madame Dufresne ?

— Oui.

— Comment va-t-elle ?

— Bien. Enfin… mieux qu'à mon arrivée.

— Qu'est-ce qui ne va pas ?

— Eh bien, elle n'est plus très jeune. Elle est asthmatique et son cœur n'est plus… »

Le docteur s'arrêta. Il en avait trop dit.

« Vous pouvez continuer, docteur Verreault. Elle m'a engagé pour retrouver son collier.

— Donc vous savez, pour le collier, dit-il.

— Hm-hm. Je suis détective privé. »

Je lui montrai ma carte pour officialiser le tout. Ça ne sembla pas l'impressionner une miette.

« Ça m'oblige à vous dire tout ce que je sais, je suppose, dit-il d'un ton mi-figue, mi-raisin.

— Non. Mais j'aimerais bien savoir comment se porte ma cliente.

— Si vous y tenez.

— J'y tiens.

— Madame Dufresne est asthmatique, comme je viens de le dire. Quand elle a constaté qu'on avait cambriolé la maison la nuit dernière, elle a paniqué, ce qui a provoqué une crise assez sévère. Comme elle est âgée et que son cœur n'est plus solide… »

Le docteur laissa sa phrase en suspens.

« Je peux l'interroger ? demandai-je.

— Je ne pense pas, non.

— Ce ne sera pas long. Cinq minutes.

— Non, répéta le docteur.

— Vous avez dit qu'elle allait mieux.

— Si, mais pas assez pour subir un interrogatoire.

— Bon, très bien. »

Il baissa la tête pour consulter sa montre en or. On pouvait voir son cuir chevelu rosâtre sous des cheveux grisonnants soigneusement coiffés. De longues secondes s'écoulèrent sans que personne dise mot. On était comme deux étrangers attendant le tramway. Un de nous devait dire quelque chose.

« Vous ne travaillez pas dans un hôpital, docteur ?

— Non, j'ai mon propre cabinet, dit-il.

— Ça fait longtemps ?

— Près de quatre ans, maintenant.

— Quatre ans, hum ?

— Eh oui, déjà, dit-il avec un sourire. Je suis le médecin de madame Dufresne depuis deux ans.

— La relation que Jeanne a avec elle est un peu particulière, vous ne trouvez pas ?

— Qu'est-ce que vous voulez dire, monsieur Coveleski ?

— Une femme qui reste proche de la mère de son ancien mari, on ne voit pas ça souvent.

— C'est vrai, concéda le docteur. Et c'est très charitable de la part de Jeanne. Madame Dufresne est une vieille dame seule. La famille est nombreuse, mais elle l'a abandonnée. Par chance, Jeanne est là pour lui tenir compagnie.

— Ses enfants ne lui rendent jamais visite ?

— Pas souvent, non. La famille est déchirée. Il n'est pas rare que l'argent détruise les liens familiaux. »

Je ne pus réprimer un sourire en entendant cette déclaration dramatique.

« Vous semblez en savoir beaucoup sur la famille Dufresne, docteur Verreault, lui fis-je remarquer.

— Ma relation avec madame Dufresne a dépassé le simple stade médecin/patient. Elle se confie souvent à moi. Je la laisse faire. C'est bon pour elle de parler. »

Il poussa un soupir et consulta de nouveau sa montre. Mes questions commençaient à lui tomber sur les nerfs et je sentais qu'il ne nous aimait pas beaucoup, mon métier et moi. Je faisais parfois cet effet-là aux gens fortunés. Je ne leur en voulais pas. Ils croyaient, comme le docteur Verreault, que la condescendance venait avec tout l'argent qu'ils avaient.

Les deux minutes qui s'écoulèrent avant que Jeanne revienne me parurent deux heures.

« Je vois que vous avez fait la connaissance du docteur Verreault, monsieur Coveleski », me dit-elle alors.

Je faisais la connaissance de beaucoup de monde, ce matin-là.

« Oui. Il m'a parlé de madame Dufresne.

— Comment va-t-elle, docteur ? lui demanda-t-elle.

— Elle est hors de danger. Elle a seulement besoin de repos. Mais pour ça, il faudra qu'on lui laisse la paix », ajouta-t-il en me jetant un regard sévère.

Apparemment, madame Dufresne s'était sentie assez bien à un certain moment ce matin pour appeler à mon bureau. Je gardai cette réflexion pour moi.

« C'était son cœur ?

— Non, une simple crise d'asthme – qui n'est pas si simple compte tenu de son cœur, justement. Mais vous n'avez plus à vous en faire, Jeanne. Ça va aller.

— Je suis contente de vous l'entendre dire. »

Elle sourit d'un air soulagé.

Le docteur Verreault baissa encore une fois les yeux sur sa montre. Il aurait été perdu sans elle.

« Je dois partir. Au revoir, Jeanne.

— Au revoir docteur, dit-elle en lui serrant la main. Et merci.

— Ce n'est rien. Je vais passer demain matin pour m'assurer que son état ne s'est pas aggravé.

— D'accord. »

Il se tourna vers moi.

« Au revoir, docteur », dis-je en lui tendant la main.

Il se contenta de m'adresser un hochement de tête et se dirigea vers la porte le corps raide, le nez en l'air. L'atmosphère s'allégea quand il passa la porte.

« J'ai l'adresse de Cloutier, me dit Jeanne.

— Parfait. »

Elle me tendit un bout de papier. Je le pliai en deux et l'empochai.

« J'ai aussi inscrit mon numéro de téléphone sur le papier. Je servirai un peu d'intermédiaire entre vous et ma belle-mère.

— Très bien.

— On peut parler de votre salaire, maintenant ?

— On peut, oui. C'est vingt-cinq dollars par jour, plus les dépenses. Je demande cent dollars au début de l'enquête. Si je l'amène à sa conclusion en moins de quatre jours, je rembourse la différence.

— D'accord, dit Jeanne. Je demanderais bien à ma belle-mère de vous faire un chèque tout de suite, mais vous avez entendu ce que le docteur vient de dire. »

Elle esquissa un petit sourire contrit.

« Oui, j'ai entendu », dis-je.

CHAPITRE 3

Dan Cloutier habitait le premier d'une rangée de duplex de la rue Sherbrooke, à l'ombre de l'hôtel Berkeley. La façade du duplex était en pierre grise et ornée d'une *bay-window*. Un bon nombre de voitures s'alignaient de chaque côté de la rue. Je m'avançai entre elles, cherchant une place de stationnement. Il n'y avait rien à signaler. Tout était tranquille, le soleil brillait.

Je trouvai une place dans une petite rue transversale et revins devant le duplex de Cloutier. Tous les rideaux étaient tirés. Je gravis les marches à côté de la fenêtre et enfonçai la sonnette.

Au bout d'un moment, la porte s'entrouvrit sur un jeune homme aux larges épaules. Il portait une camisole et un pantalon marron soutenu par des bretelles. Ses cheveux noirs moussaient sur sa tête en boucles serrées. Un pansement ornait son arcade sourcilière droite et un autre sa joue gauche. Des petits souvenirs de son accident avec la voiture de madame Dufresne, sans doute.

« Dan Cloutier ?
— Lui-même.

— Je m'appelle Stan Coveleski. Je suis détective privé, dis-je en lui montrant ma carte, et j'aimerais te parler. »

Il n'aima pas les mots « détective » et « privé » et m'examina d'un œil suspicieux.

« De quoi ?

— De madame Dufresne. Elle a perdu un collier et…

— Je ne peux pas vous recevoir, coupa-t-il.

— Ah non ?

— Non, je vais faire des commissions.

— Maintenant ? dis-je.

— Oui, je partais.

— Dans cette tenue-là ? »

Il fronça les sourcils.

« Je n'ai pas le temps de vous parler maintenant. Vous êtes aussi bien de partir.

— Je peux attendre que tu reviennes, dis-je.

— J'en ai pour la journée.

— Tu en as beaucoup à faire, des commissions.

— Oui, beaucoup, répliqua-t-il.

— Ce n'est pas un problème, je vais repasser. À quelle heure tu penses revenir ? »

Il poussa un soupir et gratta son menton piqueté de noir. Ses ongles étaient sales.

« Vous ne me laisserez pas tranquille tant qu'on ne se sera pas parlés, c'est ça ?

— C'est ça.

— Bon, vous êtes aussi bien d'entrer, dans ce cas-là », dit-il en ouvrant toute grande la porte.

Je le suivis le long d'un couloir qui sentait le moisi jusqu'au salon. Les rideaux étaient élimés et la pièce était plongée dans un demi-jour. Il n'y avait que quelques meubles en piteux état. Des bouteilles et des verres vides étaient éparpillés un peu partout sur les tables et sur le plancher.

« Assoyez-vous, faites comme chez vous », me dit mon hôte.

Il renversa une bouteille d'un coup de pied accidentel en se rendant à un canapé fleuri, dans lequel il se laissa choir. Moi, je choisis une chaise de cuisine qui semblait bien seule dans la pièce. Je dus tourner le dos à Cloutier deux secondes pour m'installer et, quand ce fut fait, je m'aperçus qu'il pointait un revolver noir sur moi.

« Bougez pas. »

Je ne bougeai pas.

« C'est quoi, cette histoire de collier ?

— Madame Dufresne, ton ancienne patronne, s'est fait voler la nuit passée. Un collier qui vaut cher. C'est l'ancienne femme de son fils qui m'a parlé de toi.

— La mère de Sylvia ? dit-il.

— C'est ça. Difficile de s'y retrouver, pas vrai ?

— C'est elle qui vous envoie ?

— C'est elle. »

Je continuais de ne pas bouger. Je ne croyais pas qu'il tirerait, mais il valait mieux ne pas prendre de chance.

« Je suppose qu'elle pense que c'est moi le voleur, dit-il d'un ton sarcastique. Vous aussi ?

— Disons que l'idée m'est venue à l'esprit.

— Pourquoi j'aurais fait ça ? »

Il répondit lui-même à sa question.

« Elle vous a parlé de moi, c'est ça ? De mon passé ?

— Oui.

— J'ai fait des gaffes dans ma vie. C'est vrai. Mais je me suis assagi depuis un temps. Et en plus, je ne serais pas ici à attendre sagement qu'on vienne m'arrêter si c'était moi le voleur. Qu'est-ce que vous pensez de ça, monsieur Coveleski ?

— Tu as raison. Ça te dirait de ranger ton revolver ? Un accident est si vite arrivé. »

Il rangea le revolver derrière des coussins près de lui, là où il avait dû le prendre. J'inclinai mon feutre vers l'arrière. La sueur perlait sur mon front. Je l'essuyai du revers de la main, aussi nonchalamment que je le pouvais.

« Jeanne Dufresne vous a dit autre chose sur moi ?

— Oui, que tu faisais de l'œil à sa fille. Il s'est passé quelque chose entre vous deux ? »

Ma question sembla le prendre de court. Il hésita un moment, puis baissa la tête d'un air repentant.

« Ça, ça a été une de mes gaffes. Cette fille-là peut juste attirer les problèmes, monsieur Coveleski. J'aurais dû garder mes distances, j'aurais toujours une job.

— Qu'est-ce qui s'est passé ?

— Sylvia est une fille qui finit toujours par avoir ce qu'elle veut. C'est l'exemple parfait d'un enfant qui grandit dans une famille de riches. Elle est gâtée pourrie et elle donne des ordres à tout le monde. Je l'ai déjà vue passer un savon à Bertaud, le cuisinier, un homme qui a travaillé dans les plus grands restaurants en ville. Ben, grands restaurants ou non, il a dû ravaler son orgueil et s'excuser auprès de la petite garce. »

Je m'imaginais Sylvia en colère, les joues rouges, le feu dans les yeux. Ce devait être quelque chose à voir.

« Et ce n'est pas tout, continua Cloutier. Un matin, je lave la Lincoln de la vieille dans le garage. Sylvia apparaît dans la porte, vêtue d'une chemise de nuit et d'un peignoir. Le peignoir est ouvert et la chemise de nuit est si mince qu'on peut voir toutes les formes de son corps à travers.

— Je pensais qu'elle ne restait pas chez sa grand-mère.

— Elle ne reste pas là, mais elle dort parfois dans la chambre d'ami. Elle commence à me tourner autour, à me faire de l'œil, puis elle dit de sa voix de petite fille : "Tu mérites une pause, Dan. Viens donc boire un petit quelque chose". »

Je me doutais bien que Sylvia n'était pas comme les autres filles de son âge, mais pas à ce point-là.

« Qu'est-ce que tu as fait ?

— J'aime bien prendre un verre. Jeanne Dufresne a dû se faire un plaisir de vous le dire. Alors je vais au salon. Il y a deux verres sur la table, un pour elle, un pour moi. On boit, elle remplit mon verre une deuxième fois, puis une troisième, en me faisant les yeux doux. Vous pouvez deviner la suite…

— Vous étiez seuls dans la maison à ce moment-là ?

— Oui. Les domestiques ne rentraient pas avant midi et sa mère avait amené la vieille magasiner sur Saint-Hubert. Sylvia avait bien choisi son moment.

— Qu'est-ce qui s'est passé après ça ?

— Rien. Sylvia a continué de m'ignorer, comme elle le faisait avant. J'ai été comme une bébelle pour elle. Quand elle en a eu assez de moi, elle m'a jeté à la poubelle.

— Ses parents savent qu'elle est comme ça ? »

Cloutier haussa ses larges épaules.

« Je n'ai jamais vu monsieur Dufresne. Quant à elle, elle ne se doute de rien. Ou peut-être que oui, mais elle ne fait rien, en espérant que Sylvia change avec le temps.

— Peut-être. J'ai entendu dire que tu avais eu un accident avec la voiture de madame Dufresne.

— C'est vrai.

— Qu'est-ce qui s'est passé ?

— Il y avait du brouillard ce soir-là, monsieur Coveleski, dit Cloutier comme pour s'excuser. On ne voyait ni ciel ni terre. J'ai pris une courbe un peu vite et la voiture a glissé sur une flaque d'eau. Il y avait eu un gros orage plus tôt dans la journée. Un arbre a arrêté ma glissade. »

Il porta inconsciemment la main à son arcade sour-cilière et tâta le pansement du bout des doigts.

« Tu n'avais pas bu aussi ? Jeanne Dufresne m'a dit que tu étais soûl comme un âne. »

Il s'offusqua de cette affirmation.

« Je n'étais pas soûl ! J'ai croisé des amis en chemin. La vieille m'avait envoyé faire des commissions. On est arrêtés au Blue Sky. J'ai pris quelques verres, c'est vrai, mais je n'étais pas soûl. Je supporte très bien l'alcool.

— Je n'en doute pas.

— C'est vrai ! Vous pouvez demander au docteur Verreault.

— C'est lui qui t'a examiné ?

— Vous le connaissez ?

— Je l'ai croisé chez madame Dufresne tout à l'heure. C'est lui qui t'a examiné, oui ou non ?

— Ben, "examiné" est un grand mot, dit sarcasti-quement Cloutier.

— Qu'est-ce que tu veux dire ?

— Il était pressé d'en finir avec moi. Si j'avais eu un bras cassé, il aurait mis un pansement dessus. Les gens comme lui – les gens qui ont de l'argent – ils n'aiment pas les gens comme moi. Ils se disent qu'un bon à rien va toujours rester un bon à rien. »

Il avait vu juste à propos du docteur Verreault. Mais ça ne m'aidait pas dans mon enquête.

Je me levai.

« Merci de ton hospitalité », dis-je à Cloutier.

Il se leva et me conduisit à la porte. Il s'excusa pour le coup du revolver et me souhaita bonne chance dans mon enquête. Je pensai lui donner l'accolade tellement il était sympathique. Mais je ne le fis pas et retournai à ma voiture.

◆

Je restai assis au volant un moment, me demandant si je ne devrais pas filer Cloutier. Ça ne me semblait pas nécessaire à ce stade-ci, alors je rentrai au bureau. Durant l'après-midi, je réglai certaines affaires qui traînaient depuis quelque temps pour pouvoir concentrer tous mes efforts sur la recherche du collier. À cinq heures, je reconduisis Emma chez elle et rentrai chez moi.

J'habitais aux appartements The Court, un immeuble situé dans l'ouest rue Richmond, près de Notre-Dame. On l'avait construit au siècle dernier pour loger les artisans et les ouvriers qui travaillaient dans le coin et il portait plutôt mal son âge. J'y habitais un petit quatre pièces sombre et morose. Le poêle au gaz qu'un des premiers locataires avait installé dans la cuisine marchait toujours et la salle de bain était si petite que je ne pouvais pas étendre les bras sans toucher aux murs. Ce n'était pas le grand luxe. Mais je ne pouvais pas faire mieux, avec mon revenu.

Je pris mon temps pour souper. Je n'avais rien de prévu dans la soirée. Je bus ma tasse de Blue Mountain jusqu'à la dernière goutte et allai au salon. Je m'assis et posai le téléphone à côté de moi et de quoi écrire sur mes genoux. Je composai le numéro de Jeanne. Elle décrocha après le deuxième dring-dring.

« Allô ?

— Bonsoir, Jeanne, dis-je. C'est Stan Coveleski.

— Bonsoir, monsieur Coveleski.

— Vous allez bien ?

— Oui. Et vous ?

— Je vais bien moi aussi. Je vous dérange ?

— Non, pas du tout, dit Jeanne. Qu'est-ce que je peux faire pour vous ?

— J'aurais un petit service à vous demander.

— Allez-y.

— Madame Dufresne a des enfants, n'est-ce pas ?

— Oui, bien sûr. Pourquoi ? demanda Jeanne.

— J'ai besoin de leur adresse. Je veux leur poser des questions à propos du collier.

— Vous croyez que… »

Elle laissa sa phrase en suspens.

« On ne sait jamais, dis-je. Ce genre de chose arrive dans les meilleures familles. »

Elle me donna les adresses des trois filles de madame Dufresne et de deux de ses fils ; elle laissa son ex-mari Joseph de côté. L'un des fils était parmi les Frères de l'Instruction chrétienne. Il enseignait au pensionnat de Farnham. J'avais tendance à croire qu'il était innocent. Je notai le tout.

« Il faut que je vous prévienne, monsieur Coveleski, dit Jeanne. Ils sont en chicane.

— Je sais. Le docteur Verreault m'a dit qu'ils n'allaient plus la voir, pratiquement. Pourquoi ?

— Je ne sais pas exactement. Tout ce que je peux vous dire, c'est qu'ils ne se parlent plus, excepté pour ses fils. Eux, ils vont encore la voir de temps en temps.

— Vous les avez appelés pour les prévenir ? demandai-je.

— J'ai appelé Henri-Paul. Les filles n'auraient pas voulu être dérangées pour ça. Peut-être qu'Henri-Paul va les appeler. Vous n'aurez pas de misère à les retrouver ?

— Non, je connais la ville comme ma poche.

— Dites-moi, vous avez rencontré Cloutier ? dit Jeanne, sautant du coq à l'âne. Comment ça s'est passé ?

— Bien, bien. Il a pointé un revolver sur moi. »

Silence au bout de la ligne.

« Jeanne ?

— Un revolver ? dit-elle.

— Hm-hm. Mais ça ne signifie pas pour autant qu'il a volé le collier de madame Dufresne.

— Vous ne croyez pas qu'il a quelque chose à cacher ?

— Pas vraiment, dis-je. Compte tenu de son passé, ce n'est pas étonnant qu'il soit armé. Et si méfiant.

— Vous allez le dire à la police ?

— Je pourrais. Mais je ne vois pas ce que ça donnerait. Personne n'a été blessé. »

On parla encore un peu. Jeanne dit qu'elle passerait chez madame Dufresne le lendemain, pour mon chèque. J'allais lui demander ce qu'il advenait de son ex-mari quand une sonnette retentit à l'autre bout du fil. Jeanne dit alors qu'elle avait un visiteur. On échangea des bonsoirs, je lui dis que je la rappellerais s'il y avait quelque chose, puis raccrochai.

Il n'était pas encore huit heures. J'aurais pu sortir prendre un verre, mais je n'en avais pas vraiment envie. C'était une soirée chaude, sans vent. Tous les clubs seraient remplis à craquer, bruyants, enfumés. Alors j'allumai la radio et sortis un paquet de cartes et essayai de faire des réussites. Les bonnes cartes sortirent quelques fois, mais elles n'étaient jamais de la bonne couleur. J'éteignis la radio. Il n'y avait rien de bon.

Je laissai tomber les cartes à neuf heures et me couchai. Le temps passé à dormir n'est jamais du temps perdu.

CHAPITRE 4

Je n'avais toujours pas rencontré madame Dufresne et ce n'était pas vraiment réglementaire. Il vaut toujours mieux rencontrer sa cliente en personne, lui poser des questions pour savoir à qui on a affaire et faire avancer son enquête. C'est une règle non écrite du métier de détective privé.

Je décidai de m'en occuper le lendemain matin avant d'interroger les enfants de madame Dufresne. Il était près de neuf heures et demie quand j'arrivai sur les lieux. Le soleil tapait déjà fort et la cigale chantait. Ça allait être une journée étouffante.

On aurait dit que personne ne s'était encore levé à la résidence Dufresne. Les rideaux bouchaient les fenêtres au rez-de-chaussée et à l'étage. Tout était tranquille dans le quartier. Les maisons de chaque côté de la rue se dressaient, silencieuses, derrière leur grande pelouse verte.

J'enfonçai trois fois la sonnette en gardant un bon moment mon index sur le bouton pour réveiller les éventuels dormeurs. La porte s'ouvrit et je me trouvai devant une femme massive et sans âge. Elle portait la traditionnelle robe noire ornée de dentelle blanche des domestiques. Les coutures de la robe semblaient être sur le point de céder sous les rondeurs de son corps. Ses sourcils étaient très épais et son front s'avançait au-dessus de ses yeux, ce qui lui donnait un air un peu abruti.

«Bonjour», dis-je.

Elle ne broncha pas.

« Je m'appelle Stan Coveleski. Je suis détective privé. Vous avez dû entendre parler de moi. »

Elle hocha la tête.

«Jeanne vous a dit qui j'étais, c'est ça?»

Nouveau hochement de tête.

« Et vous, vous êtes Maria, c'est ça? La gouvernante?»

Troisième hochement de tête. J'en déduisis que Maria n'était pas très jasante.

«Il faut que je parle à madame Dufresne. »

Je fis un pas en avant, mais elle resta solidement ancrée au seuil de la porte et je faillis la heurter.

« Je vais avoir de la difficulté à passer, dis-je, si vous ne vous ôtez pas du chemin.

— Vous ne pouvez pas entrer, dit-elle d'une voix traînante.

— Pourquoi?

— Ce sont les ordres du docteur Verreault.

— Il est venu ce matin pour examiner madame Dufresne?

— Oui.

— Qu'est-ce qu'il a dit?

— Qu'on ne doit pas la déranger.

— Il n'a rien dit d'autre?»

Maria fit signe que non, croisa ses bras massifs sous ses seins volumineux. Sa bouche était entrouverte. Elle la laissait entrouverte quand elle ne s'en servait pas. Ça faisait très chic.

«Il ne vous a pas parlé de son état de santé?

—Non. Il m'a juste dit qu'on ne doit pas la déranger.

—Je comprends ça. Mais il faut que je lui parle. C'est important pour mon enquête.

—Vous ne pouvez pas entrer.

—Ce ne sera pas long. Son état ne doit pas être si grave que ça. Vous l'avez vue?

—Oui, dit Maria. Je lui ai apporté son déjeuner.

—Bon. Elle était à l'article de la mort?»

Elle haussa les épaules. Ça parut laborieux, comme si un éléphant était assis dessus.

«Je ne suis pas infirmière.

—Écoutez, ce ne sera pas long. Laissez-moi entrer.

—Vous ne pouvez pas entrer, répéta Maria comme un perroquet. Le docteur Verreault a dit…

—Je sais ce qu'il a dit.»

On se regarda un moment sans dire un mot. Il n'y avait rien à faire. J'aurais eu besoin d'un bulldozer pour entrer et j'avais laissé le mien chez moi.

«Bon, très bien. Je vais repasser. Vous faites une très bonne garde du corps, en passant.»

La porte se referma.

◆

Il ne me restait plus qu'une chose à faire: interroger les enfants. Le premier nom sur ma liste: madame Rosaire Leclerc, Paméla de son prénom. Elle habitait une petite maison du *boom town*, dans Rosemont. La maison avait deux étages et se dressait un peu en retrait de la rue, derrière une pelouse que les rayons du soleil jaunissaient par plaques. Des mauvaises herbes poussaient entre les dalles craquelées du sentier qui menait à la galerie et la peinture avait commencé à s'écailler sur les murs et sur les persiennes qui flanquaient les fenêtres.

Je cognai contre le cadre de la porte-moustiquaire.
Un couloir sombre s'étendait de l'autre côté et je pouvais voir, au bout, des armoires et l'extrémité d'une table et une chaise. Une odeur de fraises flottait dans le couloir. Je collai mon nez contre la moustiquaire, humai l'odeur en attendant qu'on vienne m'ouvrir.

Puis une petite fille surgit d'une porte à droite du couloir, disparut en piaillant par une porte à gauche. Elle portait une robe blanche et elle passa comme un éclair devant mes yeux. Deux secondes après, un garçon surgit à son tour de la porte de droite, mais il me vit et s'arrêta net, comme un faon paralysé par les phares d'une voiture. Il n'était pas beaucoup plus vieux que la petite fille.

«Salut», dis-je en prenant ma voix la moins menaçante.

Il ne dit rien et continua de me fixer.

«Est-ce que ta maman est là?»

Pas de réponse. Puis la petite fille en blanc apparut à côté du garçon.

«Vous voulez parler à maman? me dit-elle.

— Oui. Elle est là?

— Oui. Vous voulez que j'aille la chercher?

— Comment tu t'appelles?

— Liliane. J'ai six ans et demi.»

Elle déplia tous les doigts de sa main gauche et trois doigts de sa main droite. C'était une assez bonne estimation. Le garçon à ses côtés ne me quittait pas des yeux.

«Ce serait bien fin de ta part, Liliane», lui dis-je.

Elle me fit un sourire dans lequel quelques dents manquaient et pivota vers le garçon.

«Est-ce qu'on fait une course?»

Avant qu'il ait eu le temps de répondre, elle s'élança dans le couloir. Il partit à ses trousses. Ils disparurent tous les deux dans la cuisine. La voix cristalline de Liliane retentit, puis la silhouette d'une femme se dessina au bout du couloir.

La silhouette s'essuya les mains dans ce que je devinai être un tablier noué à ses hanches larges. Un troisième enfant, le pouce dans la bouche, était accroché à sa robe.

« Oui ? dit-elle d'un ton brusque.

— Madame Leclerc ?

— C'est moi. Allez-vous-en. Vos brosses ou vos livres ne m'intéressent pas.

— Je ne fais pas du porte-à-porte, madame Leclerc.

— Qu'est-ce que vous voulez ?

— J'aimerais vous poser quelques questions. »

Elle arrêta de s'essuyer les mains.

« Bon, qu'est-ce qu'il a encore fait ? dit-elle d'une voix agacée.

— "Il" a peut-être fait quelque chose, mais comme je ne sais pas de qui vous parlez… Mes questions concernent votre mère. »

Elle poussa un grognement.

« Vous n'êtes pas de la police ? dit-elle.

— Non. Je suis détective privé. »

Elle se remit à s'essuyer les mains en fixant le plancher. Puis elle haussa les épaules, marmonna quelque chose que je ne saisis pas et retourna à sa cuisine.

Je ne savais pas si ça signifiait que je pouvais entrer, mais je fis comme si. Le crochet de la porte n'était pas fixé. Je longeai le couloir en direction de la cuisine et à mesure que je m'en approchais, l'odeur de fraises se faisait plus forte. J'entrai dans la cuisine, fis un pas de côté pour éviter Liliane et le garçon, qui s'éloignèrent à toutes jambes dans le couloir.

« Voulez-vous ben m'arrêter ça ! » cria madame Leclerc.

Elle était penchée sur un comptoir saupoudré de farine, un rouleau à pâtisserie dans les mains, une plaque de pâte sous le rouleau. Deux grosses tartes dorées refroidissaient sur la table. C'était de là que provenait l'odeur de fraises.

Je m'assis et jetai un œil aux alentours, tandis que madame Leclerc manipulait le rouleau, l'enfant toujours accroché à sa robe. On pouvait voir, par les rideaux colorés aux fenêtres et le bouquet au centre de la table, que la dame de la maison essayait de sauver les apparences. Mais ce qu'il aurait fallu, c'est une couche de peinture fraîche et de nouveaux meubles. La cuisinière était allumée et il faisait encore plus chaud qu'à l'extérieur.

« Votre mère a été cambriolée, madame Leclerc.

— Cambriolée, hein, dit-elle.

— C'est arrivé avant-hier. On lui a volé un bijou – un collier, plus exactement.

— Vous m'en direz tant.

— C'est vrai. Elle m'a engagé pour le retrouver.

— Ça doit être un travail ben excitant.

— Je n'ai pas à me plaindre.

— Hm-hm, je n'en doute pas, dit madame Leclerc. Et qu'est-ce que vous êtes venu faire ici ?

— Je suis venu pour le collier.

— Vous pensez que c'est moi qui l'ai volé, c'est ça ? dit-elle d'une voix lasse.

— Je n'ai jamais dit ça. »

Un bruit sourd retentit quelque part dans la maison, suivi de bruits de pas précipités.

« C'est assez, j'ai dit ! » cria madame Leclerc.

Et elle continua de rouler sa pâte.

« Ils sont toujours excités comme ça ? demandai-je.

— Oui. Je ne sais pas comment leur mère les élève, mais ce sont de vrais petits démons.

— Ils ne sont pas à vous ?

— Non. Ce sont des enfants du quartier que je garde, dit madame Leclerc.

— La petite Liliane vous a appelée maman.

— C'est parce qu'elle est toujours ici. Je les emmènerais bien au parc, mais il faut que je finisse mes tartes. Je les fais pour un casse-croûte pas loin d'ici, au coin de Bellechasse. Je reçois une piastre et demie par tarte. »

Elle se passa la main sur le front et étendit sa pâte au fond d'une assiette. L'enfant accroché à sa robe me fixait d'un œil inquiet, comme si j'étais le Bonhomme Sept Heures. Je lui fis un sourire. Il se cacha le visage dans un pan de la robe.

« Si on revenait au collier ? proposai-je.

— Quel collier ?

— Celui de votre mère. Je n'ai pas dit que vous l'aviez volé, madame Leclerc. Mais comme j'ai été engagé pour le retrouver, il faut que je pose des questions.

— Je ne sais rien qui pourrait vous être utile.

— Peut-être que oui.

— Non, je ne pense pas, soupira-t-elle. Ma mère et moi, on ne se parle plus vraiment.

— Ça veut dire quoi, ça ? »

Elle réfléchit un moment, haussa les épaules.

« Ça veut dire ce que ça veut dire. »

Elle renversa un bol de fraises liées par un mélange sirupeux au fond de l'assiette, l'étendit soigneusement avec une spatule.

« Quand je suis arrivé, vous pensiez que j'étais un policier venu pour votre mari, n'est-ce pas ?

— Hm-hm.

— Il a déjà eu des petits ennuis avec la police ?

— Oui. Et je vois où vous voulez en venir.

— Où est-ce que je veux en venir ?

— Vous pensez qu'il aurait pu voler le collier. Mais il ne ferait jamais ça, voyons donc.

— Je demande juste à vous croire.

— Rosaire prend des fois un verre de trop et il joue aux cartes pour de l'argent, dit madame Leclerc d'un ton sarcastique. Mais de là à voler un collier… »

Elle laissa sa phrase en suspens. Je la terminai pour elle.

« Il y a une marge.

— C'est ça.

— Où est-il en ce moment ? »

Elle écrasa une boule de pâte sur le comptoir. La vaisselle cliqueta. Le garçon sursauta. Moi aussi. Puis elle se tourna vers moi et essuya du revers de la main une goutte de sueur qui coulait sur sa joue. Des cernes mauves ornaient ses yeux, des rides profondes reliaient les ailes de son nez à sa petite bouche molle. C'était le visage d'une femme fatiguée qui n'avait pas la vie facile.

« Il doit être en train de faire ses livraisons, dit-elle d'une voix coupante. Maintenant, c'est assez. Dehors. Il faut que je finisse mes tartes pour cet après-midi. O.K. ? »

Je n'insistai pas. J'avais le sentiment que sa mère était la dernière de ses préoccupations.

Je trouvai le restaurant pour lequel elle cuisinait des tartes et mangeai un sandwich dont les tranches de jambon étaient aussi dures que les semelles de mes souliers. Pour dessert, je demandai une pointe de tarte aux bleuets. Je la mangeai et le sandwich se transforma en un vague souvenir.

CHAPITRE 5

C'était une des dernières maisons avant les voies ferrées à Pointe-Saint-Charles. J'avais beau connaître Montréal et ses environs comme ma poche, j'eus de la difficulté à la trouver. Les maisons se ressemblaient toutes dans ce quartier délabré – petites, à toits en pignon, en bois ou en pierre, construites avec les moyens du bord. Sans parler de toutes ces petites rues qui s'entrecroisaient comme les fils d'une toile d'araignée et qui se terminaient en culs-de-sac.

Je rangeai la Studebaker à deux pas de ma destination et fis le reste du trajet à pied. Le soleil tapait fort et le vent semblait s'être perdu dans le labyrinthe des rues. Deux ou trois voitures croisèrent mon chemin, dérivant sans but apparent. Quelques enfants jouaient à la marelle et à la corde à danser sur les trottoirs. Leurs cris perçants emplissaient l'air.

Je cognai à la porte et attendis. Quelque chose à ma gauche attira mon regard. Le rideau de la fenêtre avait bougé. Avant que j'aie pu voir qui m'épiait, le rideau était retombé en place.

L'instant d'après, la porte s'ouvrit et une femme apparut devant moi, tenant fermée d'une main l'encolure de sa vieille robe de chambre élimée. La lumière du jour lui fit douloureusement froncer les sourcils et plisser les yeux.

« Qu'est-ce que vous voulez ? » me demanda-t-elle.

Son haleine me fouetta le visage. Scotch.

« Madame Rose Agostino ?

— C'est moi.

— Je m'appelle Stan Coveleski. »

Je sortis ma carte et la lui montrai. Elle la regarda, mais ne sembla pas la voir.

« Je suis détective privé.

— Qu'est-ce que vous voulez que ça me fasse ? marmonna-t-elle.

— Je viens à propos de votre mère.

— Ma mère ?

— C'est ça. »

Elle renifla un bon coup, se racla la gorge et cracha quelque chose de vert et de gluant sur le bout de gazon devant la maison. Son visage était grisâtre et ses cheveux étaient aplatis sur un côté. Elle devait avoir au moins cinquante ans, quoique ce fût difficile à dire. Elle paraissait en tout cas son âge, quel qu'il fût – et même plus.

« Qu'est-ce qu'elle a, ma mère ?

— Elle m'a engagé pour retrouver un collier qui lui a été volé.

— Ah ben, fit madame Agostino.

— Eh oui. C'est arrivé il y a deux jours. Vous allez peut-être pouvoir m'aider.

— Non, je ne pense pas. Bonne journée. »

Elle commença à fermer la porte. Je la bloquai avec le bout de mon soulier. Pas très loin, les sonneries d'un passage à niveau retentirent et quand le train passa un moment plus tard, je sentis le sol vibrer sous mes pieds.

« Pas si vite, dis-je.

— Je ne veux pas vous parler. Enlevez votre pied de là.

— Je veux juste vous poser quelques questions, madame Agostino. Ce ne sera pas long.

— Écoutez, j'ai un mal de bloc épouvantable, dit-elle en se massant le front. La tête me fend.

— Ça m'arrive, moi aussi, dis-je pour essayer de l'amadouer.

— Ah oui ?

— Oui. Quand je fête un peu trop.

— Alors vous savez comment je me sens. Vous n'auriez pas dû dire ça, hein, monsieur le détective ? »

Elle pencha la tête sur un côté, sourit, ce qui creusa davantage les rides de son visage, puis elle redevint impassible. C'était une petite comique.

« Pourquoi vous ne voulez pas me parler ?

— Je ne veux pas, c'est tout, dit-elle en haussant les épaules. Je ne suis pas obligée.

— C'est vrai.

— Qu'est-ce que vous faites encore là, d'abord ?

— Il me semble que ce n'est pas si terrible que ça de parler à quelqu'un.

— Dans mon état, oui. *So long…* »

Elle m'envoya théâtralement la main et poussa la porte, mais je laissai mon pied là où il était. Elle fronça les sourcils.

« Ce ne sera pas long, dis-je. Promis.

— Je ne veux pas vous parler.

— Écoutez-moi deux minutes.

— Vous voulez que je crie ? Ou que j'aille appeler la police ? Qu'est-ce que vous aimez le mieux ?

— Ni l'un ni l'autre.

— Bon. Dans ce cas-là, allez-vous-en, dit Rose Agostino.

— Je veux juste cinq minutes de votre temps. Il me semble que ce n'est pas trop demander.

— Je ne veux pas vous parler, dit-elle fermement. Qu'est-ce que vous ne comprenez pas là-dedans ? Vous êtes détective, vous êtes supposé être brillant. »

Elle essaya à nouveau de me fermer la porte au nez. J'avais beaucoup de difficultés avec les portes, ce jour-là.

« Lâchez… la… maudite porte !

— Écoutez-moi deux minutes.

— *Nooooon*, dit-elle, exaspérée. Je ne l'ai pas pris, son collier. Qu'est-ce que vous voulez que j'en fasse ? Je n'en porte pas, de bijoux. Allez-vous-en.

— Voyons, madame Agostino, soyez raisonnable. »

Elle profana trois choses sacrées de l'Église : l'hostie, le calice et le tabernacle.

« Je n'ai rien à vous dire ! Sacrez-moi votre camp ! »

Et elle se mit à frapper la porte contre mon pied. L'encolure de sa robe de chambre s'ouvrit. Elle ne s'en rendit pas compte. Elle était vraiment en colère et la colère lui donna la force qui lui manquait pour réussir à fermer la porte.

◆

Je retournai à la Studebaker. La chaleur était aussi tenace qu'un mal de dents. J'ôtai mon veston et l'étendis sur le siège arrière. Tout ce que j'avais fait jusque-là était une grosse perte de temps. Je n'avais rien appris. Pour Paméla, madame Dufresne n'existait pas, et Rose appréciait plus la bouteille qu'elle. Je me demandais pourquoi elles avaient rejeté leur mère.

J'aurais dû aller interroger le fils qui n'était pas frère, histoire d'aider la chance à tourner. Je décidai plutôt de me rendre chez la troisième fille, Olympe.

Pour moi, c'était la chose logique à faire parce que ce n'était pas logique, justement. La chaleur avait dû commencer à m'affecter sans que je m'en aperçoive.

Olympe habitait sur de Maisonneuve, à deux pas du centre-ville, et on pouvait entendre le vrombissement des moteurs, la cloche des tramways et le klaxon des voitures. À première vue, elle avait mieux réussi que ses deux sœurs. Son immeuble n'était pas le Ritz Carlton, mais il était très propre. La peinture blanche qu'on avait appliquée au cadre des fenêtres était toujours blanche.

Je remis mon veston et entrai dans le hall. La porte qui séparait celui-ci des appartements du rez-de-chaussée et de l'escalier qui menait aux étages était ouverte pour laisser entrer l'air. Je gravis l'escalier moquetté jusqu'au deuxième, revins vers l'avant de l'immeuble, accompagné du bruit sourd de mes pas. Le logement d'Olympe donnait sur de Maisonneuve.

Je cognai à la porte.

«Qui est là?» demanda une femme après un certain temps.

Je lui dis qui j'étais, ce que je faisais dans la vie et pourquoi j'étais là. Elle entrouvrit la porte. Je lui tendis ma carte et elle l'examina, une épaule appuyée contre le chambranle. C'était un petit bout de femme au teint pâle et aux cheveux bruns coiffés à la Jeanne d'Arc. Elle avait de jolis yeux. Elle semblait plus jeune que ses sœurs. Ce devait être la cadette.

Elle me redonna ma carte.

« Donc vous vous appelez Stan Coveleski, vous êtes détective privé et vous travaillez pour ma mère.

— C'est exact.

— Qu'est-ce que vous me voulez?

— Vous parler. »

Elle y pensa en m'examinant d'un œil méfiant, puis me fit signe d'entrer. J'entrai.

« Voulez-vous du thé glacé ? »

Je ne lui inspirais pas confiance, mais elle ne voulait pas passer pour une mauvaise hôtesse.

« Je ne voudrais pas vous déranger.

— C'est correct, dit-elle, j'allais m'en chercher un verre.

— Dans ce cas-là, O.K.

— Le salon est par là. Droit devant vous. »

Je m'y rendis. Les meubles semblaient sortir tout droit du dernier catalogue d'Eaton. De jolis tableaux décoraient les murs. La porte du balcon était grande ouverte et on entendait faiblement les bruits du dehors.

Je m'assis sur le canapé et attendis en m'éventant avec mon feutre. Je me disais que ça en prenait du temps pour aller chercher deux verres de thé glacé quand mon hôtesse entra dans la pièce, un plateau dans les mains. Elle déposa sa charge sur la table basse devant le canapé et s'assit à côté de moi. Elle me tendit un verre. Je la remerciai et en pris une gorgée.

« Il n'est pas trop sucré ? » me demanda-t-elle.

Les dents me faisaient mal tellement il était sucré, mais je lui dis qu'il était parfait pour ne pas l'offenser.

On parla de la température des derniers jours. Cette journée-ci était la première très chaude de l'été. Elle se demandait si ce n'était pas le début d'une canicule. Je lui dis que je ne savais pas. Après ça, on parla des vagues de chaleur des étés précédents. Elle commença à baisser sa garde.

« Et votre enquête ? s'informa-t-elle. Ça avance ?

— Ça s'en vient, ça s'en vient. Je viens d'interroger vos deux sœurs. Je ne les suspecte pas. Il fallait juste que je le fasse parce que c'est mon travail.

— Le vol est arrivé quand ?

— Avant-hier.

— Ah. Et est-ce que vous avez parlé à ma mère ?

— Non, pas encore. Elle a été pas mal ébranlée et elle a besoin de repos, selon son docteur.

— Je n'en doute pas, dit Olympe plutôt sarcastiquement. Qu'est-ce que mes sœurs avaient à dire ?

— Pas grand-chose. »

Elle esquissa un sourire, sirota son thé glacé.

« Qu'est-ce qui vous fait sourire ?

— Je ne suis pas surprise, c'est tout. Vous n'auriez pas dû vous déplacer pour rien comme ça.

— Pourquoi ?

— Mes sœurs ont coupé tous les ponts avec maman.

— Je l'avais deviné en leur parlant, dis-je. Et vous ? Vous avez coupé les ponts, vous aussi ?

— Oui.

— Qu'est-ce qui s'est passé ?

— Vous aimez ça poser des questions, n'est-ce pas ? dit Olympe en haussant un sourcil.

— C'est mon travail. »

Je lui fis mon plus beau sourire. Elle garda le silence et porta son verre à ses lèvres. Les secondes s'égrenèrent et je dus relancer subtilement la conversation.

« Et puis ?

— Je ne sais pas si je devrais vous en parler. Je ne vois pas en quoi ça pourrait vous aider dans votre enquête.

— Dites toujours. On verra bien. »

Une bonne minute s'écoula. Je croyais qu'elle ne dirait rien quand elle commença à parler. Elle avait passé tout ce temps-là à mettre de l'ordre dans ses souvenirs.

« C'est juste qu'elle était très sévère quand on était jeunes. Elle nous disait quoi faire et, si on ne le faisait pas comme il faut – c'est-à-dire comme elle le voulait –

elle nous criait après. On n'était que des enfants. Nous, on voulait jouer, avoir du plaisir, comme les autres enfants de notre âge. Mais elle, elle nous disait de ne pas mettre nos coudes sur la table et nous faisait répéter nos leçons jusqu'à ce qu'on la supplie d'arrêter. Je ne sais pas si vous pouvez comprendre comment c'était.

— Je comprends. Elle était sévère. Autoritaire.

— Elle était *méchante*. Quand on oubliait nos leçons ou qu'on lui désobéissait, même pour des choses pas importantes, on aurait dit qu'on venait de commettre un crime. Elle n'a jamais levé la main sur nous – pas sur moi, en tout cas – mais elle nous agrippait par le bras et elle avait ce regard… On avait une peur bleue d'elle.

— Qu'est-ce que votre père en pensait?

— Mon père? La façon dont maman nous élevait ne semblait pas le déranger. Ça ne le regardait pas. Il s'occupait un peu de mes frères, mais pas plus. »

Olympe secoua lentement la tête.

« Les apparences étaient tellement importantes aux yeux de maman. Elle donnait souvent des réceptions à la maison. Vous auriez dû voir la nourriture qu'elle faisait préparer, et les décorations… C'était comme dans les films. Mes sœurs et moi, on s'assoyait en haut de l'escalier dans nos jaquettes et on regardait les gens en cachette. Maman était fine avec eux. Elle riait. Elle était belle. On se demandait pourquoi elle n'était pas comme ça avec nous.

— Elle a dû être fine quelques fois, quand même, dis-je.

— J'imagine. Mais c'est arrivé si peu souvent que je ne m'en souviens pas. »

Olympe but son thé glacé et fixa son verre. Maintenant, sa garde était complètement baissée.

« Elle m'envoyait au pensionnat année après année. Mes frères et sœurs aussi. On détestait ça, vous n'avez pas idée. Chaque fois, avant de partir, on faisait chacun notre crise de larmes et on lui disait qu'on ne voulait pas y aller. Mais elle, elle ne voulait rien entendre. Elle disait que c'était pour notre bien et elle mettait elle-même nos valises dans le coffre de la voiture. C'est ça le genre de souvenirs que je garde d'elle. Si elle nous aimait, elle avait une bien drôle de façon de nous le montrer…

« À l'adolescence, continua-t-elle en fixant son verre, les choses ont empiré, surtout pour mes sœurs et moi. C'est que l'été, on était loin du pensionnat et il y avait des garçons aux alentours. Ça rendait maman complètement folle. On aurait dit qu'elle pensait qu'ils étaient cachés autour de la maison et qu'ils nous sauteraient dessus dès qu'on mettrait le nez dehors. Elle nous cloîtrait quasiment dans la maison. Je me suis sauvée quelques fois pour aller au cinéma ou au parc Belmont avec des amies. Quand je la suppliais de me laisser sortir avec un garçon et qu'elle finissait par accepter, elle demandait à mon frère Séverin de nous servir de chaperon. Séverin est l'aîné de la famille. Heureusement, il comprenait qu'on voulait être seuls et quand on allait au parc LaFontaine ou au lac des Castors, il s'apportait un livre et lisait pendant qu'on se bécotait dans les bois. »

Olympe sourit d'un air nostalgique, puis son visage redevient sérieux.

« Vous devinez ce qui est arrivé quand on a eu notre majorité, continua-t-elle. Il n'y a qu'Henri-Paul qui est resté un bout de temps après. Séverin, lui, était déjà chez les frères, et Joseph a marié Jeanne. Mes sœurs et moi, on s'est trouvé des maris et on a élevé nos petites familles. Au début, on allait la voir. On se sentait un peu obligées de le faire. Mais elle n'aimait pas nos maris, elle critiquait la façon dont on élevait nos petits. On a espacé nos visites, puis on a arrêté d'aller la voir.

— Vous ne l'avez pas vue depuis quoi, vingt ans ?

— Non. Elle a fait une crise de cœur il y a quelque temps. Son docteur croyait qu'elle allait y passer et il a convoqué toute la famille à son chevet. Mais elle s'en est tirée. »

Olympe soupira.

« Je sais que j'ai l'air amère. Mais mettez-vous à ma place. Les vingt et une premières années de ma vie n'ont pas été une partie de plaisir. Je lui en veux à cause de ça. Je n'aime pas ressentir cette amertume-là, mais je n'y peux rien.

— Vos sœurs ont l'air beaucoup plus amères que vous, si ça peut vous consoler, dis-je.

— Je sais. Elles sont moins heureuses que moi en ménage. Rose est divorcée depuis pas longtemps. C'est pour ça qu'elles en veulent à maman. On avait les moyens de vivre une belle vie, mais elle nous a tellement écœurées qu'on a préféré partir.

— Vous pourriez faire la paix.

— Jamais, monsieur Coveleski. On n'oubliera jamais combien elle était méchante. »

D'après le ton de sa voix, je n'en doutais pas une seconde.

CHAPITRE 6

Après ma visite chez Olympe, je me rendis au bureau. Le centre-ville était comme une marmite en ébullition. Les pare-chocs des voitures se touchaient quasiment, les tramways avançaient aussi vite que des colimaçons, les trottoirs grouillaient de monde et la chaleur rendait les gens agressifs. J'oubliai de mettre mon clignotant en faisant un virage et le type derrière moi klaxonna et gesticula furieusement. Je lui envoyai la main.

Émile était dans son kiosque. Il me vit entrer et leva les mains et les yeux au ciel. Je le rejoignis et lui demandai ce qui n'allait pas.

« Je croyais que les lanceurs pouvaient faire le travail, dit-il d'un ton sarcastique.

— Ç'a été si mal que ça ?

— Dix à quatre.

— Ils jouaient contre qui ?

— Rochester.

— Quand même, donne-leur une chance, dis-je. C'est une des meilleures équipes de la ligue.

— Mouais, marmonna Émile. S'ils jouent comme ça toute la saison, l'été va être long.

— Tu as pensé à changer d'équipe ?

— Oui. Mais je l'ai appuyée dans les bons moments. Je vais aussi l'appuyer dans les mauvais. »

On aurait dit qu'il était marié avec cette équipe-là.

« C'est bien noble. Mais je suis fatigué d'être accueilli par ta face de carême tous les jours.

— Alors ils sont mieux de gagner – pour nous deux.

— Oui. Ça vaudrait mieux. »

J'allai prendre l'ascenseur à l'autre bout du hall. Arrivé au quatrième étage, je franchis le couloir jusqu'à mon bureau et ouvris la porte de la petite salle d'attente. Emma, assise à son bureau, leva ses yeux du *Montréal-Matin*.

« Eh ben, en voilà une heure pour arriver », lança-t-elle sur un ton de reproche.

Je fermai la porte derrière moi.

« Je travaillais. Tu n'as pas l'air de te tuer à l'ouvrage, toi. De quoi parle Jeannette, aujourd'hui ?

— Je ne lisais pas sa chronique. Je lisais un article de Claude Poitras. Il parle de vous.

— Donne. »

Emma me tendit le journal.

« En haut, à gauche. »

Le titre de l'article était *Fleurette Corriveau acquittée*. Je le lus en diagonale. Fleurette Corriveau avait été déclarée non coupable du meurtre de son ancien souteneur. Selon Claude, les jurés avaient été impressionnés par mon assurance et mon éloquence, et mon témoignage "avait contribué à faire pencher la balance de Dame Justice du bon côté". Il avait un beau style, Claude.

Je pliai le journal et le lançai sur le bureau.

« C'est un bon coup de publicité, dit Emma.

— Hm-hm. Qui sait ? Je vais peut-être avoir les moyens de te donner une augmentation. »

Le regard d'Emma s'alluma.

« C'est vrai ?

— Non.

— Ah ah ah », dit-elle en me faisant une grimace.

Je lui fis un sourire.

« Sur quoi travaillez-vous ? » s'informa-t-elle.

Je m'assis et lui glissai un mot au sujet de madame Dufresne et de son collier volé.

« Il y a eu des appels ? demandai-je ensuite.

— Voyons voir… »

Emma consulta son calepin.

« Oui, trois.

— Hum ! Une grosse journée.

— Un gars se cherchait un garde du corps pour ce soir, commença Emma. Il sort avec sa blonde. Le mari de la blonde est du genre jaloux et il a juré de descendre le gars s'il le voyait. J'ai dit au gars d'aller voir ailleurs.

— J'aurais pu faire ce travail-là. »

Elle haussa un sourcil, fit une rature dans son calepin.

« À mon avis, ce n'est pas une bonne idée de recevoir les balles qui lui sont réservées.

— Oui, c'est vrai, dis-je. Quoi d'autre ?

— Un autre gars a appelé. Il s'est fait voler sa voiture et il voulait que vous la retrouviez.

— Pourquoi ne s'adresse-t-il pas à la police ?

— C'est ce que je lui ai demandé. Il a dit qu'il ne voulait pas qu'elle s'en mêle.

— Hum ! C'est louche.

— Je sais, dit Emma. Je lui ai dit qu'on n'était pas intéressés.

— Bien. Et le troisième appel ?

— Un homme qui voulait vous parler.

— Qui ça ? »

Emma consulta son fidèle calepin.

« Un certain Henri-Paul Dufresne.

— Henri-Paul Dufresne ?

— Hm-hm, fit Emma, songeuse. Vous pensez qu'il a un lien de parenté avec votre madame Dufresne ?

— C'est un de ses fils.

— Il a laissé un numéro de téléphone. »

Emma composa le numéro pour moi. Je m'assis sur un coin de son bureau. Elle me tendit le combiné. Une femme à la voix jeune décrocha, m'annonça que monsieur Dufresne était déjà parti et me demanda si je voulais laisser un message.

« Non. Mais j'aimerais bien le rencontrer.

— Vous pouvez passer ici demain, me suggéra la femme.

— Bonne idée. C'est où, "ici" ?

— La compagnie Toilet Laundries. Voulez-vous l'adresse, monsieur ?

— Non, ça va. Je sais où c'est.

— Très bien.

— Au revoir. »

Je raccrochai en me demandant ce qu'Henri-Paul Dufresne pouvait bien me vouloir. Je l'appelai au numéro que Jeanne m'avait donné. On me dit qu'il était sorti pour la soirée et qu'il rentrerait tard, alors je le verrais le lendemain.

CHAPITRE 7

Malgré l'heure tardive, il y avait autant d'activité au centre-ville que dans une ruche. Les tramways dans Sainte-Catherine déversaient leurs passagers, les voitures se suivaient à la queue leu leu, tous phares allumés. Des klaxons et les cloches des tramways retentissaient par-dessus les bruits de la foule et des voitures, créant une cacophonie mélodieuse. La nuit tombée, les enseignes lumineuses de l'El Morocco, du Downbeat, du Tic-Toc attiraient les fêtards comme le miel attire les mouches.

Je roulai dans le quadrillage des rues telle une souris dans un labyrinthe pour aboutir devant le Savoy. Le bruit me frappa comme un coup de poing au visage quand j'entrai, mélange des conversations des clients et de la musique de l'orchestre, juché sur une petite tribune dans un coin de la salle. Je me faufilai entre les tables jusqu'au bar capitonné de cuir rouge. Mes yeux n'étaient pas encore habitués à la fumée et ils se plissèrent d'eux-mêmes. Il y avait un grand miroir derrière le bar qui réfléchissait la salle, donnant une fausse impression de grandeur. On était tassés comme des sardines.

J'appuyai un coude sur le bar taché par l'alcool et brûlé par les cigarettes. Le barman, debout à l'autre bout, essuyait un verre à gin. Quand il me vit, il rangea le verre et vint me trouver. C'était un homme pas très grand, au visage osseux, qui avait ce regard blasé qu'ont tous les barmen.

« Bonsoir. Qu'est-ce que ce vous prenez, m'sieur ?

— Un whisky-soda. »

Il hocha la tête et s'éloigna.

J'observai l'orchestre. Le bassiste et le saxopho-niste ne me disaient rien, mais le pianiste m'était familier. Roland Lavallée. Je l'avais déjà entendu ailleurs. Au moment où je l'observais, ses mains sau-tillaient si vite sur les touches qu'elles semblaient ne pas les toucher. Il hochait la tête en cadence. Puis la gauche traversa le clavier de long en large, pourchassée par la droite, et revint sur ses pas. Sous les tables, des dizaines de jambes tressautaient. Il aurait fait danser un cul-de-jatte.

Le barman revint avec mon verre. Il le déposa sur le bar, une serviette en papier blanc dessous.

« Le boss est là ?

— Oui, il est à son bureau.

— Merci. »

Je lui tournai le dos et examinai la foule en sirotant mon whisky-soda. Il y avait les traditionnels buveurs solitaires accoudés au bar, leurs yeux mornes rivés au fond de leur verre, oublieux de tout ce qui se passait autour d'eux. Les couples prenaient place aux tables. Toutes les femmes dans la salle avaient un cavalier, sauf trois d'entre elles. Elles étaient assises au fond, toutes pomponnées, se nourrissant de cigarettes et de Singapour Sling.

Soudain, un homme se fraya un chemin entre les tables pour les rejoindre. Il avait la démarche rapide et raide d'un homme qui veut avoir l'air circonspect, mais qui n'y arrive pas. Il ôta son feutre et se pencha sur une des filles, une créature bien en chair aux cheveux roux. La fille lui adressa un sourire professionnel, ils échangèrent quelques mots, la fille hocha la tête et se leva. Elle se dirigea vers la sortie, l'homme sur ses talons. L'homme tripotait le rebord de son feutre en regardant droit devant lui.

Je retournai à mon whisky-soda. Je ne sais pas si c'est le fait de voir tous ces couples dans la salle, mais mes pensées dérivèrent bientôt vers Kathryn. Il y avait un temps où l'on fréquentait les bars comme le Savoy. On y restait jusque tard dans la nuit, les samedis soir surtout, à boire et à écouter la musique. On ne dansait pas, ou on ne se tenait pas la main. On ne faisait qu'écouter. Le simple fait de sentir la présence de l'autre nous suffisait.

Et maintenant elle n'était plus là. La musique me parut soudain moins bonne. Je commandai un deuxième whisky-soda, même si je n'en avais pas vraiment envie.

« Vous me payez un verre ? » dit une voix derrière moi.

Je tournai la tête. La voix appartenait à une blonde aux yeux bleus. Elle était vêtue d'une robe qui laissait deviner à une extrémité une poitrine à damner un saint et dévoilait à l'autre des mollets et des chevilles un peu maigres. Et elle portait une tonne de maquillage – même les ongles de ses orteils qui pointaient au bout de ses sandales à talons hauts étaient vernis.

C'était Sylvia Dufresne.

« Je ne sais pas si je devrais.

— Allons, monsieur Coveleski, dit-elle en se glissant sur le tabouret à côté de moi. Juste un.

— Bon, O.K. Juste un. »

Elle déposa son sac à main sur le bar et demanda au barman un Bloody Mary avec un doigt de sauce Tabasco. Puis elle me regarda en souriant de toutes ses dents blanches.

« C'est un drôle de hasard de se rencontrer ici.

— En effet. Je ne me serais jamais attendu à vous trouver dans un endroit pareil.

— Je sais que je n'ai pas d'affaire ici, dit-elle en baissant la tête comme si elle avait honte.

— Qu'est-ce que vous avez dit à votre mère ?

— Que j'allais à l'Orpheum avec des amies. Je suis passée chez l'une d'elles pour me changer et me faire une beauté avant de venir ici. Si ma mère apprend que je lui ai menti, elle va être fâchée. Vous pouvez garder le secret ?

— Je peux bien faire ça. Mais votre mère va s'en apercevoir. Vous ne porterez pas les mêmes vêtements quand vous allez rentrer.

— Vous pouvez me tutoyer, vous savez. On vou- voie les gens plus vieux que soi, pas le contraire.

— Comme tu veux.

— Bien, dit Sylvia. Et ma mère ne va s'apercevoir de rien. Elle va être couchée depuis longtemps quand je vais rentrer.

— Hum ! c'est très brillant.

— Merci, dit-elle avec un sourire. Vous avez une cigarette ?

— Tu fumes ?

— Ça m'arrive, de temps en temps. »

Je lui tendis mon paquet de Grads. Coveleski, cor- rupteur de la jeunesse. Elle prit une cigarette et se pencha vers la flamme de mon briquet, me laissant jeter un œil au creux de son décolleté. Puis elle me dévisagea à travers la fumée, les yeux mi-clos, tandis que je m'allumais une cigarette à mon tour.

« Vous me plaisez bien, monsieur Coveleski, déclara-t-elle.

— Ce n'est pas un verre que j'aurais dû te payer. C'est une paire de lunettes. »

Elle rit, un peu trop fort.

Le barman revint avec son Bloody Mary et mon whisky-soda. Elle déposa sa cigarette dans le cendrier sur le bar et porta son verre à ses lèvres. L'orchestre était passé à une pièce plus calme. Le bruit dans la salle avait diminué. Je profitai du changement d'atmosphère pour essayer de faire avancer mon enquête.

« J'ai eu une conversation des plus intéressantes, hier après-midi, dis-je. Avec Dan Cloutier. »

Sylvia me regarda en fronçant les sourcils.

« Dan Cloutier ?

— L'ex-chauffeur de ta grand-mère.

— Ah oui, dit-elle en échangeant son verre contre sa cigarette. De quoi avez-vous parlé ?

— Du collier de ta grand-mère.

— Donc elle vous a engagé pour le retrouver.

— Oui. Cloutier m'a raconté une histoire fort amusante, dis-je avec le sourire requis.

— C'est quoi ? C'est quoi ? dit Sylvia avec enthousiasme.

— Il m'a dit que tu l'avais attiré dans ton lit. »

J'observai sa réaction. Ses yeux s'écarquillèrent, tandis qu'elle tirait sur sa cigarette. Soit elle était bonne actrice, soit elle était vraiment choquée. Elle rejeta la fumée par ses narines en tapotant sa cigarette au-dessus du cendrier.

« Il vous a dit ça ? demanda-t-elle.

— Pas tout à fait. Il a ajouté certains détails, mais je vais te les épargner. »

Elle poussa un petit rire sarcastique.

« C'est plutôt moi qui aurais dû vous raconter cette histoire-là, monsieur Coveleski. En inversant les rôles.

— Il t'a fait des avances ?

— Plus que ça. Un après-midi, j'étais assise dans la balançoire, dans la cour de ma grand-mère. Il est venu me voir. Il a passé un bras autour de mes épaules et il m'a dit qu'il voulait juste un petit bec. Il avait bu, son haleine puait l'alcool. Il a essayé de glisser la main sous mon chandail.

— Qu'est-ce que tu as fait ?

— Je lui avais dit que je crierais à tue-tête s'il n'arrêtait pas. Il n'arrêtait pas, j'ai crié et Bertaud, le cuisinier, est arrivé en courant. Cloutier s'est levé et il a quitté la terrasse en titubant, à moitié soûl. Je suis contente que ma grand-mère l'ait renvoyé. Je n'ai jamais été à l'aise avec lui. »

Sylvia sirota son Bloody Mary. Ça me rappela que je n'avais pas touché à mon verre. Je le portai à mes lèvres. Lequel des deux avait séduit l'autre ? Malgré ce que Sylvia m'avait raconté, elle en rajoutait pour me convaincre qu'elle disait vrai. Sa main se posa sur mon bras et le caressa doucement.

« Ne parlons plus de ça, monsieur Coveleski. Ça vous dirait d'être mon cavalier pour la soirée ? On pourrait aller chez Maurice manger et danser. J'ai des fourmis dans les jambes ! »

Je regardai sa petite bouche rouge et ses seins et ses hanches moulées dans sa robe. Elle était alléchante, pas de doute là-dessus. Mais je trouvais un peu navrant qu'une fille de son âge s'accoutre comme elle s'était accoutrée et sorte dans les boîtes de nuit. Et en plus, j'avais du travail.

« Non merci. Je suis ici pour affaires. »

J'écrasai ma cigarette et sortis de ma poche deux billets de un dollar, que je glissai sous mon verre.

«Dommage, soupira théâtralement Sylvia.

— Une autre fois, peut-être.

— Je l'espère. Merci pour le Bloody Mary, monsieur Coveleski.

— De rien.»

Je me faufilai entre les tables jusqu'au fond de la salle. Un escalier branlant menait au premier étage. Je le gravis et traversai le couloir sombre qu'il y avait au sommet. Les sons de l'orchestre n'arrivaient plus qu'atténués. Je cognai à la porte au bout du couloir.

◆

«Entrez, entrez», dit une voix lasse.

J'entrai et fermai la porte derrière moi. La pièce était à peine plus grande qu'une penderie. Le mobilier se réduisait à deux classeurs, un bureau et une carpette miteuse. Il n'y avait qu'une fenêtre, sans rideau. Elle donnait sur le mur en brique de l'immeuble voisin, de l'autre côté de la ruelle.

L'homme assis derrière le bureau faisait comme si je n'étais pas là. Il avait le nez plongé dans de la paperasse. La fumée d'un cigare qui brûlait dans le cendrier près de son coude s'élevait paresseusement vers le plafond.

«Salut, Nick», dis-je.

Il leva la tête puis, me reconnaissant, la rebaissa.

«Tiens, tiens, tiens. Si ce n'est pas mon vieil ami Coveleski, le détective de la police.

— Détective tout court. Je travaille à mon compte, maintenant.

— Ah. Tant mieux pour toi.»

Des photos des musiciens ayant déjà joué au Savoy s'alignaient sur un des murs. Je les examinai, comme si elles m'intéressaient. Je reconnus plusieurs des visages, mais sans pouvoir mettre un nom dessus.

Rien ne se passa pendant un moment. Puis mon silence agaça Nick et je le sentis bouger derrière moi.

« Qu'est-ce que tu veux ?

— J'ai vu en bas que les affaires allaient bien, dis-je en continuant d'examiner les photos. Félicitations.

— Merci. La compétition est dure.

— Engager Roland Lavallée est un bon moyen de garder l'avance sur les concurrents.

— Oui. Il remplit la salle depuis une semaine, dit Nick.

— C'est le meilleur pianiste en ville.

— Je suis d'accord avec toi. Mais dis-moi, tu n'es pas venu ici pour me parler de musique... »

Je me retournai et lui fis mon plus beau sourire. Son visage resta impassible. Il n'avait pas changé depuis notre dernière rencontre, deux ans auparavant. Visage rondouillet, cheveux frisés luisant de pommade, yeux de chien battu. Une moustache aussi large qu'un cheveu s'étendait d'un coin à l'autre de sa petite bouche délicate. Ça, c'était nouveau. Il avait l'air autant à sa place dans ce bureau qu'un missionnaire dans une tribu de cannibales.

« J'ai pensé à toi aujourd'hui, Nick.

— Tu m'en diras tant.

— Je songeais au passé, comme ça, sans raison, et le nom de Nick Tremblay m'est venu à l'esprit.

— Pas possible.

— C'est vrai. Je me suis demandé pourquoi je t'avais arrêté et j'ai eu beau chercher, puis chercher...

— Tu sais très bien pourquoi, coupa Nick.

— Non, j'ai oublié. Tu peux me rafraîchir la mémoire ? »

Il ne me croyait pas une seconde – avec raison –, mais il décida de jouer le jeu. Il tendit la main droite vers le cigare, en tira une bouffée et le déposa dans le cendrier.

« Je faisais partie d'un gang. On volait des objets d'assez grande valeur et on les refilait à des prêteurs sur gage, qui ne se doutaient de rien, évidemment. On prêtait l'argent à du monde qui en avait de besoin, à des taux d'intérêt énormes. Si la police retraçait le bijou ou la vaisselle en argent, c'était le prêteur sur gages qui se retrouvait dans le trouble, pas nous autres. »

Je m'assis près de lui, sur le coin du bureau.

« Simple mais ingénieux.

— Mouais, merci, marmonna-t-il.

— Vous demandiez l'argent directement à vos victimes, des fois ?

— C'est arrivé. Tout marchait comme sur des roulettes jusqu'à ce qu'un de tes hommes infiltre le gang et nous tende un piège.

— Tu savais que ça ne pouvait pas durer. Dis-moi, tu vois encore tes petits camarades ? »

Nick fit signe que non. Il tira une autre bouffée du cigare et posa sa main droite près du bord du bureau.

« Hum ! dommage.

— Pourquoi ?

— Eh bien, tu vois, Nick, une vieille dame m'a engagé pour retrouver un collier qui lui a été volé, et les indices sont plutôt rares. Ça pourrait être une job de professionnels. Je me suis dit que tu pourrais parler du collier à ton cercle d'amis. L'un d'eux est peut-être au courant, on ne sait jamais.

— Désolé, mais je ne fais plus affaires avec ces gens-là. Depuis que tu as démantelé le gang, j'observe la loi.

« — C'est vrai ?

— J'ai fait six mois de prison – les six mois les plus *tough* de ma vie. Je ne veux pas revivre ça. »

Un très joli discours. Mais il oubliait un petit détail.

« Et les trois prostituées, en bas ? Elles font partie du spectacle, elles aussi ? »

Nick esquissa un sourire, détourna la tête.

« Qu'est-ce qu'il y a de drôle ?

— Je n'aime pas la tournure que prend notre conversation. Ça pue le chantage à plein nez.

— Ça ressemble à un aveu, ça.

— Je n'avoue rien. Je ne sais pas de quoi tu parles.

— Mais si, voyons. Les trois filles toutes pomponnées – j'ai vu un gars partir avec l'une d'elles.

— Peut-être qu'ils se connaissaient et s'étaient donné rendez-vous », dit innocemment Nick.

Je ris. Elle était bonne, celle-là.

« Voyons, Nick, voyons. Ça marche comment, ton petit système ? Elles travaillent pour toi ? Ou pour un pimp et vous partagez l'argent moitié-moitié ? »

On se fixa un moment sans rien dire. Il était cuit et il le savait. Puis sa main droite glissa vers le bord du bureau. Je dégainai le cigare du cendrier et l'écrasai contre le revers de sa main, dans la forêt de poils qui poussait là. Nick poussa un cri et porta le revers de la main à sa bouche et suça la brûlure.

« Tu n'as pas une très haute estime de moi, hein Nick ? grognai-je. Qu'est-ce que tu caches sous ton bureau ? Une sonnette pour avertir ton fier-à-bras, c'est ça ? »

Il hocha la tête. Ses yeux lançaient des éclairs.

« La police aimerait bien savoir, pour les trois prostituées. Ce sont des prostituées, ne joue pas au plus fin. Tu retournerais sûrement en prison si quelqu'un leur en parlait. Et tu ne veux pas retourner en prison, pas vrai ?

— Non, je ne veux pas y retourner.

— Bon. Regarde bien ce qu'on va faire, toi et moi. Tu vas gentiment me rendre le petit service que je t'ai demandé tout à l'heure, et moi, je ne dirai rien à la police de ce qui se passe ici. Qu'est-ce que tu en penses, Nick ? Marché conclu ?

— Est-ce que j'ai le choix ? dit Nick, sarcastique.

— Tu as tout compris. Le collier est fait d'une chaînette et d'un cœur. Ils sont tous les deux en or. Des diamants ornent le cœur. C'est un bijou qui vaut pas mal cher. O.K. ?

— Mouais, O.K... »

Je me levai.

« Tu n'avais pas besoin de faire ça, dit Nick.

— Tu avais juste à coopérer au lieu de jouer au plus fin. »

Je sortis une de mes cartes – je l'avais apportée expressément pour ça – et la déposai devant lui.

« Tu peux me joindre à ce numéro-là. Et grouille-toi, je ne suis pas un gars très patient. »

Il hocha la tête en évitant mon regard. Je quittai son bureau et traversai le couloir jusqu'à l'escalier en pensant à ma performance de dur à cuire. Elle aurait mérité un Oscar.

◆

Arrivé au pied de l'escalier, je scrutai la petite salle enfumée. L'orchestre jouait à un train d'enfer et tout le monde criait pour se faire entendre. Les trois prostituées étaient disparues. Elles gagnaient sans doute leur salaire dans un hôtel miteux du coin. Sylvia

Dufresne, elle, était toujours là, assise à une table en compagnie d'un type. Le type avait la main dans son décolleté et la tête enfouie au creux de son épaule. Ça ne semblait pas déranger trop Sylvia, qui riait à gorge déployée.

Je traversai la salle jusqu'à sa table et me plantai à côté. Le type leva la tête vers moi. Il devait avoir le même âge que Sylvia et n'avait pas affaire là, lui non plus.

« Quoi ? dit-il, agacé.

— Lâche-la. »

Le regard du type me balaya de la tête aux pieds.

« Vous êtes qui, vous ? Son père ?

— Peut-être. »

J'étais assez vieux pour l'être.

Le type me fixait, ne sachant pas comment réagir. Je devais mesurer trois pouces de plus que lui et peser vingt-cinq livres de plus. J'aurais pu le casser en deux comme un brin d'herbe et il le savait. Il sortit sa main du décolleté de Sylvia et s'assit droit, les mains levées de chaque côté de sa tête.

« Bon, O.K., je vous la laisse. »

Je pris Sylvia par un coude. Elle leva la tête vers moi. Le type avait dû lui payer un ou deux autres Bloody Mary durant mon absence, pas plus, mais elle ne supportait pas bien l'alcool. Ses yeux avaient cet aspect vague et vitreux que les vrais buveurs ont après six ou sept verres de leur poison préféré.

« Mais c'est monsieur Cosleveski ! dit-elle en articulant mal mon nom. Où est-ce que vous étiez donc passé ? »

Je la mis debout et passai un bras autour de sa taille pour la soutenir. Ses jambes étaient molles comme de la guenille. Le type me tendit son sac à main.

« C'est toi qui l'as soûlée, dis-je en lui arrachant le sac des mains, paie la facture. »

J'entraînai Sylvia jusqu'à la sortie. Un couple entrait au même moment. Le mari tint la porte ouverte pour moi. Je sortis sur le trottoir. La température avait baissé, mais on était tout de même bien. L'éclat des étoiles au-dessus de nos têtes était atténué par les lumières de la ville.

On se rendit à la Studebaker de peine et de misère. Sylvia marchait d'un pas chancelant, comme si les talons de ses sandales étaient trop hauts. Après l'avoir assise sur la banquette du côté du passager, je contournai l'aile bossée de la Studebaker (une rencontre inopinée avec le pare-chocs arrière d'un camion) et me glissai derrière le volant. J'étais tout en sueur, à cause de l'effort.

« Pis ? dit Sylvia avec entrain. Où est-ce qu'on va ? »

Je glissai la clé dans le contact et tournai la tête vers elle. Elle était à moitié assise, à moitié allongée sur la banquette, ses jambes étendues sous le tableau de bord. C'étaient de jolies jambes, même si elles étaient un peu maigres. Dans la pénombre, elles étaient de la couleur d'une perle et semblaient aussi douces.

« Je te ramène chez toi.

— Non, pas tout de suite. La nuit est encore jeune ! Emmenez-moi dans un club boire un verre.

— Tu as assez bu. Ton adresse ?

— Je ne vous la donne pas, dit-elle, butée. Pas avant que vous m'ayez payé un verre. »

Je n'avais pas envie de discuter avec une ivrogne. J'ouvris son sac à main et commençai à fouiller dedans.

« Hé ! qu'est-ce que vous faites-là ? lança-t-elle.

— Je cherche ton adresse.

— C'est pas poli de fouiller dans le sac d'une dame !

— Je m'excuse de te le dire, mais tu ne te conduis pas comme une dame en ce moment. »

Elle essaya de m'arracher le sac des mains. Je lui tournai le dos et continuai mes recherches. La carte de membre d'un club de tennis me donna son adresse. Je remis la carte dans le sac et démarrai et on roula en silence un petit moment. Puis Sylvia se releva péniblement sur son côté de la banquette.

« Vous ne me paieriez pas un dernier verre, monsieur Coveleski ? me demanda-t-elle.

— Non.

— S'il vous plaît, gémit-elle, *s'il vous plaît.* »

Sa main se posa sur mon genou. Je l'ôtai de là, comme si de rien n'était, et consultai ma montre.

« Tu as assez bu, et il est minuit passé. L'Orpheum est fermé depuis un bon bout de temps. »

Sylvia se couvrit la bouche avec sa main et pouffa de rire.

« Oh là là ! Ma mère va être fâchée !

— Et ton père, lui ?

— Ça ne le dérange pas que je rentre tard.

— Ah non ?

— Non, il est mort ! »

Elle éclata de rire.

« Il est mort ?

— Eh oui. »

Voilà qui expliquait pourquoi Jeanne ne m'avait pas donné l'adresse de son ex-mari. Et pourquoi Cloutier ne l'avait jamais vu.

« Qu'est-ce qui lui est arrivé ?

— Qu'est-ce que ça peut bien vous faire ?

— Poser des questions me tient réveillé. D'habitude, je dors à l'heure qu'il est.

— Il a été abattu.

— Abattu ?

— Hm-hm, fit Sylvia en hochant la tête. Tué, descendu, assassiné, zigouillé, massacré… »

Elle pointa son index sur moi et remua son pouce en imitant des bruits de coups de feu.

« Ça va, j'avais compris.

— Et puis ? Vous allez me payer un verre ?

— Non.

— Allez, monsieur Coveleski, dit-elle doucement. Soyez gentil. »

Elle se blottit contre moi. Son odeur, un curieux mélange de parfum, de sueur et d'alcool, m'emplit les narines.

« J'ai dit non, répétai-je. Revenons à ton père. »

Elle s'écarta de moi comme si j'étais contagieux.

« Ah ! vous n'êtes plus drôle, dit-elle, irritée. Qu'est-ce que vous voulez savoir encore ?

— Comment c'est arrivé.

— Comment pensez-vous que c'est arrivé ?

— Je ne sais pas. Dis-le-moi.

— Le type a pointé son arme sur mon père, puis il a appuyé sur la gâchette. Bang ! »

Sylvia rit. Elle était bien bonne.

« C'est arrivé où ? Dans quelles circonstances ?

— On ne parle plus de ça, dit-elle, ignorant ma question. Parlons plutôt de vous.

— De moi ?

— Oui, de vous. Êtes-vous un homme à femmes, monsieur Covesleki ? Je veux dire, vous aimez les femmes, n'est-ce pas ?

— Qu'est-ce que ça peut faire si…

— Moi, je parie que vous êtes un homme à femmes », gloussa-t-elle.

Sa main atterrit sur mon genou, remonta à l'intérieur de ma cuisse. Je l'ôtai de là en m'efforçant de garder les yeux sur la route. On roulait dans Sainte-Catherine, vers l'est. Il n'y avait presque plus de trafic et les tramways avaient été rangés pour la nuit, mais quand même. Valait mieux rester concentré.

« Bon, O.K., j'aime les femmes, dis-je. J'aime aussi les arbres, la crème de champignons, l'odeur du tabac et me lever tard les fins de semaine. Tu es contente ?

— Je le savais que vous aimiez les femmes. »

Sylvia s'approcha de nouveau de moi. Ses seins moelleux et pleins de vie s'écrasèrent contre mon épaule.

« Pourquoi on ne s'arrêterait pas dans une ruelle ou dans un parking, hum ? » dit-elle d'une voix caressante, son souffle chaud me chatouillant l'oreille.

Et puis elle me murmura des choses qu'une fille bien élevée de son âge n'était pas censée connaître. Ce petit jeu devait cesser. Je levai le pied et dirigeai la voiture vers le bord du trottoir et coupai le contact. Avant que je puisse dire ou faire quoi que ce soit, Sylvia passa la main derrière ma nuque et colla ses lèvres aux miennes avec une telle fougue que ça fit mal. Je l'agrippai par les épaules et l'écartai de moi. Puis je me tamponnai la lèvre inférieure du bout des doigts. Une goutte de sang.

« Vous n'avez pas envie de jouer avec moi ? » demanda Sylvia.

Je levai les yeux vers elle. Elle haletait comme une lionne en chasse. Ses yeux brillaient dans la pénombre.

J'avais envie de jouer avec elle plus que n'importe qui au monde. Mais elle aurait pu être ma fille. Si je la touchais, j'allais devoir décrocher le miroir au-dessus du lavabo dans ma salle de bain et j'en avais besoin pour faire ma toilette le matin.

« Non.

— O.K. d'abord ! » cria-t-elle presque.

Elle se blottit dans son coin et croisa les bras. Je la regardai un moment avant de redémarrer. Les sautes d'humeur des gens soûls sont toujours étonnantes.

CHAPITRE 8

Sylvia habitait dans Rosemont, dans une des innombrables avenues bordées de duplex et d'arbres. Les ampoules brillaient au-dessus des portes, éclairant les façades en brique et les escaliers qui s'élevaient en tournant sur eux-mêmes.

Il était difficile de lire les adresses. Je sortis la lampe de poche de la boîte à gants. Sylvia ronflait assez fort pour réveiller les morts, la tête appuyée dans le coin entre la banquette et la portière. Je ralentis et dirigeai le faisceau de la lampe sur les façades des duplex. Le duplex que je cherchais se dressait au milieu de l'avenue. Sylvia habitait au deuxième étage.

Il n'y avait pas de place de stationnement directement devant la maison et je dus rouler encore un peu avant d'en trouver une. Je me garai et coupai le contact.

« Terminus », dis-je à l'intention de Sylvia.

Elle ne bougea pas. Je posai la main sur son épaule et la secouai. Elle poussa un grognement. Je descendis, contournai la voiture et ouvris sa portière. Elle descendit à son tour. Je passai un bras autour de sa taille et on se dirigea vers la maison. Elle n'était toujours pas solide sur ses jambes.

À mi-chemin, elle s'arrêta brusquement.

«Monsieur Coveleski, gémit-elle.

— Quoi?

— Je pense que… que…»

Elle poussa un râle guttural. Je devinai ce qui s'en venait. Je la lâchai, fis un pas de côté mais pas assez vite, et les restes à moitié digérés de son souper et ses Bloody Mary s'écrasèrent sur le trottoir, éclaboussant mon soulier droit.

Quand son estomac se fut calmé, elle se redressa et s'essuya élégamment la bouche du revers de la main.

«Ça va mieux?» demandai-je.

Elle hocha la tête. Son visage était si pâle qu'elle avait l'air d'un fantôme. Je nettoyai mon soulier du mieux que je pus en le frottant dans le gazon, puis on reprit notre route. J'avais hâte que la soirée se termine.

L'ascension de l'escalier ne fut pas une mince tâche, mais on y arriva quand même. J'appuyai Sylvia contre la rampe du balcon, enfonçai la sonnette et attendis. Un chat miaulait plaintivement dans une ruelle pas très loin. Puis des pas résonnèrent derrière la porte et une voix hésitante demanda qui était là.

«Stan Coveleski. J'ai un colis pour madame Jeanne Dufresne.»

La porte s'ouvrit et Jeanne Dufresne elle-même me regarda avec curiosité. Elle était drapée dans un peignoir qui n'avait aucune forme, excepté celles qu'elle lui donnait. Elle portait des pantoufles ornées d'un pompon sur le devant. Ses cheveux blond cendré tombaient lourdement sur ses épaules. Si je l'avais réveillée, ça ne paraissait pas.

«Bonsoir, dis-je en pinçant le bord de mon feutre.

— Bonsoir. Qu'est-ce que…»

Elle vit sa fille appuyée contre la rampe, la tête penchée en avant. Elle ne sembla pas surprise.

«Elle a pris un verre de trop ? me demanda-t-elle.

— Plutôt deux ou trois.

— Je vais la mettre au lit. Elle va cuver son vin.

— Je vais vous aider, dis-je.

— Il est tard. Je ne voudrais pas vous retenir.

— Ça va, je suis insomniaque ce soir.»

Jeanne fit un pas de côté. J'entrai dans le vestibule en soutenant Sylvia. Une lampe sur une petite table éclairait faiblement le passage qui menait à l'arrière de la maison.

« Je m'occupe du reste, monsieur Coveleski, dit Jeanne. Allez au salon, à côté. Je vous rejoins dans deux minutes.»

Les femmes Dufresne s'éloignèrent dans le passage, la fille s'appuyant sur la mère. Ç'aurait été une scène touchante si la fille n'avait pas été soûle.

Il y avait deux portes vitrées à ma gauche. Je tournai une des poignées en cristal et entrai dans un grand salon double. Il était plongé dans la noirceur, sauf pour les rayons de lune qui passaient par une fenêtre et découpaient un carré de lumière pâle sur la moquette. Une horloge tictaquait dans un coin.

Je mis la main sur une lampe et allumai. Le mobilier n'était ni vieux ni récent. Même chose pour les tables et la décoration. C'était une pièce intemporelle. Je me laissai choir dans un canapé et me dénudai la tête. Puis je sortis une cigarette, mais je ne l'allumai pas. Je la fis tournoyer entre mes doigts, histoire de les garder occupés pendant que j'attendais Jeanne.

Elle entra dans le salon au bout de quelques instants, par une porte à l'autre bout de la pièce. Je glissai la cigarette dans la poche de mon veston et commençai à me lever, mais elle me fit signe de rester assis.

« Comment va Sylvia ?

— Elle dort déjà. Merci de l'avoir ramenée.

— Il n'y a pas de quoi. »

Elle s'assit dans le fauteuil devant moi et se pencha un peu en avant, les mains jointes sur ses genoux.

« Où l'avez-vous rencontrée ? Sûrement pas à l'Orpheum. »

Le secret de Sylvia n'en était plus un. Il ne valait pas la peine de mentir.

« Je l'ai rencontrée au Savoy.

— Au Savoy, répéta Jeanne sans expression particulière.

— Oui. Je rendais visite à un ami qui va peut-être pouvoir m'aider, pour le collier.

— C'est vrai ? Et puis ?

— Je devrais avoir de ses nouvelles bientôt.

— Quand, bientôt ? demanda Jeanne.

— D'ici quelques jours, j'imagine, dis-je sans me compromettre.

— Vous êtes très efficace, monsieur Coveleski. Ma belle-mère a fait un bon coup en vous engageant.

— J'ai juste fait mon travail. »

Jeanne pencha la tête sur un côté, esquissa un sourire.

« Comme c'est modeste, dit-elle sans malice.

— C'est la vérité.

— Avez-vous interrogé les enfants de madame Dufresne ?

— Juste ses filles. Ça n'a pas donné grand-chose, mais au moins je sais pourquoi elles sont en chicane.

— Ah oui ?

— Madame Dufresne les a élevées d'une main de fer, sans le gant de velours, et elles n'ont pas aimé ça. Et avec l'âge, madame Dufresne est devenue désagréable, paraît-il, ce qui n'a pas dû arranger les choses.

— C'est vrai que des fois elle est haïssable, dit Jeanne avec un haussement de sourcils.

— J'espère la rencontrer, un jour. Dites-moi, qu'est-ce qui est arrivé à votre mari ? »

Ma question la prit un peu de court. Elle ne savait pas quoi répondre. Je l'aidai un petit peu.

« Sylvia m'a dit qu'il avait été abattu.

— Je vois que l'alcool a délié la langue de ma fille, dit-elle en souriant du bout des lèvres.

— C'est moi qui l'ai interrogée. Hier, vous m'avez dit que vous aviez déjà été mariée à un des fils de madame Dufresne, puis Cloutier m'a dit qu'il n'avait jamais vu le père de Sylvia. J'étais curieux de savoir où il était passé, c'est tout. Mais je peux comprendre si vous ne voulez pas en parler.

— Non, ça va, monsieur Coveleski. Je vais vous le dire. Il est mort en Italie, en 43. Les Allemands l'ont eu.

— Ah bon.

— Ça fait plus de quatre ans déjà, dit Jeanne comme à elle-même. C'est vrai que le temps passe vite… Qu'est-ce que vous pensiez qui lui était arrivé, monsieur Coveleski ?

— Je ne pensais rien. Sylvia n'était pas très cohérente. Votre mari faisait carrière dans l'armée ? »

Jeanne fit signe que non.

« Pas du tout. Il n'avait jamais touché à une arme avant de s'enrôler. Il était avocat.

— Ce devait être un vrai patriote pour faire ça, dis-je. Il avait une bonne situation, une famille…

— Joseph ne s'est pas enrôlé par patriotisme. Il s'est enrôlé parce qu'il était malheureux et qu'il sentait le besoin de faire quelque chose de sa vie. Il ne me l'a jamais dit ouvertement – il n'était pas le genre d'homme à dévoiler ses états d'âme – mais je devinais qu'il n'était pas heureux.

— Pourquoi ? »

Jeanne baissa la tête. Ses cheveux cachèrent l'expression de son visage. Dans son coin, l'horloge continuait son tic-tac.

« C'était son travail. Je crois qu'il n'aimait pas le droit. En fait, je crois qu'il n'a jamais aimé ça. Voyez-vous, Joseph était plutôt du genre artistique. Il aimait lire les grands auteurs, Sénèque, Balzac. Tzara et Aragon étaient ses poètes préférés et on assistait souvent à des concerts à la salle du Plateau.

— Pourquoi est-ce qu'il est devenu avocat, dans ce cas-là ?

— La famille, monsieur Coveleski, la famille. Elle avait de l'argent, Joseph était un garçon brillant, alors pourquoi ne pas faire des études ? C'était bien vu. »

Sa voix était sarcastique.

« Alors il a décidé de s'enrôler dans le Royal 22e Régiment. Je n'oublierai jamais cette journée-là. C'était le quatre septembre, trois jours après qu'Hitler eut envahi la Pologne. Je me doutais un peu qu'il allait s'enrôler parce qu'il suivait de près les événements en Europe dans le journal, mais le choc a quand même été terrible. Je me suis tout de suite imaginé les pires horreurs, bien entendu. Je me sentais aussi blessée, rejetée. J'adorais cet homme-là. Il était toute ma vie. Moi, j'étais heureuse. J'avais une famille, une maison, un mari qui réussissait bien. C'était comme un rêve qui s'était réalisé, pour moi. »

Jeanne releva la tête, esquissa un petit sourire embarrassé.

« Tout ça doit vous paraître ridicule, monsieur Coveleski. La famille, la maison, le mari.

— Pas du tout.

—Je ne sais pas pourquoi je vous parle de ça, de toute façon.

—Vous pouvez continuer, si vous voulez.

—Je ne vois pas ce que ça donnerait, dit-elle en haussant les épaules. Vous avez une cigarette ? »

Je lui tendis mes Grads. Elle se pencha en avant, en tenant le col de son peignoir fermé d'une main, et en prit une. Je l'allumai pour elle, puis j'allumai pour moi celle que j'avais glissée dans ma poche de veston.

Elle poursuivit son récit. Malgré ce qu'elle avait dit. Elle n'avait jamais parlé de cet épisode de sa vie et elle avait besoin de le faire. Ça tombait bien. Mon siège était confortable et je n'avais nulle part où aller, sauf un petit logement triste et mal aéré.

« J'espérais qu'il ne passe pas l'examen médical, mais il était en parfaite santé. Ils l'ont pris et, dès la fin de l'année, le régiment a été envoyé en Angleterre. Joseph et les autres soldats se sont entraînés là pendant deux ans. Ce n'est qu'en 41, au mois de novembre, si ma mémoire est bonne, qu'ils ont reçu leur première mission. Ils devaient patrouiller les côtes de l'Angleterre, au cas où les Allemands auraient eu dans l'idée de tenter un débarquement. Je ne connais pas tous les détails. Joseph ne pouvait pas tout me dire dans ses lettres. Quoi qu'il en soit, rien n'est arrivé pendant les patrouilles. J'étais soulagée qu'il ne participe pas à de vrais combats. Il y avait moins de risques qu'il se fasse tuer. Je commençais même à croire, un peu égoïstement peut-être, qu'il rentrerait au pays sain et sauf et que tout redeviendrait comme avant. »

Jeanne ajusta son peignoir sur ses jambes croisées. Son visage avait changé d'une manière presque imperceptible. Ses yeux étaient légèrement plissés, ses lèvres, inclinées vers le bas. C'était un souvenir douloureux à raconter.

« En décembre 43, le régiment a été envoyé en Italie. Les Allemands avaient fortifié un groupe de maisons et un ravin au pied d'un château. Il fallait que le régiment de Joseph les déloge pour libérer le passage d'une route, pas loin de là. C'était un point stratégique important. Vous devez vous en souvenir, monsieur Coveleski. Le capitaine Paul Triquet a été honoré pour son courage pendant cette bataille. On en a parlé dans le journal et à la radio.

— Oui, je m'en souviens. Il a reçu la croix Victoria.

— Joseph faisait partie de sa compagnie, continua Jeanne. Il était sergent. La mission de la compagnie était de traverser le ravin et de s'emparer du château. Quand elle s'est approchée, les Allemands ont ouvert le feu avec des mitraillettes et des mortiers. Joseph n'a pas survécu. C'est aussi simple que ça. Il n'est pas mort en héros. Il est mort, c'est tout. »

Elle porta sa cigarette à ses lèvres, en tira une longue bouffée. Sa main tremblait un peu.

« Voilà, c'était ça, ma petite histoire », dit-elle.

Elle sourit, puis les coins de sa bouche s'inclinèrent en une moue triste, désarmante. Je regardai ailleurs.

« Sylvia a commencé à boire après ça ?

— Oui. Le départ de Joseph l'a touchée encore plus que moi. Elle adorait son père. Ils avaient l'habitude de parler de théâtre ensemble, de littérature. J'avais toujours pensé qu'elle étudierait là-dedans et qu'elle en ferait une carrière, peut-être. Mais maintenant, elle pense juste à sortir et à s'amuser.

— Ce ne doit pas être facile de l'élever toute seule.

— Non, ce n'est pas facile. Elle aurait besoin d'un père pour la brasser. Ses amis – je ne sais pas si on peut appeler les gens qu'elle fréquente des amis – ont une mauvaise influence sur elle. Elle ne m'écoute plus. Elle n'en fait qu'à sa tête. »

Jeanne écrasa son mégot dans le cendrier sur la table basse entre nous deux.

« Et vous, monsieur Coveleski ?

— Et moi quoi ?

— Vous n'êtes pas allé à la guerre ?

— Non. Je travaillais à la Sûreté municipale dans ce temps-là. Et j'étais marié aussi.

— Vous avez déjà été marié ?

— À vrai dire, je le suis toujours. Mais ma femme n'habite plus avec moi depuis un bout de temps, maintenant. »

Jeanne fronça les sourcils et me dévisagea.

« Qu'est-ce qui est arrivé ?

— Rien de grave. Je ne la traitais pas bien.

— Vous ne la traitiez pas bien ?

— Non.

— Je ne vous suis pas.

— J'étais détective à la Sûreté, à ce moment-là. Je travaillais sept jours sur sept, à n'importe quelle heure du jour et de la nuit. Elle aurait aimé qu'on sorte ensemble, qu'on voie du monde. Elle a fait sa valise et elle est partie. »

Ma voix me parut aussi amère que ma cigarette. Je me tus et l'écrasai.

« Elle vous manque, n'est-ce pas ? dit doucement Jeanne. Je comprends ce que vous ressentez.

— Votre mari est mort. C'est pas mal plus grave.

— Peut-être. Mais le résultat est le même, monsieur Coveleski. Nos époux sont partis et le vide qu'ils ont laissé nous rappelle qu'ils ne sont plus là. Moi, je pense à Joseph tous les jours. Je ne vois plus son visage devant moi, de l'autre côté de la table, pendant les repas. Son rasoir et son tube de crème à raser ne sont plus sur la tablette au-dessus du lavabo, dans la salle de bain. Je dors seule dans notre grand lit. Tout ça me fait penser à lui. Les conversations qu'on avait me manquent – le son de sa voix me manque. Je ne peux pas parler avec Sylvia, ce n'est pas une adulte. Et vous, monsieur Coveleski, qu'est-ce qui vous manque le plus ? »

Je ne dis rien. Ça ne m'aurait rien donné de dresser la liste des choses qui me manquaient.

Je m'extirpai du canapé et m'approchai de la fenêtre. Au-dessus des maisons de l'autre côté de la rue sombre, des étoiles criblaient le ciel et la lune jouait à cache-cache avec les nuages. Il n'y a pas à dire, c'était une nuit magnifique…

« Notre vie ne se déroule pas toujours comme on le voudrait. »

Jeanne m'avait rejoint. Je me tournai vers elle et fis de grands efforts pour lui sourire.

« On dirait bien que non », acquiesçai-je.

Une mèche de cheveux tombait sur sa joue droite. Je la replaçai derrière son oreille, sans vraiment penser à ce que je faisais. Elle saisit mon poignet et caressa sa joue avec la paume de ma main. Ses yeux rivés aux miens brillaient comme des saphirs. Puis elle vint vers moi et mes bras s'enroulèrent autour d'elle. Ses cheveux me frôlèrent la figure quand elle leva la tête.

« Restez un peu, monsieur Coveleski, murmura-t-elle. J'ai besoin de vous, de me sentir serrée dans vos bras. »

Elle nicha son visage au creux de mon cou. Un frisson lui traversa tout le corps, même s'il dégageait autant de chaleur qu'un chat endormi. Je la serrai très fort. Je pouvais sentir la rondeur de ses cuisses contre les miennes, les courbes de sa poitrine contre la mienne. Sa peau avait une douce odeur de savon qui réveillait en moi le souvenir de mes nuits passées avec Kathryn.

J'allais rester. J'avais aussi besoin d'elle.

Je rejetai le drap et me redressai sur mon séant. Elle était couchée en chien de fusil de son côté du lit, me tournant le dos, ses cheveux éparpillés sur son oreiller. Je ne pouvais pas dire si elle dormait. Je fis comme si c'était le cas et me levai sans bruit pour m'habiller. Je finissais de boutonner ma chemise quand la lampe de chevet s'alluma.

« Vous partez ? me demanda-t-elle.

— Oui.

— Je suis allée voir ma belle-mère, cet après-midi. Elle m'a remis un chèque pour vous. »

Elle repoussa le drap et se leva. Je lançai un regard par-dessus mon épaule et entrevis son corps neigeux, qu'elle drapait dans le peignoir. Elle se pencha sur son sac à main, posé sur une chaise dans un coin de la chambre. Je finis de m'habiller et la rejoignis dans l'embrasure de la porte.

« Tenez », dit-elle en me tendant le chèque.

Je glissai le chèque dans ma poche de veston. Ça me faisait bizarre d'accepter de l'argent après ce qui s'était passé entre nous. Mais, d'un autre côté, toute la soirée avait été bizarre.

On sortit de sa chambre. Le vestibule était tout juste à côté.

« Votre chapeau ? dit-elle tout bas.

— Je l'ai laissé à côté, au salon. »

Elle alla le chercher pour moi. J'ouvris la porte et me tournai vers elle, la main sur la poignée.

« Je vous appelle dès qu'il y a du nouveau. »

Elle hocha la tête.

Je sortis et descendis l'escalier. Il faisait nuit noire. Je jetai un œil à la porte au sommet de l'escalier. Elle avait été refermée. Je me dirigeai vers la Studebaker, accompagné par le clac-clac de mes pas sur le trottoir.

CHAPITRE 9

L'édifice de la Toilet Laundries Ltd. se dressait dans la rue Richmond, près de Saint-Antoine. C'était un édifice brun qui semblait être tombé du ciel tout d'un bloc. De grandes fenêtres divisées en petits carreaux s'alignaient de façon monotone à chaque étage. Le mortier entre les briques était d'une couleur gris souris. Des arcades au rez-de-chaussée essayaient d'égaycr un peu l'édifice, sans succès. Des décorations de Noël n'auraient pas plus réussi. Il avait l'air si moche que ça.

Les bureaux de l'administration, dont celui d'Henri-Paul Dufresne, étaient situés au dernier étage. J'y montai en ascenseur. Il était près de onze heures. J'avais dormi tard.

Henri-Paul Dufresne avait sa propre secrétaire, une jeune femme au visage pointu. Elle portait des lunettes et avait relevé ses cheveux en chignon pour paraître plus vieille qu'elle ne l'était vraiment. Quand j'entrai dans la salle d'attente, elle était assise derrière une Remington et ses doigts mitraillaient le clavier. Sa bouche n'était plus qu'un trait rouge. Ses yeux noisette lançaient des éclairs. Je m'en aperçus quand elle les leva une seconde pour voir qui j'étais.

« Qu'est-ce que vous voulez ? dit-elle sèchement.

— J'aimerais voir monsieur Dufresne.

— Vous avez un rendez-vous ?

— Non.

— Vous n'avez pas de rendez-vous ?

— Non. »

La jeune femme arrêta de taper, ajusta la position de la feuille, puis se remit à taper.

« Vous ne pouvez pas voir monsieur Dufresne sans rendez-vous, dit-elle d'une voix tranchante.

— C'est lui qui m'a demandé de venir. On s'est parlé au téléphone, hier. Vous vous souvenez ?

— Pourquoi vous ne l'avez pas dit plus tôt ? Votre nom ?

— Stan Coveleski.

— Attendez ici. »

Elle repoussa rageusement sa chaise, se leva et disparut par une porte latérale. J'attendis. Puis elle réapparut et se rassit derrière la machine à écrire.

« Vous pouvez y aller, il vous attend.

— Merci. »

Je fis un pas vers la porte. La fille soupira dans mon dos.

« Monsieur », dit-elle.

Je me retournai.

« Je m'excuse d'avoir été bête avec vous. Mais monsieur Dufresne est sur mon dos depuis neuf heures ce matin.

— Qu'est-ce qu'il y a ?

— Ça fait six fois qu'il me fait recommencer la même lettre. Je suis ici depuis deux jours et il pense que je connais déjà tous ses petits caprices…

— Ça va, ne vous faites pas de bile. »

J'entrai et fermai la porte derrière moi. Le cliquetis de la machine à écrire retentit de nouveau.

J'étais dans un bureau qui ressemblait à n'importe quel bureau de n'importe quel cadre de n'importe quelle compagnie. Il contenait les traditionnels classeurs, quelques chaises, un bureau, des cadres aux murs. Tout était propre comme un sou neuf et parfaitement en ordre. Les porte-crayons en laiton étaient placés à la même distance de chaque côté du bureau.

Un homme était assis derrière. Il avait fait pivoter son fauteuil pour être assis parallèlement au meuble et croiser les jambes. Sa main gauche tenait le combiné du téléphone contre son oreille, alors que la droite, posée sur le bureau, tenait un gros cigare éteint.

«Je sais, ce sera difficile de respecter les échéances, disait-il d'une voix tendue. Hm-hm… Non, ce n'est pas une bonne idée. Le mieux est de livrer la commande à temps… Oui, mais ils s'en foutent, eux, des courroies qui brisent. C'est notre responsabilité de respecter les échéances.»

Il se rendit compte qu'il n'était plus seul et désigna la chaise devant lui. Je m'assis. Il continua de parler au téléphone comme si je n'étais pas là.

Je ne connaissais personne qui lui ressemblait. Il avait un long visage anguleux surmonté d'une brosse poivre et sel. Son nez aquilin et ses oreilles pointues lui donnaient un air de bête de proie. Il était en bras de chemise et portait des bracelets à ses biceps pour tenir ses manches. Sa chemise semblait avoir été repassée deux minutes plus tôt. À en juger par ses jambes croisées, il avait l'air très grand et aussi mince et aussi solide qu'un câble d'acier. Environ cinquante ans, mais en très bonne forme.

«Écoute, il faut que je te laisse, dit-il à son interlocuteur. Il y a quelqu'un qui m'attend. Nous en reparlerons… C'est ça.»

Il remit le combiné sur son support, doucement, et pressa ses yeux fermés du bout des doigts.

«Quelle bande d'incapables», marmonna-t-il.

Puis il fit tourner son fauteuil et me fit face.

« Désolé de vous avoir fait attendre, monsieur Coveleski. Mais nous avons des petits problèmes avec des clients en dehors de la ville et ça ne pouvait pas attendre.

— Je comprends.

— Je suis ravi de faire votre connaissance.

— Pareillement.»

On se serra la main. Il avait une bonne poigne, comme je m'y attendais. Puis il examina le bout noirci de son cigare.

«Avec tout ça, mon cigare s'est éteint.»

Il le lança dans une poubelle et ouvrit une petite boîte sur le coin de son bureau. Des tubes bruns y étaient alignés. Il en prit un, coupa le bout à l'aide d'un coupe-cigare et le jeta dans une poubelle. Dans la salle d'attente à côté, le cliquetis de la machine à écrire retentissait toujours, faiblement.

«Vous en voulez un? me demanda-t-il.

— Non merci.

— Vous êtes certain? Ce sont des Pullman pur Havane. Un ami chez J.-E. Piette m'en donne quand je veux.

— Certain.»

Il alluma son cigare en le faisant tourner dans la flamme d'un briquet plaqué or. Il prit son temps, comme s'il me donnait un spectacle.

« Venons-en tout de suite aux faits, monsieur Coveleski, dit-il ensuite. Je suis un homme occupé. Je sais ce qui est arrivé à Estelle, ma chère mère, et pour tout vous dire, je n'approuve pas sa décision d'avoir fait appel à un détective privé. Je crois que vous êtes pour la plupart des individus à la morale douteuse, prêt à tout pour gagner un dollar, à qui on ne peut se fier. »

Il leva la main, esquissa un sourire clément.

« Comprenez-moi bien, monsieur Coveleski. Je ne dis pas que vous êtes comme ça. Mais vous devez admettre que certains de vos confrères sont des gens peu recommandables.

— Tout le monde n'a pas la même définition du mot recommandable.

— Oui, eh bien, si j'ai demandé à vous parler, c'est pour savoir où vous vous situez par rapport à eux. J'aimerais donc avoir quelques renseignements sur vous.

— Comme quoi ?

— Quelle éducation vous avez reçue, quelles sont vos expériences de travail, ce genre de choses.

— Je vois. J'ai terminé premier de ma classe en deuxième année et j'ai déjà gagné un concours de traite de vaches dans mon patelin quand j'avais seize ans. »

Henri-Paul Dufresne tapota son cigare au-dessus d'un cendrier, le visage impassible. Je ne voulais pas non plus que ce que je venais de dire passe pour une blague.

« Je pensais plutôt à des choses reliées à votre travail actuel, monsieur Coveleski.

— Je mène déjà une enquête, monsieur Dufresne.

— Oui, je le sais très bien.

— Et je termine toujours ce que j'ai commencé.

— Eh bien, ce ne sera peut-être pas le cas cette fois-ci », dit-il tout bonnement.

Il dégaina un des stylos de son porte-crayon.

« Je vous écoute.

— Bon. J'ai travaillé plus de dix ans pour la Sûreté municipale. Vous pouvez parler au sergent-détective

Roger de Vries. On a fait équipe un bon bout de temps.»

Il nota le nom de de Vries sur un bloc-notes. La machine à écrire se tut dans la pièce d'à côté.

«Ensuite?

— Vous avez suivi le procès de Fleurette Corriveau dans les journaux? On en parlait hier.

— Non. Moi, les affaires judiciaires, vous savez… dit-il en esquissant une moue.

— Elle était accusée de meurtre. J'ai collaboré avec la police et elle a été acquittée.

— Vous voulez dire qu'elle a été acquittée grâce à vous?

— Disons que mon témoignage n'a pas fait de tort.

— Je vois. Rien d'autre?»

Je lui donnai le nom d'un gérant d'hôtel pour qui j'avais clarifié une affaire dans un passé pas très lointain et les noms de deux détectives de la Sûreté avec qui j'avais déjà collaboré. Il nota le tout sur son bloc-notes.

«Très bien, monsieur Coveleski, dit-il. Je vais demander à ma secrétaire de vérifier tout ça.»

Il s'adossa doucement contre le dossier de son fauteuil et tira une longue bouffée de son cigare, avec le sentiment évident de maîtriser la situation, très heureux de lui-même.

«Vous avez rendu visite à votre mère? lui demandai-je.

— Non, je n'ai pas eu le temps. Je suis un homme occupé, monsieur Coveleski. Mais Jeanne m'a appelé. Elle m'a dit que le docteur Verreault l'avait examinée et qu'il lui avait prescrit du repos. Je fais confiance au docteur Verreault.

— Je me demande si elle a fini de se reposer.

— Vous comptez l'interroger?

— Il faudrait bien. Je travaille pour elle – pour le moment, du moins – et je ne l'ai pas encore rencontrée. Elle pourrait avoir des détails importants à me donner.

— Je ne sais pas si elle a fini de se reposer, comme vous dites, fit Henri-Paul Dufresne. Vous allez devoir vérifier auprès du docteur Verreault. Je ne veux pas que vous la dérangiez si elle n'est pas complètement rétablie.

— O.K. Je vais vérifier auprès du docteur. »

Il hocha la tête d'un air satisfait.

« Bon, eh bien, nous allons nous laisser là-dessus, monsieur Coveleski. J'ai beaucoup de travail. Mon temps est précieux. Je suis un homme occupé. »

Je commençais à comprendre que c'était un homme occupé.

Il déposa son cigare dans le cendrier et se leva. Il était vraiment très grand et il avait vraiment l'air aussi mince et aussi solide qu'un câble d'acier. Je me levai à mon tour. Il contourna son bureau et m'entraîna vers la porte.

« Écoutez, je donne une petite réception chez moi, ce soir, et j'aimerais que vous passiez faire un tour.

— C'est fin de m'inviter.

— Vous n'avez rien au programme ?

— Non.

— Très bien. Je pourrai vous donner les résultats de ma petite enquête. Huit heures, ça vous va ? »

Avant que j'aie eu le temps de répondre, il ouvrit la porte.

« Ma secrétaire va vous donner mon adresse. »

Il m'agrippa une main, la serra et me ferma la porte au nez. Je rejoignis la secrétaire. Je me sentais comme les moutons de poussière sous le canapé du salon.

« J'ai entendu, dit-elle. Je vous écris ça tout de suite. »

Tandis qu'elle s'affairait, je sortis la feuille de la machine à écrire et la parcourus des yeux.

« C'est du bon travail.

— Vous croyez ?

— Hm-hm. »

Elle se leva et m'échangea l'adresse contre la feuille.

« Il va sûrement trouver quelque chose à redire, dit-elle. Il n'est jamais content. »

Elle marcha vers la porte du bureau de son patron.

« Bonne chance », dis-je.

Elle entrouvrit la porte, m'adressa un sourire par-dessus son épaule et entra.

◆

Je quittai l'édifice de la Toilet Laundries. Il était passé onze heures et demie à ma montre. Je n'avais rien avalé pour déjeuner, à part une tasse de café, et mon ventre criait famine. Comme j'étais à deux pas de la rue Sainte-Catherine, je me rendis au Saint-Régis, en face du square Phillips. Je mangeai un sandwich et bu une Black Horse, puis je me rendis à l'arrière de la taverne en mâchouillant un cure-dents. Un téléphone était accroché au mur entre les toilettes des hommes et celles des femmes. Je composai le numéro du bureau. Emma décrocha après la première sonnerie.

« Bureau de Stan Coveleski.

— Salut, c'est moi.

— Bonjour.

— Est-ce que Nick Tremblay a appelé ?

— Non, il n'y a pas eu d'appel. »

C'est vrai qu'il était un peu tôt.

« C'est qui, Nick Tremblay ?

— Un ami à qui j'ai demandé un petit service.

— Ah bon, dit Emma. Qu'est-ce que vous voulait Henri-Paul Dufresne, en fin de compte ?

— Il voulait mes références.

— Vos références ?

— Hm-hm. Il va les vérifier et si elles ne sont pas à son goût, il va me retirer l'affaire. »

Emma poussa un petit rire sarcastique.

« Vous voulez rire ?

— Non, je suis sérieux.

— Vous ne pouvez pas le laisser faire une chose pareille ! dit-elle avec indignation.

— Ne t'énerve pas. On verra bien ce qui va arriver.

— Quand allez-vous savoir si vous êtes renvoyé ou non ?

— Ce soir, à huit heures. Henri-Paul m'a invité chez lui pour une réception.

— Une réception ? dit Emma d'un ton moqueur. C'est très mondain.

— Mouais, très mondain. Je vais rappeler plus tard. Ne t'éloigne pas trop, d'accord ?

— Je ne bouge pas d'ici, vous le savez bien. »

Je la remerciai et raccrochai.

Mon prochain arrêt était le cabinet du docteur Verreault. Je voulais lui demander des nouvelles de madame Dufresne, bien entendu, mais aussi lui parler, tout simplement, histoire de mieux le jauger. Notre relation avait débuté un peu sur le mauvais pied, l'avant-veille. Il ne pouvait pas être si prétentieux.

L'annuaire accroché au téléphone me donna l'adresse de son cabinet. Il était situé rue Sherbrooke, dans l'ouest, dans un immense édifice deux tons qui avait l'air assez neuf, le Medical Arts Building. C'était un nom tout à fait approprié : la liste des locataires dans le hall indiquait que l'édifice abritait des chirurgiens, des dentistes, des généralistes. Le cabinet de Léopold Verreault, toujours selon la liste, était au sixième étage.

L'ascenseur m'y conduisit et je traversai un couloir en examinant les portes de chaque côté. La porte marquée *Léopold Verreault Médecine générale* était ouverte. J'entrai.

Une jeune femme était assise à un bureau, au fond de la pièce. La secrétaire, sans doute. Elle lisait un livre. Je restai un moment sans bouger, pour lui laisser le temps de constater ma présence, mais le livre retenait toute son attention. Une flamme brillait dans ses yeux, ses joues étaient empourprées.

Je me raclai discrètement la gorge. Le livre disparut en un éclair dans un tiroir et la secrétaire posa ses yeux sur moi. Elle s'efforça d'esquisser le sourire professionnel qui venait avec son poste. Elle s'acquitta plus ou moins bien de cette tâche.

« Oui, monsieur ? Je peux vous aider ?

— J'aimerais parler au docteur Verreault, dis-je en m'avançant vers elle. Il est là ?

— Oui, mais il est avec une patiente en ce moment. Vous avez un rendez-vous, monsieur… ?

— Coveleski. »

Elle ouvrit le cahier des rendez-vous devant elle.

« Je ne suis pas un de ses patients.

— Ah bon.

— Non. Je voulais juste lui parler.

— Vous voulez l'attendre ? Ou lui laisser un message ?

— Je vais l'attendre. Je ne suis pas pressé.

— Comme vous voulez. »

Je m'assis sur une chaise. Il y en avait huit en tout, quatre de chaque côté de la pièce, avec une table basse au milieu. Quelques magazines traînaient sur la table. Les murs et le tapis étaient dans les tons de beige.

Une violette dans un coin essayait de donner un peu
de couleur à cette pièce fade, sans trop de succès. Je
me sentais malade juste d'y être assis.

Les minutes passèrent. Le ronronnement d'un ven-
tilateur, juché sur un des trois classeurs derrière la
secrétaire, emplissait le silence. La secrétaire restait
sagement assise à sa place, les mains jointes devant
elle, fixant le vide.

Elle avait de grands yeux noirs et les cheveux bruns
roulés en boudins. Son visage était joli. Il aurait pu
être encore plus joli avec du maquillage, mais elle
n'en portait pas. Sa blouse à jabot étouffait les formes
de sa poitrine. Elle paraissait vieille pour son âge. Je
ne lui donnais pas plus de vingt, vingt et un ans. On
aurait dit qu'elle était sur le point d'entrer chez les
sœurs.

« Il n'y a pas grand monde de malade aujour-
d'hui », dis-je.

Elle sourit du bout des lèvres. Ma blague était moins
bonne que je ne l'avais pensé.

« Vous pouvez retourner à votre livre, si vous vous
ennuyez.

— Non, ça va.

— Qu'est-ce que vous lisiez ?

— Un roman.

— Je m'en doutais. Qu'est-ce que ça raconte ?

— Oh, c'est une histoire d'amour, dit-elle évasi-
vement.

— Le titre ? »

La secrétaire hésita avant de répondre.

« *L'Amant de lady Chatterley*. C'est une amie qui
me l'a prêté. Je sais que je ne suis pas censée lire ce
genre de livres…

— Pourquoi pas ?

— Ma mère n'approuverait pas. C'est… c'est *obscène*.

— Je ne pourrais pas dire, je n'en ai jamais entendu parler. C'est quoi l'histoire ? »

Elle hésita de nouveau.

« Lady Chatterley est mariée à un vétéran de la Première Guerre mondiale. C'est un invalide. Il ne peut plus marcher. Il se déplace dans une petite voiture à moteur. Lui et lady Chatterley vivent dans un manoir en Angleterre. Un jour, elle voit le garde-chasse, Parkin, qui fait sa toilette… torse nu. »

La secrétaire détourna les yeux.

« Qu'est-ce qui arrive ?

— Elle tombe amoureuse de lui, dit-elle tout bas.

— Et lui tombe amoureux d'elle, je suppose.

— Oui. Il est marié, mais sa femme l'a quitté. Il se sent seul, je pense. C'est pour ça qu'il l'aime.

— Je ne vois rien d'obscène là-dedans.

— Pas jusqu'à maintenant, non. Mais à cause de son accident à la guerre, le mari de lady Chatterley ne peut plus… Voyez-vous, il ne peut plus… il ne peut plus avoir de… de *rapports sexuels*. Alors une nuit, lady Chatterley va rejoindre le garde-chasse dans sa cabane et ils ont un rapport sexuel. »

Elle fixait ses mains, toujours jointes devant elle sur le bureau. Son visage était tout rouge.

« Il n'y a rien de mal là-dedans, dis-je.

— Vous croyez ? »

Elle me dévisagea en fronçant les sourcils.

« Oui. C'est correct quand deux personnes s'aiment. C'est une façon d'exprimer l'amour qu'elles ont l'une pour l'autre. Lady Chatterley et le garde-chasse – c'est quoi son nom, déjà ?

— Parkin.

— Parkin, c'est ça. Lui et lady Chatterley s'aiment, vous me l'avez dit. Je ne crois pas que ce qu'ils font est mauvais.

— Ce n'est pas ce que dit ma mère, dit la secrétaire d'un ton sentencieux.

— Qu'est-ce qu'elle dit, votre mère ?

— Elle dit que c'est mal. Que les gens qui font ce genre de choses vont brûler en enfer pour l'éternité.

— Eh bien, tout le monde a droit à son opinion.

— Vous n'êtes pas d'accord ? »

Ses yeux étaient rivés aux miens, comme si elle cherchait à voir ce qui se passait derrière. J'avais de la difficulté à croire que j'avais une conversation pareille avec une fille de cet âge-là. Quoi que toutes les filles n'étaient pas des Sylvia Dufresne.

« L'enfer ne serait pas assez grand pour contenir tous les gens qui ont des rapports sexuels, dis-je génialement. Et je ne crois pas qu'il faille en vouloir à lady Chatterley. Son mari est peut-être désagréable avec elle. Ses jambes blessées l'ont peut-être aigri. Je ne sais pas, je n'ai pas lu le roman.

— Il est froid, méchant. Il n'aime pas les gens qui ne sont pas riches comme lui. Il n'aime pas Parkin.

— Bon. Lady Chatterley se sent peut-être attirée par Parkin parce qu'il est fin avec elle, chaleureux. Dans la vie, tout ne se rapporte pas toujours au sexe. »

Elle hocha lentement la tête, l'air songeur.

« Oui, vous avez peut-être raison. »

C'était une fille intelligente. On pouvait le sentir en discutant avec elle. Mais ses parents ne l'avaient peut-être pas élevée de la bonne façon. Tout ce que je souhaitais, c'était que son premier petit copain n'essaie pas de la tripoter à leur premier rendez-vous. Elle ne s'en remettrait jamais.

Là-dessus, la porte du bureau du docteur Verreault s'ouvrit. Une petite femme rousse en sortit, suivie du docteur. Elle se tourna vers lui et ils échangèrent quelques mots. Tout en parlant, le docteur Verreault balaya la salle d'attente du regard. Ses yeux se posèrent sur moi, se fixèrent sur moi. Sa bouche se pinça. Puis il se souvint de ses bonnes manières et retroussa ses babines en un sourire qui ressemblait davantage à une grimace.

Enfin la femme le remercia et se dirigea rapidement vers la porte. Je me levai. En passant devant moi, la petite rousse me lança un regard rapide avant de disparaître.

Le docteur Verreault s'avança vers moi. Il était impeccablement habillé et coiffé, comme lors de notre première rencontre.

« Bonjour, monsieur Coveleski.

— Bonjour docteur. Comment allez-vous ?

— Bien, bien. »

On se serra la main.

« Qu'est-ce que vous faites ici ?

— Je passais dans le coin et j'ai décidé d'arrêter. J'aimerais vous parler deux minutes.

— Bien sûr. »

Il se tourna vers sa secrétaire.

« Tu peux aller dîner, Odélie. Je vais m'occuper du téléphone et de monsieur Coveleski.

— Très bien, papa. »

Le docteur me jeta un regard de côté. J'étais surpris, mais pas énormément.

« Reviens à une heure et demie, d'accord ?

— D'accord, dit-elle en repoussant sa chaise.

— Tiens. »

Il lui tendit un billet de deux dollars. Elle l'empocha et m'adressa un petit sourire.

«Bon appétit», lui dis-je.

Elle se dirigea vers la porte. Elle boitait un peu. Ça lui donnait une petite allure enfantine qui accentuait encore plus son innocence et sa naïveté, me semblait-il.

« Par ici, monsieur Coveleski », me dit le docteur en ouvrant la porte de son bureau.

Je le suivis à l'intérieur. Il y avait une autre porte, à gauche. Elle s'entrouvrait de quelques centimètres sur une petite pièce. Je pus voir le bout d'une table d'examen, une armoire remplie de bouteilles et de flacons et un appareil pour stériliser les aiguilles hypodermiques. Il y avait une grosse pile d'aiguilles et de seringues à côté.

Le docteur ferma la porte en passant et m'invita à m'asseoir. Je m'assis et jetai un œil à la pièce. Elle contenait un bureau et trois chaises, une bibliothèque vitrée dans laquelle s'entassaient des livres. Les rideaux devant la fenêtre, au fond, n'étaient pas très propres là où la vitre s'ouvrait. La vitre était fermée pour le moment. Le tapis était de mauvaise qualité. Les diplômes de rigueur s'alignaient sur un mur.

« Vous attendiez depuis longtemps ? me demanda le docteur en s'assoyant devant moi.

— Dix, quinze minutes. Votre fille m'a tenu compagnie.

— Ma secrétaire a dû s'absenter pour quelques jours et j'ai demandé à Odélie de la remplacer. Ça me coûte moins cher qu'une secrétaire professionnelle.

— C'est une fille très intéressante. »

Il ne comprit pas ce que je voulais dire par là – ou fit comme s'il n'avait pas compris.

« C'est une très bonne fille. Elle est à son affaire, sérieuse – un peu trop pour une fille de son âge, peut-être. Nous sommes très fiers d'elle, sa mère et moi.

« — Je peux vous demander ce qui lui est arrivé ?

— Qu'est-ce que vous voulez dire ?

— Sa jambe. Elle boite. »

Le docteur esquissa un sourire aigre-doux.

« Votre question m'oblige à vous répondre, non ?

— Ma question ne vous oblige à rien, docteur Verreault. Si vous ne voulez pas en parler...

— Non, ça va, dit-il en levant la main. Je vais vous le dire. Ce n'est rien de honteux, après tout. Odélie a un pied bot, ou difforme, si vous préférez. Le droit. Ses os se sont mal développés. Mais elle a appris à vivre avec son infirmité et elle fonctionne comme une personne "normale", voilà tout.

— Tant mieux pour elle.

— Oui, tant mieux pour elle, répéta le docteur avec un sourire. De quoi voulez-vous que nous parlions, monsieur Coveleski ? Vous avez des petits problèmes de santé ?

— Non, je vais bien. Vous avez fait votre visite de rappel chez madame Dufresne hier, n'est-ce pas ? »

Il hocha la tête, ajusta ses lunettes cerclées d'or sur son nez.

« Oui, je suis passé la voir.

— Et puis ?

— Elle va bien. Sa pression, son pouls – tout était normal. Elle a dit qu'elle se sentait fatiguée, qu'elle était faible. Mais c'est normal, dans les circonstances.

— Vous m'avez dit qu'elle n'avait pas le cœur solide. C'est à cause de sa crise cardiaque, j'imagine ?

— Vous êtes au courant ?

— Oui. J'ai parlé à Olympe, une de ses filles. C'est elle qui me l'a dit.

— C'était assez sérieux. Elle en a gardé des séquelles. Le côté gauche de son visage et son bras gauche en sont restés partiellement paralysés. Et elle

a près de soixante-dix ans, alors il faut être prudent.
Mais, comme j'ai dit, elle n'a qu'à se reposer et à
éviter les émotions fortes au cours des prochains jours
et tout ira bien. Vous n'avez pas à vous inquiéter,
monsieur Coveleski. Elle sera en mesure de signer
vos chèques. »

Le docteur Verreault me regarda d'un œil amusé.
Je n'eus pas à faire de gros efforts pour ne pas
m'écrouler de rire.

« Ce n'est pas seulement pour ça que je m'informais
de son état de santé, docteur. Elle est ma patronne.
J'aurais bien aimé lui parler, lui poser des questions.

— Je vous déconseille de lui rendre visite.

— Vous avez dit qu'elle allait bien, non ?

— Oui, mais cette affaire l'inquiète beaucoup – le
fait d'avoir été cambriolée, de vous avoir engagé, vous,
un détective privé… Tous ces soucis sont mauvais
pour sa santé, qui n'est déjà pas très bonne, inutile de
vous le rappeler.

— Inutile de me le rappeler.

— Bon. Je crains qu'en lui rendant visite vous ne
l'énerviez au point de provoquer une crise d'asthme.

— Et si j'y allais doucement ?

— Vous devrez attendre encore quelque temps,
monsieur Coveleski. Ordre du docteur.

— Bon, très bien. Vous allez encore demander à
Maria de jouer les gardes du corps ? »

Le docteur Verreault haussa un sourcil.

« Je vous demande pardon ? »

Je lui racontai ce qui s'était passé la veille, sur le
seuil de la résidence Dufresne.

« Je suis désolé, monsieur Coveleski. Maria a pris
ce que je lui avais dit un peu trop au pied de la lettre.

— Ça va. Elle ne m'a rien cassé. »

Il changea de position dans sa chaise en souriant. Je pensai à l'appareil à stériliser et aux aiguilles dans la pièce d'à côté. Il y avait vraiment beaucoup d'aiguilles.

« Vous savez, reprit le docteur, je me demande pourquoi elle se donne tous ces soucis pour un collier.

— D'après ce qu'on m'a dit, il vaut cher.

— Estelle Dufresne est pleine aux as, dit inélégamment le docteur. Regardez la maison, le cuisinier, la bonne. Elle pourrait se payer des dizaines et des dizaines de colliers et sûrement bien plus beaux que celui qui lui a été volé.

— Il a peut-être une valeur sentimentale. Les vieilles personnes s'attachent souvent à des objets de leur passé.

— Oui, sans doute. »

Mais il ne semblait pas convaincu.

« Quoi qu'il en soit, monsieur Coveleski, vous devriez lui dire que vous abandonnez les recherches. Il vaudrait mieux qu'elle oublie cette affaire de collier au plus vite.

— Je ne vais pas abandonner les recherches.

— Pourquoi pas ?

— Elle m'a engagé pour retrouver son collier. Je vais faire tout ce que je peux pour le retrouver. »

Le docteur esquissa un geste impatient de la main. Il faisait beaucoup d'efforts pour être aimable, mais ça semblait difficile depuis qu'on parlait du collier.

« Oui, mais vous devez comprendre que cette histoire est mauvaise pour elle – pour sa santé.

— Je comprends. Mais elle semblait assez bien pour me contacter le matin du vol et je fais ce qu'on me demande quand je ne vois rien de croche en coulisses. Et dans ce cas-ci, tout m'a l'air parfaitement en règle.

— Vous êtes un homme entêté, monsieur Coveleski, dit-il d'un ton acide. J'imagine que c'est une qualité dans votre profession.

— Ça ne nuit pas. »

Il fronça les sourcils et étudia mon visage.

« Puisque nous parlons du collier…

— Oui ?

— Ça avance, votre enquête ?

— Ça avance. J'ai parlé à l'ex-chauffeur de madame Dufresne, Dan Cloutier. Vous vous souvenez de lui ?

— Bien sûr. Je l'ai rencontré quelques fois.

— Vous souvenez-vous de quelque chose en particulier ? »

Le docteur répondit sans hésiter.

« Je n'ai jamais aimé ce garçon. Il avait des manières de rustre. Chaque fois que je le croisais, il me lançait un "Hé ! salut doc !" comme si nous étions de vieux amis. Il avait déjà fait de la prison – madame Dufresne me l'a dit, un jour – et il buvait. D'ailleurs, il a eu un accident avec la voiture de madame Dufresne alors qu'il était en état d'ébriété. Elle l'a congédié peu de temps après ça. Ce garçon était un bon à rien. Je ne comprendrai jamais pourquoi madame Dufresne l'avait embauché en premier lieu. »

Je sympathisais de plus en plus avec Cloutier. Personne ne l'aimait, le pauvre gars.

« C'est bizarre, dis-je. Lui il m'a dit qu'il était sobre.

— Il mentait. Son haleine empestait l'alcool. Vous devriez le tenir à l'œil. Je ne serais pas surpris qu'il ait quelque chose à voir avec le vol du collier.

— Merci du conseil.

— Je suis sérieux, monsieur Coveleski. Il a un passé chargé. Il avait peut-être besoin d'argent pour rembourser des dettes ou je ne sais quoi encore. Et il a été dans l'entourage de madame Dufresne assez long-temps pour planifier son coup.

— Comment se fait-il que ce soit vous qui l'ayez examiné ?

— L'accident est survenu à quelques coins de rue de chez madame Dufresne. Cloutier a fait le reste du chemin à pied. Le cuisinier m'a appelé – il me connaît à cause de mes nombreuses visites chez madame Du-fresne. Je suis allé voir ce se passait. Cloutier avait quelques contusions, des égratignures. Je l'ai pansé parce que c'était mon devoir, ajouta méchamment le docteur.

— Je vois. Vous souvenez-vous du temps qu'il fai-sait ce soir-là, docteur Verreault ?

— Non, je ne m'en souviens pas, dit-il, légèrement agacé. Pourquoi ?

— Pour rien. »

Il consulta sa montre, posa ses petites mains propres sur son bureau et se hissa hors de sa chaise.

« Si vous voulez bien m'excuser, monsieur Cove-leski, je reçois une patiente dans deux minutes.

— Une dernière question, docteur.

— Oui ?

— À quoi servent les aiguilles et les seringues ? »

Il me regarda un moment sans rien dire. Ses yeux semblaient attirés par l'appareil à stériliser, de l'autre côté du mur. Mais je me faisais peut-être des idées.

« Eh bien, elles servent à injecter des vaccins, des vitamines, à faire des prises de sang.

— Un docteur en a besoin de combien pour prati-quer ?

— Ça dépend.

— De quoi ?

— De sa clientèle, si elle est nombreuse ou non. Et aussi des risques d'épidémie. À ce moment-là, il est utile d'en avoir en réserve pour pouvoir vacciner les gens.

— Hm-hm, je vois.

— Rien d'autre, monsieur Coveleski ?

— Non, ce sera tout, dis-je en me levant. Merci de m'avoir accordé de votre temps, docteur Verreault. »

Il contourna son bureau et me reconduisit à la porte.

« Attendez encore un peu avant de rendre visite à madame Dufresne. J'apprécierais beaucoup. Elle aussi, j'en suis sûr.

— Je vais attendre. »

On se serra la main et je quittai son bureau. Il ferma la porte aussitôt que j'eus passé le seuil. À part moi, la violette dans son coin était le seul organisme vivant dans la salle d'attente.

CHAPITRE 10

Rien ne se passa le reste de cette journée-là.

Je surveillai le duplex de Cloutier, en partie à cause de ce que m'avait dit le docteur Verreault, en partie pour ne pas avoir l'impression que madame Dufresne me payait à ne rien faire. Évidemment, Cloutier n'osa pas mettre le nez dehors. Je me rendis régulièrement à l'hôtel Berkeley et passai un coup de fil au bureau pour savoir si Nick Tremblay avait appelé. Il ne l'avait pas fait. L'enquête piétinait. Je n'avais pas d'indice. Rien. Pas le moindre petit vermisseau. Je me sentais moche.

À cinq heures, j'allai chercher Emma et la reconduisis chez elle, puis je roulai jusque chez moi. Je soupai seul, comme je l'avais fait ces derniers mois, mais le silence me parut plus lourd qu'à l'habitude. J'allumai la radio et pensai.

Je pensai à une femme dans la quarantaine que la vie n'avait pas gâtée, à une fille qui sortait dans les cabarets, à une autre fille, sage comme une image celle-là, qui ne connaissait rien de la vie, à un docteur qui gardait des dizaines et des dizaines d'aiguilles et de seringues à son bureau. Je me demandais ce qu'il pouvait bien mijoter, le bon docteur, mais sans trop savoir pourquoi. Ce n'étaient que des aiguilles et des seringues, après tout. Ça ne voulait pas nécessairement dire qu'il mijotait quelque chose.

Je pensai à Kathryn aussi ; je pensai beaucoup cette journée-là. J'aurais bien aimé l'entendre raconter sa journée, m'annoncer les nouvelles du jour, me parler de n'importe quoi. Les voix de l'oncle Thompson et de Pierre et de Madeleine à CKAC ne faisaient que remplir le silence. Faire une promenade ensemble après le souper aurait été bien aussi, au lieu de la réception d'Henri-Paul Dufresne. Toutes ces réflexions m'agaçaient parce que je croyais m'être fait à l'idée que c'était fini entre nous deux, et voilà que je pensais aux moments passés ensemble comme un garçon boutonneux en peine d'amour.

Je lavai la vaisselle qui s'était accumulée dans l'évier au cours des derniers jours et l'essuyai, au lieu de la laisser sécher sur le comptoir. J'avais tout mon temps. Puis je fis un brin de toilette, enfilai un complet pâle – je laissai faire le feutre pour cette sortie-ci – et me mis en route.

◆

C'était une autre grosse maison cossue d'Outremont, avec un porche aristocratique à colonnes blanches, des pignons en façade, du lierre qui grimpait sur les murs. La pelouse s'étendait devant la maison comme un tapis vert foncé. Toutes les lampes au rez-de-chaussée étaient allumées et leur lumière passait par les grandes fenêtres, découpant des carrés jaunâtres sur la pelouse.

Des voitures s'alignaient de chaque côté de la rue devant la maison. Je me garai un peu plus loin et revins vers la résidence. À mesure que je m'en approchais, le bruit des voix augmentait. Des éclats de rire stridents retentissaient.

J'imaginais très bien la scène. Des hommes sur leur trente et un et des femmes bardées de bijoux en robe du soir, le verre à la main. Les conversations portaient sur les difficultés de trouver de bons domestiques et sur le prix de la dernière voiture ou du dernier ensemble de cuisine qu'on venait d'acheter. Les femmes se félicitaient de leurs robes et se complimentaient sans le penser. La soirée s'annonçait palpitante, pas de doute là-dessus.

J'empruntai le sentier qui menait au porche à colonnes blanches et appuyai sur la sonnette. Au bout de quelques secondes à peine, un homme au front proéminent et au menton fuyant ouvrit la porte et ses yeux me balayèrent de la tête aux pieds. C'était un domestique, à en juger par son habillement.

On échangea quelques mots et j'entrai dans un hall spacieux dont le plancher ciré luisait sous les feux d'un gros lustre. Puis le domestique m'indiqua une porte à gauche, que je franchis.

Tout était comme je l'avais imaginé. Ils étaient une trentaine en contrebas, dans un salon éclairé comme un plateau de tournage. Certains étaient assis dans des fauteuils et des canapés, d'autres se tenaient debout en petits groupes. Les fauteuils et les canapés avaient l'air d'avoir coûté cher, mais ils ne semblaient pas très confortables. Un gros nuage de fumée de cigarettes et de cigares flottait au-dessus de la pièce.

Personne ne savait que j'étais là. Puis Henri-Paul Dufresne, à l'autre bout du salon, m'aperçut et cria mon nom avec un peu trop d'enthousiasme pour que sa joie et sa surprise soient sincères.

«Ah! monsieur Coveleski!»

Les yeux se fixèrent sur lui, puis sur moi, tandis qu'il se frayait un chemin parmi les invités pour me rejoindre. Je descendis les marches et allai à sa rencontre. Il portait un pantalon à taille haute et une chemise. Pas de cravate. Il était très détendu.

« Content de vous revoir, monsieur Coveleski, dit-il en me serrant la pince. Comment allez-vous?

— Bien.

— Vous n'avez pas eu trop de misère à vous retrouver?

— Non, pas trop.

— Voulez-vous quelque chose à boire?

— Volontiers.»

Je le suivis au fond du salon. Un homme qui ne semblait pas en âge de boire se tenait derrière un comptoir en demi-lune. Il portait un smoking blanc et un nœud papillon noir. Des bouteilles et des verres s'alignaient sur le comptoir et il y avait un petit réfrigérateur derrière.

« Qu'est-ce que vous prenez? me demanda mon hôte.

— Un gin tonic.»

Il se tourna vers l'homme en smoking.

«Un gin tonic.»

L'employé hocha la tête et se mit au travail. Henri-Paul Dufresne me fit un beau sourire.

« Nous allons parler tout de suite de la raison de votre visite, monsieur Coveleski. Vous devez avoir hâte de connaître les résultats de mon enquête.»

Je haussai les épaules, comme si ce n'était pas le cas.

« J'ai parlé au sergent-détective de Vries, de la Sûreté – c'est-à-dire que ma secrétaire l'a appelé et elle m'a résumé leur entretien. Il a semblé surpris d'entendre parler de vous.

— Qu'est-ce qu'il a dit ?

— Eh bien, je dois admettre que j'ai été un peu étonné par ce que j'ai entendu. Il a dit que vous aviez une tête de cochon, que vous ne suiviez pas toujours les ordres de vos supérieurs et que vous vous fiiez un peu trop à votre instinct. Pour parler bien franchement, il ne semble pas vous aimer beaucoup.

— Il a des goûts particuliers.

— J'imagine que vous avez quitté la Sûreté à cause de ces… de ces *qualités*, monsieur Coveleski ? »

Je ne répondis pas. L'homme en smoking me tendit mon gin tonic. J'en pris une gorgée. Pas mal.

« De Vries vous a dit autre chose ?

— Oui. Il a ajouté que, malgré tout, vous étiez – et je le cite – un maudit bon enquêteur.

— C'est gentil.

— Il y a également le gérant d'hôtel dont vous m'aviez donné le nom. Il était très satisfait de votre travail et il a dit qu'il n'hésiterait pas à vous employer de nouveau, quoiqu'il ne souhaite pas que ça se produise.

— Ce serait mauvais pour les affaires. Tout se sait un jour ou l'autre et on se poserait des questions à propos de son hôtel.

— En plus de tout ça, j'ai demandé à ma secrétaire de me résumer l'affaire Corriveau que vous avez mentionnée ce matin. Je dois vous avouer que je n'approuve pas le fait que vous ayez aidé une femme de mauvaise réputation comme elle.

— Elle a peut-être mauvaise réputation, monsieur Dufresne, mais elle n'était pas coupable du crime dont on l'accusait. »

Je vis du coin de l'œil une femme qui me fixait. Je la regardai mieux. C'était Jeanne. Elle était avec un couple. Elle leva son verre en un toast silencieux à mon intention et le porta à ses lèvres. Je fis de même.

« Quoi qu'il en soit, monsieur Coveleski, poursuivit Henri-Paul Dufresne, vous semblez être l'homme de la situation. Les personnes à qui j'ai parlé m'ont inspiré confiance. Alors si l'emploi vous intéresse toujours, il est à vous.

— Il m'intéresse toujours.

— Très bien. Mais il va y avoir quelques changements à partir de maintenant.

— Des changements, dis-je. Comme quoi?

— D'abord, vous vous rapporterez directement à moi.

— Je ne sais pas si votre mère va aimer ça.

— Estelle est malade, dit-il fermement. Le docteur Verreault lui a conseillé de se reposer et c'est ce qu'elle va faire. Je prends les choses en main. »

Je sirotai mon gin tonic.

« À part ça?

— Votre salaire. Jeanne m'a parlé de vingt-cinq dollars par jour. C'est trop. Ce sera quinze dollars maintenant.

— Votre mère avait accepté de me donner vingt-cinq.

— Quinze dollars suffiront amplement. Ce sont mes conditions, monsieur Coveleski. À prendre ou à laisser.

— Vous êtes dur en affaires. »

Il esquissa un sourire satisfait.

« Qu'est-ce que vous décidez?

— Je suis preneur si les choses restent comme elles sont actuellement. Et je vais vous expliquer pourquoi.

— Allez-y, dit-il d'un air contrarié.

— D'abord, je travaille pour votre mère, pas pour vous. J'ai sa signature sur un chèque pour le prouver. Alors vous pouvez changer les règles du jeu si vous voulez, mais je ne les suivrai pas tant que votre mère ne les aura pas approuvées.

— Très bien. Je vais lui en parler demain matin.

— C'est ça. Mettez-la au courant de vos plans. Et dites-vous aussi que mon enquête est déjà avancée. J'ai une piste qui pourrait rapporter gros. Si j'abandonne mon enquête, et je ne vois pas pourquoi je continuerais si vous changez tout, votre mère risque de ne jamais revoir son collier. Pensez-y bien. »

Henri-Paul Dufresne me fixait, les lèvres pincées, les narines blanches. Il n'était pas habitué à se faire parler comme je venais de le faire. Mais j'avais un bon point et il pouvait le reconnaître, en bon businessman qu'il était.

« Je vais répéter notre conversation à Estelle, dit-il. Nous verrons bien ce qu'elle va décider.

— Oui, nous verrons bien.

— Passez à mon bureau demain matin, à dix heures. Je vous ferai connaître sa décision. »

Il se tourna vers l'homme en smoking blanc et commanda un martini.

« Qu'est-ce que vous pensez de ma petite réception ? me demanda-t-il ensuite.

— C'est très bien. Ce sont tous des amis à vous ?

— Des amis, des connaissances…

— C'est très bien. »

Une femme parut à côté de lui. Je la reconnus tout de suite : c'était la petite rousse que j'avais croisée dans la salle d'attente du docteur Verreault, plus tôt dans la journée. Elle tenait à la main un plateau qui contenait seulement des miettes. Elle me vit, mais ne sembla pas me reconnaître.

«Henri-Paul, il n'y a plus de petits sandwichs.

— Mais voyons, Élyse! dit-il, surpris. Ce n'est pas à toi de t'occuper de ça. Donne. Donne.»

Il lui ôta le plateau des mains et le déposa sur le bar.

«Demande à Marianna d'en sortir d'autres du frigo. Elle va s'en occuper, elle est là pour ça.

— D'accord, dit-elle avec un petit sourire.

— Bien. Ma chérie, je te présente monsieur Coveleski. Monsieur Coveleski, ma femme.

— Vous êtes le détective que belle-maman a engagé? dit-elle.

— C'est moi.

— Jeanne m'a dit qui vous étiez.»

On se serra la main. Sa peau était glacée. Elle mesurait cinq pieds et un pouce, peut-être deux, et elle portait des talons hauts. Son visage était couvert de taches de son et ses yeux ressemblaient à deux grosses billes vertes derrière ses longs cils roux. Elle avait l'air d'une petite fille – son corps sans rondeurs accentuait cette impression – mais elle devait être dans la jeune trentaine. Ça en faisait la cadette de son mari d'au moins vingt ans, d'après mes estimations.

«On s'est déjà rencontrés. Très brièvement.

— Ah oui? fit-elle, surprise.

— Cet après-midi, dans la salle d'attente du docteur Verreault. J'étais là quand vous êtes sortie de son bureau. C'est vrai que vous aviez l'air pressée.

— Je ne m'en souviens pas, dit-elle. Excusez-moi, je vais aller voir Marianna pour les sandwichs.»

Elle tourna les talons. Henri-Paul Dufresne lui agrippa doucement – mais fermement – un coude.

«Tu es retournée chez le docteur Verreault? Tu y es allée la semaine dernière, non?»

Ils se fixèrent un moment. Elle semblait ne pas savoir quoi dire. Les sourcils froncés et le regard pénétrant de son mari ne faisaient sans doute rien pour l'aider.

« C'était juste une visite de rappel, précisa-t-elle en fin de compte.

— Une visite de rappel ?

— Oui. Ne t'inquiète pas, tout va bien. »

Elle lui sourit nerveusement et disparut parmi les invités.

« Ah ! les femmes, pensa tout haut Henri-Paul Dufresne. Elles ont toujours mal quelque part. »

Et il cala son martini d'un trait.

◆

Mon hôte commanda un deuxième martini, puis il me promena d'un invité à l'autre et je serrai main par-dessus main. Il me présentait toujours en disant que je faisais affaire avec lui. Il ne voulait pas qu'on sache qu'il traitait avec un détective privé, parce que lorsqu'on traite avec un détective privé, c'est signe que quelque chose ne va pas. Henri-Paul Dufresne n'aurait pas aimé qu'on pense que quelque chose n'allait pas dans son petit royaume.

Un des invités était un gros bonhomme qui portait la perruque la plus évidente que j'aie jamais vue. Les cheveux du dessus de sa tête chevauchaient les cheveux des côtés et ils n'étaient pas de la même couleur. L'homme s'appelait Auguste Soucisse. Il était entrepreneur et, selon mon hôte, quelqu'un de bien important en ville – il prenait souvent un verre avec "le bon vieux Camilien".

Après les présentations, Henri-Paul Dufresne s'éclipsa. L'homme m'agrippa alors par un coude, pour être certain que je ne me sauve pas, et me raconta son histoire. Son haleine était un attirant mélange de cigare et de scotch.

Il était entrepreneur de plomberie et de couverture. Au début, il n'avait qu'un *pick-up* et des outils, pas une cenne. Mais il voulait réussir, « mon vieux Stan » – on se connaissait depuis deux minutes et il m'appelait déjà par mon petit nom. Il avait commencé par de petits travaux chez les gens. Il faisait juste de la plomberie dans ce temps-là. Il travaillait de huit heures du matin à six heures du soir, sept jours sur par semaine, trois cent soixante-cinq jours par année. À l'entendre, il avait réparé toute la plomberie de l'île de Montréal.

Il ne voyait jamais sa femme ni ses enfants. Ça la rendait complètement folle. Mais si un individu voulait réussir dans la vie, pontifia-t-il, il devait être prêt à faire des sacrifices. Le succès, ça ne tombait pas du ciel. Et il fallait des contacts. C'était le point le plus important. Il ne fallait pas avoir peur d'aller au-devant des gens et de distribuer les poignées de main. Lui, c'est ce qu'il avait fait avec de gros constructeurs et ils avaient fini par lui refiler des contrats.

C'est ainsi qu'il avait pu créer sa compagnie de plomberie. Et puis il s'était dit, dans un grand moment d'inspiration : « Tu fais pas mal d'argent, Auguste, mais pourquoi t'arrêter là ? » Tout ce qu'il avait à faire, c'était de diversifier ses opérations ! Eh oui, la plomberie, c'était bien important, pas de doute là-dessus, mais les couvertures aussi, parce que, sans couverture, « il pleut et il neige sur la tête des habitants de la maison ». Auguste l'entrepreneur rit de sa blague. Je souris poliment et sirotai mon verre.

Tandis qu'il me racontait tout ça, je jetais épiso-diquement un œil à Élyse Dufresne. Elle suivait son mari d'un invité à l'autre, comme un chien bien dressé, mais ne participait pas à la conversation. Elle était trop occupée à se grignoter les ongles en fixant le vide devant elle. Elle était peut-être toujours nerveuse comme ça. Je ne la connaissais pas. Ou peut-être que quelque chose la turlupinait et ce quelque chose avait peut-être un lien avec ses visites chez le docteur Verreault. Ça faisait beaucoup de peut-être.

« L'argent est là, continuait Auguste. Tout ce qu'il faut, c'est du *guts* pour aller le chercher. J'ai embauché des couvreurs et maintenant les constructeurs font affaire avec ma compagnie parce que ça leur coûte moins cher que d'embaucher une compagnie pour la plomberie et une autre pour la couverture. Et moi je fais plus d'argent que si je faisais juste de la plomberie. Ma compagnie n'arrête pas de grossir. Je viens juste d'acheter d'autres *trucks* et il va falloir que je déménage bientôt, je manque de place ! »

C'était une histoire exaltante. Je le lui dis. Il sourit timidement et conclut que ça montrait seulement que n'importe qui pouvait réussir dans la vie, s'il y mettait du cœur.

C'est à ce moment que je décidai que j'avais besoin d'un bol d'air. J'abandonnai mon verre parmi d'autres verres sur une table et déambulai dans la maison jusqu'à la porte de derrière, qui s'ouvrait sur une terrasse. Deux lanternes fixées de chaque côté de la porte éclairaient faiblement un mobilier de jardin et quelques chaises longues.

Je m'assis sur l'une d'elles, appuyai ma tête contre le dossier. J'avais un léger mal de crâne à cause du bruit et mes yeux brûlaient à cause de la fumée. Je baissai les paupières. Les sons de la réception formaient une sorte de murmure apaisant. C'était une soirée plutôt chaude. Une brise légère soufflait de temps en temps, rafraîchissant l'air, puis disparaissait avant de souffler de nouveau. Je pouvais entendre frémir les feuilles des arbres dans la cour obscure.

Une voix m'interpella doucement.

« Monsieur Coveleski ? »

J'ouvris un œil. C'était Jeanne. J'ouvris l'autre.

« Bonsoir.

— Bonsoir. Est-ce que vous dormiez ?

— Pas encore. Assoyez-vous. »

Elle s'assit à côté de moi, sur le bord d'une chaise longue.

« Vous passez une belle soirée ? me demanda-t-elle.

— Magnifique. Vous ?

— Moi aussi. Quand Henri-Paul donne une réception, il ne fait pas les choses à moitié.

— Ça, c'est bien vrai, dis-je.

— J'ai été surprise de vous voir, tout à l'heure. Je ne m'attendais pas à vous trouver ici.

— C'est Henri-Paul qui m'a invité. On s'est rencontrés à son bureau, ce matin.

— En quel honneur ?

— Il voulait mes références.

— Vos références ? répéta Jeanne. Pour quoi faire ?

— Il voulait savoir si je suis le bon homme pour retrouver le collier de sa mère. »

Jeanne esquissa un sourire.

« Êtes-vous le bon homme ?

— Je pense que oui, mais je vais peut-être perdre l'affaire quand même. Henri-Paul voulait m'imposer de nouvelles règles. Je lui ai dit d'en parler à sa maman avant.

— Quelles règles voulait-il vous imposer ?

— Il voulait que je me rapporte directement à lui et que j'accepte une baisse de salaire. »

Jeanne ne dit rien et on écouta les bruits de la nuit et de la réception. Elle portait une robe-tailleur à manches courtes et ses cheveux étaient attachés en un chignon qui tombait assez bas sur sa nuque. Elle paraissait très bien.

« Vous n'aimez pas beaucoup Henri-Paul, je me trompe ? reprit-elle au bout d'un moment. Je le sens dans votre voix.

— Qu'est-ce qu'elle a, ma voix ?

— Vous avez l'air fâché.

— Je le suis peut-être un peu.

— Pourquoi ?

— Eh bien, il m'appelle à son bureau. Quand j'arrive, sa secrétaire est au bord de la crise de nerfs. Ça fait je ne sais combien de fois qu'il lui fait retaper une lettre. J'entre dans son bureau. Il parle au téléphone. Il prend son temps avant de raccrocher, puis il jette son cigare à la poubelle – il n'en a pas fumé la moitié. Il s'en allume un autre et m'en offre un, en n'oubliant pas de me dire que ce sont des Pullman pur Havane et que quelqu'un chez J.-E. Piette lui en donne quand il veut. Ça paraît tellement bien dans une conversation, comme un mot de quinze lettres. Il se prend pour le grand *boss* de la Toilet Laundries. C'est quoi son poste, au juste ?

— Je ne sais pas exactement, dit Jeanne. C'est une très grosse buanderie. Henri-Paul s'occupe des contrats avec des commerces et des industries, je pense. »

Je continuai ma tirade. J'étais sur une lancée.

« Je refuse ses cigares et il me dit, ni plus ni moins, que les détectives privés sont des moins que rien, mais que, comme sa mère en a engagé un, il veut s'assurer qu'elle a choisi le moins pire. Je lui donne des références. Ça ne me dérange pas, je les ai déjà données à d'autres. Ce qui me dérange, c'est que je pourrais perdre cette affaire à cause d'un homme qui ne connaît rien au métier de détective. Je lui ai dit que j'avais une piste, voyez-vous, mais ça ne l'a pas impressionné. Et puis il m'invite ici pour parler de mes références. La cerise sur le sundae. Il aurait pu m'appeler, mais non, ça n'aurait pas été assez. Il veut me montrer qu'il a de l'argent et qu'il connaît du monde important, comme le petit gros à la moumoute et à l'haleine de cheval qui boit avec le maire, ce qui lui donne le droit de me donner des ordres. Il pensait que j'allais me jeter à genoux devant lui, accepter ses conditions et le remercier d'avoir encore une *job*. Il s'est fourré le doigt dans l'œil, jusqu'à l'épaule. »

J'avalai. Ma gorge était sèche.

« On ferait mieux de changer de sujet », suggéra Jeanne.

Je la regardai. Elle me sourit du bout des lèvres, baissa les yeux. Elle avait raison.

« Ce n'est pas une mauvaise idée. Comment va Sylvia ?

— Bien.

— Elle s'est remise de sa brosse ?

— Oui, déjà, incroyable mais vrai.

— Elle est jeune. On se remet vite de n'importe quoi quand on est jeune. Votre robe est très jolie, en passant.

— Merci. C'est de la rayonne, dit Jeanne en tâtant le tissu entre ses doigts. C'est parfait pour les soirées chaudes. Dites-moi, vous avez rencontré Élyse ?

— Oui, je l'ai rencontrée.

— Elle est gentille, vous ne trouvez pas ?

— Je l'ai trouvée nerveuse.

— Nerveuse ? Je n'ai pas remarqué.

— Ah. Pour répondre à votre question, je ne lui ai pas parlé longtemps, mais oui, elle a l'air gentille. Elle a l'air jeune aussi.

— Je ne connais pas son âge, mais c'est vrai – surtout si on la compare à Henri-Paul. Ils sont très différents tous les deux. Physiquement, c'est frappant. Il est très grand et elle, elle est toute petite, toute mignonne. Ils ne viennent pas du même milieu, non plus.

— Le même milieu… ? »

Jeanne hocha la tête. Elle ne laissait rien transparaître de la nuit précédente. Cette nuit-là, elle avait ressenti un violent besoin de chaleur humaine. Moi aussi. On s'était servis l'un de l'autre pour éteindre ce feu et maintenant les affaires continuaient comme à l'habitude. Point final.

« Élyse travaillait comme serveuse dans un petit restaurant, dit-elle. Le restaurant était à deux pas du bureau d'Henri-Paul. Il allait dîner là tous les midis. C'est comme ça qu'ils se sont rencontrés. Madame Dufresne n'était pas très contente de voir son fils s'intéresser à une fille comme elle.

— Qu'est-ce que vous voulez dire ?

— Elle devait croire qu'Henri-Paul allait se marier avec la fille d'un médecin ou d'un avocat. Je pense que c'est pour ça qu'elle a de la difficulté à accepter Élyse.

— Le père d'Élyse n'a pas un métier respectable ?

— Il est mort. Sa mère aussi. Élyse n'a pas de famille, pour ainsi dire. Elle doit bien avoir des cousins éloignés ou une grand-tante, mais pas de famille immédiate.

— Comment se fait-il que vous soyez au courant de tout ça ? »

Jeanne croisa les jambes, ajusta sa robe sur ses genoux.

« Une fois, Henri-Paul a dû s'absenter quelques jours. Élyse était toute seule ici avec les enfants. Ils en ont trois. Le troisième venait juste de naître. J'ai offert à Élyse de venir l'aider avec le bébé et de lui tenir compagnie. On a parlé un peu et c'est là que j'ai appris, pour ses parents. J'ai essayé d'en savoir un peu plus, mais elle ne voulait pas en parler. Je pouvais le sentir. Alors j'ai changé de sujet.

— Ils sont mariés depuis combien de temps ? demandai-je.

— Près de huit ans.

— Henri-Paul s'est marié tard.

— Oui, je sais, dit Jeanne.

— C'est peut-être à cause de ça que madame Dufresne a de la difficulté à accepter Élyse.

— Qu'est-ce que vous voulez dire ?

— Elle espérait peut-être qu'il resterait vieux garçon. Il y a parfois un lien spécial entre une mère et un de ses enfants. »

Jeanne hocha lentement la tête.

« C'est possible.

— En parlant d'enfants et de parents, où sont les enfants d'Henri-Paul et d'Élyse ?

— Les deux plus vieux sont en colonie de vacances. Le troisième doit dormir en haut, dans sa chambre.

— Ah bon.

— Pourquoi vous me demandez ça ? dit Jeanne. Vous les soupçonnez d'avoir quelque chose à voir avec le vol du collier ?

— Hum ! je n'y avais pas pensé. Il va falloir que je vérifie leur alibi. »

Elle rit doucement. Je jetai un œil à ma montre. Presque dix heures et demie.

« Je vais y aller. Il commence à être tard. »

Jeanne consulta sa montre à son tour.

« Oui, moi aussi », dit-elle.

On se leva.

« Dites-moi, monsieur Coveleski, vous avez des nouvelles de votre ami, pour le collier ?

— Pas encore. Demain, peut-être. Je peux vous offrir un dernier verre avant de partir ?

— Bien sûr. »

On retourna dans la maison.

CHAPITRE 11

J'étais réveillé à sept heures le lendemain matin. Il me restait trois heures avant mon rendez-vous avec Henri-Paul Dufresne, mais je ne pouvais plus dormir. Mes yeux ne voulaient pas demeurer fermés. Alors je me levai et pris mon temps pour accomplir toutes les petites tâches qu'il faut accomplir chaque matin. Je réussis à étirer le tout jusqu'à neuf heures et demie.

La secrétaire d'Henri-Paul Dufresne fouillait dans le tiroir d'un classeur quand j'arrivai. Elle me sembla plus grande que la veille. Je n'avais pas dû remarquer sa taille. Elle avait détaché ses cheveux et ils tombaient en frisottant sur ses épaules. Elle paraissait plus son âge les cheveux détachés.

«Tiens, revoilà le détective, dit-elle avec un sourire.

— Bonjour. Il faut que je parle à monsieur Dufresne. Comment est-ce qu'il va, ce matin?

— Il est à prendre avec des pincettes.

— Qu'est-ce qui ne va pas?

— Je ne sais pas, dit-elle en haussant les épaules. Il avait l'air en maudit quand il est arrivé.

— C'est vrai?

— Hm-hm. Il est entré directement dans son bureau et il a claqué la porte derrière lui.»

C'était peut-être bon signe pour moi.

« Vous croyez que c'est prudent de lui parler ?

— Si vous êtes dans le trouble, criez, dit la secrétaire. Je vais voler à votre secours.

— Ou si vous n'entendez plus rien au bout de dix minutes…

— J'appellerai la police. »

On échangea un sourire et je cognai trois coups à la porte du bureau d'Henri-Paul Dufresne.

« Entrez. »

J'entrai, fermai la porte. Il était assis à son bureau et étudiait des feuilles couvertes de tableaux et de chiffres.

« Bonjour, monsieur Dufresne. »

Il ne leva même pas la tête.

« Assoyez-vous, monsieur Coveleski. »

Je m'assis sur la même chaise que la veille. Il étudia encore ses feuilles un instant, puis s'adossa contre le dossier de son fauteuil. Je vis sur son visage que sa mère avait rejeté sa demande et que ça ne le rendait pas très heureux.

« Je suis allé la voir, annonça-t-il sans détour. Je lui ai dit qu'elle avait besoin de repos, qu'il valait mieux qu'elle me laisse m'occuper de cette affaire.

— Vous êtes plein d'égards pour votre mère. Qu'est-ce qu'elle a pensé de votre idée ?

— Estelle est très têtue, dit-il avec un sourire forcé. Elle veut s'occuper de tout elle-même, malgré sa condition. Je lui ai expliqué aussi qu'il y avait d'autres détectives en ville, que l'un d'eux, pour moins cher, pourrait retrouver son collier rapidement. Ça lui éviterait bien des soucis. Comprenez-moi bien, monsieur Coveleski. Je ne critique pas votre travail. Je voulais seulement m'assurer qu'elle connaissait toutes ses options. »

Bien sûr.

« Et puis ? demandai-je.

— Eh bien, pour une raison que j'ignore, Estelle a totalement confiance en vous. »

On se regarda un moment sans rien dire. Je compris que j'étais toujours chargé de l'enquête. Le tout-puissant Henri-Paul ne me l'aurait pas dit de vive voix. Ç'aurait été admettre qu'il avait perdu et ça, il en était incapable.

« Et le salaire ?

— Il ne change pas, dit-il. Les règles du jeu, comme vous avez dit, ne changent pas.

— Ça, ce sont de bonnes nouvelles. »

Je souris. Lui continuait de me fixer. Ses yeux gris étaient aussi chaleureux que deux glaçons.

« Je fêterais bien ça avec un bon cigare, dis-je. Votre offre d'hier tient toujours ? »

Il hocha la tête, une fois. Je tendis la main vers la boîte de Pullman pur Havane et en sortis un. Je craquai une allumette, tirai quelques bouffées du cigare en examinant le plafond. Les joues d'Henri-Paul Dufresne prirent une jolie teinte rougeâtre.

« Vous n'êtes pas sorti de l'auberge pour autant, monsieur Coveleski, dit-il en serrant les dents. Vous avez toujours comme mission de retrouver le collier. Estelle ne vous paiera pas vingt-cinq dollars par jour éternellement, vous le savez bien. Il faudra que vous lui donniez des résultats, un jour.

— Contrairement à ce que vous avez l'air de penser, monsieur Dufresne, je sais très bien ce que je fais.

— Ah oui ? Où est le collier ?

— Une enquête, ça n'aboutit pas du jour au lendemain. Mais je ne devrais pas tarder à savoir ce qui est arrivé au collier de votre mère. Un ami s'informe pour moi.

— Un ami, répéta-t-il, narquois.

— Hm-hm. Un ami. »

Je ne précisai pas ma pensée. Je n'avais pas besoin de le faire, je ne travaillais pas pour lui.

« Comment va votre mère ? demandai-je, sautant du coq à l'âne.

— Elle m'a semblé bien.

— Le docteur Verreault pense le contraire, lui. Il m'a ordonné de ne pas la déranger pour quelques jours encore.

— Vous tenez toujours à l'interroger ?

— C'est mon travail.

— Si le docteur Verreault a recommandé de ne pas la déranger, dit Henri-Paul Dufresne, c'est qu'on ne doit pas la déranger.

— Vous avez dit qu'elle allait bien.

— Je ne suis pas médecin. »

Il ramassa ses feuilles de tableaux et de chiffres.

« Si vous voulez bien m'excuser, j'ai du travail.

— Je sais, dis-je en me levant. Vous êtes un homme occupé.

— Je ne fais pas faire mon travail par les autres.

— Je ne vous ai jamais vu suer à côté d'une sécheuse. »

Il m'ordonna de sortir de son bureau, ce que je fis avec plaisir.

La secrétaire était assise à son bureau.

« Comment ça s'est passé ?

— Pas si mal. J'ai tous mes morceaux. Vous fumez le cigare ? »

Elle grimaça.

« Beuark, non. Ça pue trop. »

Celui-ci sentait vaguement le pneu brûlé. Je l'écrasai dans un cendrier sur pied.

« Il est vraiment en maudit ? me demanda la secrétaire.

— C'est un volcan sur le point d'exploser.

— Je vois. Une autre journée amusante en perspective…

— Bonne chance.»

Je quittai la Toilet Laundries. J'étais soulagé d'être toujours dans le coup. Une enquête, c'est comme un bon film : on aime bien rester jusqu'à la fin pour voir comment ça finit.

Je roulai jusque chez madame Dufresne. J'avais dans l'idée de l'interroger, malgré ce qu'on m'avait conseillé. Mais je vis que c'était sans espoir quand Maria ouvrit la porte. Ça voulait dire que le docteur Verreault était passé et qu'il ne jugeait pas madame Dufresne en assez bonne santé pour recevoir des visiteurs. Je commençais à me demander si elle le serait un jour.

J'insistai quand même un peu, pour la forme, puis remontai dans la Studebaker et me dirigeai vers le bureau. Je discutai avec Émile, achetai un paquet de Grads et montai au bureau. Je fumai cigarette sur cigarette et parlai de choses et d'autres avec Emma en attendant que le téléphone sonne. À chaque seconde que la trotteuse de ma montre grugeait, elle semblait reculer de deux.

À deux heures et demie, Emma et moi avions épuisé tous les sujets de conversation, les cigarettes commençaient à manquer et le téléphone restait muet. Je décidai de faire quelque chose de mes dix doigts – en fait, d'un de mes doigts – et composai le numéro du pensionnat de Farnham. Je voulais m'assurer une fois pour toutes que Séverin n'avait rien à voir avec le vol du collier. Je trouvai le numéro du pensionnat dans le journal. Il y faisait passer une annonce, comme n'importe quelle compagnie.

Je parlai au directeur, qui m'assura que Séverin n'avait pas quitté le pensionnat depuis une semaine.

Des dizaines et des dizaines de frères l'avaient vu. Je pouvais vérifier auprès d'eux, si je le voulais. Je lui dis que ce ne serait pas nécessaire.

J'appelai ensuite Jeanne. Après le blabla d'usage au début de toutes conversations téléphoniques, je lui demandai qui était le médecin de madame Dufresne avant le docteur Verreault. Verreault m'avait dit lui-même, lors de notre première rencontre, qu'il s'occupait de madame Dufresne depuis deux ans.

« Il s'appelait Savard, dit Jeanne. Antonio Savard. Je ne pense pas qu'il pratique encore.

— Vous pouvez me donner son adresse, si vous l'avez ?

— Je l'ai. Je l'avais notée pour les cas d'urgence.

— Parfait.

— Vous voulez le rencontrer ?

— J'aimerais bien ça.

— Juste une minute. »

J'entendis un tiroir grincer, des pages qu'on tournait rapidement, à l'autre bout du fil. Puis Jeanne revint en ligne et me donna l'adresse d'Antonio Savard.

« Pourquoi voulez-vous le rencontrer ? dit-elle ensuite.

— Je veux juste lui parler.

— Vous faites des mystères, monsieur Coveleski ?

— Non. J'ai du temps de libre, c'est tout.

— Vous devriez peut-être vous trouver un hobby.

— Peut-être. »

Je la remerciai et raccrochai.

« Je sors pour un bout de temps, dis-je à Emma avant de partir. Garde le fort. »

Elle me fit un salut militaire.

« Oui, m'sieur ! »

◆

Le docteur Savard habitait dans un des immeubles assez neufs qui se dressaient non loin de la montagne et de l'Université de Montréal. J'eus un peu de difficulté à le trouver dans le dédale des petites rues. D'où il était situé, on pouvait voir les bâtiments de l'université se découper contre le ciel bleu.

Le docteur vivait au premier. J'y montai et frappai à sa porte. Elle s'entrouvrit au bout d'un moment, retenue par une petite chaîne, et un œil noir me balaya de la tête aux pieds.

« Oui ? dit une femme.

— Bonjour. Je m'appelle Stan Coveleski. Je suis détective privé. »

Je sortis ma carte. L'œil l'examina attentivement.

« J'aimerais parler au docteur Savard, dis-je en rangeant la carte. Vous êtes sa femme ?

— Oui.

— Ne vous inquiétez pas, il n'a rien fait de mal. Je veux juste lui parler. Ça ne devrait pas être bien long. »

La porte se ferma deux secondes, puis se rouvrit. La propriétaire de l'œil était une femme dans la soixantaine aux cheveux frisés blancs. Son âge paraissait dans les rides aux coins de ses yeux et autour de sa bouche, mais pas dans son corps robuste.

« Antonio est au salon, dit-elle. Par ici.

— Merci. »

Je la suivis dans un passage décoré de ce qui semblaient être des photos de famille. Le salon faisait vieux, avec de gros meubles presque noirs, des rideaux de velours et des tableaux aux cadres massifs et foncés.

Un homme était confortablement installé dans un fauteuil, une pipe éteinte entre les dents. Ses yeux étaient fermés. Un gramophone posé sur une petite table à côté du fauteuil était allumé et Alys Robi chantait de sa voix claire et pointue :

Adios muchachos, je pars, le destin m'appelleuh
Vers une belleuh terre nouvelle
Même très loin je serai parmi vous z'en rêve
Adios muchachos, je dois vou -- ous quitter.

« Antonio, dit madame Savard d'un ton brusque. Antonio, réveille-toi. Tu as de la visite. »

Les cils de l'homme battirent l'air, puis ses yeux s'ouvrirent lentement. Il leva la tête vers nous.

« Je ne dormais pas, dit-il innocemment.

— Tu dors tout le temps, répliqua madame Savard.

— Ce n'est pas vrai.

— Ben non, ben non. »

Il éteignit le gramophone. Alys nous quitta brusquement.

Madame Savard s'occupa des présentations et expliqua à son mari pourquoi j'étais là.

« Assoyez-vous, monsieur Coveleski, dit-il. Mettez-vous à l'aise. On va voir si je peux vous être utile. »

Je m'assis devant lui sur le bord d'une chaise berçante.

« J'allais me faire une tasse de thé, monsieur Coveleski, me dit madame Savard. Vous en voulez une ?

— Non merci.

— Vous aimeriez peut-être mieux une bière d'épinette ?

— Non, rien pour moi, merci. »

Elle se tourna vers son mari.

« Pis toi ?

— Je ne veux rien moi non plus », grogna-t-il.

Elle sortit du salon.

« Je vous écoute », me dit le docteur.

Je résumai l'affaire Dufresne tout en l'examinant. Comme la plupart des médecins, il n'avait pas fait trop attention à sa santé. Les boutons de sa chemise semblaient sur le point de sauter sous la pression d'une énorme bedaine et son nez rouge strié de petites veines bleues trahissait un penchant pour la bouteille. Ses cheveux blancs étaient peignés pour camoufler son crâne dégarni.

« Vous travaillez pour Estelle Dufresne, dit-il quand j'eus fini. Comment est-ce qu'elle va ?

— Bien, d'après ce qu'on m'a dit. »

Il semblait un peu étonné qu'elle soit toujours vivante. Je lui en fis la remarque.

« Quand elle m'a remercié de mes services, je pensais qu'elle était sur ses derniers milles.

— Elle vous a remercié de vos services ?

— Eh oui. Un jour, elle m'a dit que je n'étais plus son docteur et de prendre la porte tout de suite, sinon elle appellerait son cook pour qu'il me jette dehors. Ça ne me surprenait pas. Je commençais à être fatigué de ses sautes d'humeur et je lui disais ma façon de penser, des fois. Elle n'aimait pas ça. »

Le docteur esquissa un sourire plein de nostalgie, changea sa pipe de côté dans sa bouche.

« Elle a des tendances hypocondriaques, vous savez, dit-il.

— Ah oui ?

— C'était vrai quand j'étais son médecin, en tout cas. Et comme elle n'était déjà plus jeune, les gens qui l'entouraient se précipitaient sur le téléphone pour m'appeler dès qu'elle faisait un pet de travers. Comprenez-moi bien, je ne suis pas amer envers elle. Il ne me restait plus que deux ou trois mois à pratiquer quand elle m'a congédié, *anyway*. Ça ne me dérangeait pas vraiment de partir. Mais je ne pensais pas qu'elle durerait aussi longtemps à ce moment-là.

— À cause de son cœur et de son asthme ? dis-je.

— Hm-hm. Vous connaissez son dossier médical ?

— Un peu. J'ai parlé au docteur Léopold Verreault
– c'est son médecin maintenant. D'ailleurs, je suis venu
ici en me disant que vous pourriez me parler de lui. »

Le docteur fronça ses sourcils touffus.

« Pourquoi ?

— Je ne sais pas pourquoi, exactement. C'est un
gars bizarre. Je me demandais si vous n'aviez pas déjà
entendu parler de lui ou si vous connaissiez quelqu'un
qui le connaît. »

Madame Savard revint, une tasse fumante à la main.
Elle s'assit dans un fauteuil, posa sa tasse sur une table
et saisit les aiguilles à tricoter et l'étoffe de laine
posées sur l'accoudoir du fauteuil. Elle tricotait un
chandail, sans doute pour un des enfants que j'avais
vus sur une des photos dans le passage. Le clic-clic
des aiguilles à tricoter emplit la pièce.

« Je pense que je peux vous aider », me dit le docteur.

Il cogna sa pipe contre le bord d'un cendrier pour
en vider le fourneau. Puis il sortit une blague à tabac,
rebourra soigneusement le fourneau, craqua une longue
allumette et mit le feu au tabac. Il tira quelques bouffées, hocha la tête d'un air satisfait, secoua l'allumette
et la jeta dans le cendrier. Tout en se livrant à ce rituel,
il commença à parler.

« J'ai croisé votre docteur Verreault une ou deux
fois. Ça fait assez longtemps de ça. Mais je connais
quelqu'un, Jean-Marie Trudeau qu'il s'appelle, qui
connaît quelqu'un qui travaille dans le même building
que Verreault. Jean-Marie est médecin lui aussi. Je le
connais du temps où je pratiquais. Son ami lui raconte
ce que ses confrères se disent entre eux à propos de
Verreault. On joue aux cartes toutes les semaines et il
me raconte tout. Vous devriez l'entendre pendant les
parties, monsieur Coveleski. Une vraie commère ! Ce

qu'il me raconte sur Verreault, ce sont juste des rumeurs, mais une rumeur a toujours un fond de vérité, pas vrai ?

— Ça dépend de la rumeur, dis-je avec sagesse.

— Évidemment, oui. Celle qui concerne Verreault a un fond de vérité, j'en suis certain, si on met tous les éléments ensemble.

— De quels éléments parlez-vous ?

— Eh bien, dit le docteur, on raconte que Verreault reçoit des patients bizarres à son cabinet quand c'est fermé. Ils arrivent toujours deux par deux et ils ont l'air louches. Un dentiste les aurait vus dans le building, tard un soir. Il était resté pour faire du rangement avec sa secrétaire. Ces mystérieux visiteurs, monsieur Coveleski, seraient des trafiquants de morphine. Verreault est rapide sur la seringue, à ce qu'on dit. Il a toujours une dose à portée de main, au cas où quelqu'un en aurait besoin. »

Madame Savard se joignit à la conversation tout en continuant de tricoter.

« Voyons donc, ça n'a pas d'allure.

— Ah toi, marmonna le docteur.

— C'est Jean-Marie qui invente toutes ces histoires-là, je suis sûre. Pis toi, tu le crois !

— Tricote pis laisse-nous tranquilles, O.K. ? »

Les Savard savaient mettre leurs invités à l'aise.

Le docteur tira sur sa pipe avant de poursuivre, sur le ton de la confidence.

« Ce que je vous raconte sur Verreault et la morphine, ça remonte au temps où il travaillait à Notre-Dame. Ça ne fait que quatre ou cinq ans qu'il a son cabinet.

— Oui, je sais. Il me l'a dit.

— C'est une des raisons pour laquelle il a quitté l'hôpital. On commençait à l'avoir à l'œil.

— J'ai rencontré le docteur Verreault, dis-je. Je ne le vois pas frayer avec des trafiquants. »

D'un autre côté, je ne pouvais m'empêcher de penser à la pile d'aiguilles et de seringues et à l'appareil à stériliser dans sa salle d'examen.

« Ce n'est pas vraiment son genre, non, concéda le docteur.

— Et je le vois encore moins vendre une dose à un morphinomane, au fond d'une ruelle sombre.

— Non, mais il pourrait vendre les doses aux types qui lui rendent visite et eux, à leur tour, pourraient se charger de les vendre dans la rue. Et puis il n'y a pas que les putes et les robineux qui se droguent. Les gens qui habitent dans les grosses cabanes cossues, avec les domestiques et le chauffeur, ne sont pas à l'abri de ce fléau-là, eux autres non plus.

— Vous avez raison, dis-je.

— Verreault pourrait se procurer la morphine des types qui vont le voir – avec ses antécédents, ce serait mieux qu'en suivant les règles – et traiter avec les riches. Pensez-y une minute. Les clients ont de l'argent – beaucoup d'argent. Verreault pourrait demander le gros prix et le client paierait. Il serait bien trop heureux de ne pas se rendre au fond d'une ruelle sombre, comme vous dites, pour s'acheter une dose. C'est dix fois moins dangereux que de faire affaire avec n'importe qui dans la rue. »

Le clic-clic des aiguilles à tricoter s'interrompit.

« Ça n'a pas de sens, ce que tu racontes là, lança madame Savard.

— Oui, ça a du sens, rétorqua son mari, buté comme un enfant.

— Tu as trop d'imagination. Il n'y a pas de médecins qui font le trafic de morphine, voyons donc !

— Si ! Et Verreault ne serait pas le premier.

— Tu en connais d'autres, je suppose ?

— Le docteur Landry, du Drummond Medical Building. Tout le monde sait ce qu'il fait pour arrondir ses fins de mois, celui-là… »

Madame Savard poussa un soupir d'exaspération et se remit à tricoter. Je revins à Verreault.

« C'est bien beau l'argent, mais il y a des risques.

— Ça, c'est vrai, dit le docteur. Si jamais Verreault se faisait prendre la main dans le sac, sa réputation et sa carrière en prendraient un coup.

— Pourquoi se risquerait-il, dans ce cas-là ?

— Il aime les jeux d'argent. Il est attiré par le parfum d'illégalité qui s'en dégage. Ça fait battre son petit cœur plus vite. Il a un faible pour les chevaux, entre autres, et il va souvent à Blue Bonnets. Il y a perdu beaucoup d'argent ces derniers temps. Vous savez comment sont les joueurs invétérés : ils croient que leur chance va tourner après une mauvaise passe…

— C'est une autre rumeur de votre ami Jean-Marie, ça ? »

Le docteur fit signe que non.

« C'est un fait connu. Parier aux courses – il n'y a rien de secret là-dedans. Tous ses collègues à Notre-Dame le savaient, du temps où il travaillait là. C'est la même chose pour l'absence de patients à son cabinet.

— J'y suis passé hier après-midi, dis-je. C'est vrai qu'il n'y avait pas grand monde dans sa salle d'attente.

— Vous voyez bien.

— C'était peut-être une journée tranquille.

— Selon Jean-Marie, dit le docteur, c'est tranquille comme ça depuis six mois ! »

Il téta sa pipe et regarda la fumée se dissiper dans l'air. Dans son esprit, Verreault était coupable.

Avant de m'en aller, je demandai à mes hôtes si je pouvais me servir de leur téléphone.

« Certainement, dit madame Savard. Il est dans la cuisine. »

Je le trouvai sur le mur, à côté de la porte. Je composai le numéro du bureau.

« Bureau de Stan Coveleski, dit Emma.

— Emma, c'est moi. Nick Tremblay a appelé ?

— Vous ne me dites pas bonjour ?

— Oui, oui, bonjour.

— Ah, c'est mieux, dit-elle, enjouée. Oui, il a appelé.

— Bien. »

Très très bien, même.

« Ça fait à peu près une demi-heure, dit Emma. Il était à son bureau. Il va être là toute la soirée.

— Parfait.

— Il y a eu un autre appel.

— De qui ? demandai-je.

— Jeanne Dufresne. Elle veut que vous la rappeliez le plus vite possible. Elle est chez elle.

— O.K. Merci.

— Je suis là pour ça ! Au revoir.

— Salut. »

◆

La petite salle était plongée dans un demi-jour. Les rampes d'éclairage et les spots n'étaient pas allumés et la seule lumière provenait de l'extérieur. Il n'y avait personne, sauf le barman qui faisait du rangement derrière son comptoir et un Noir qui passait le balai. Les chaises étaient sur les tables, les quatre pattes en l'air. Le piano sur la tribune était silencieux. Le Savoy ne prendrait pas vie avant une ou deux heures encore.

Je gravis l'escalier branlant jusqu'à l'étage, traversai le couloir jusqu'au petit bureau de Nick. La porte était entrouverte. Je la poussai un peu plus et entrai.

« Salut, Nick.

— 'lut, dit-il. Assis-toi. »

Il désigna d'un coup de tête la chaise devant lui, de l'autre côté de son bureau. Je m'assis. Sa main que j'avais brûlée au cigare était posée à plat sur le bureau. Une grosse marque rouge ornait le dos. Je ne l'avais pas manqué.

« Ce n'est pas trop douloureux ? demandai-je.

— Si je suis ici, c'est que je n'en suis pas mort, dit Nick d'une voix plutôt sèche.

— C'est bien vrai. »

Il porta la main à sa bouche et suça la marque rouge. Ses yeux me lançaient des éclairs.

« Je t'écoute.

— J'ai trouvé un gars avec ton collier, prêt à le vendre.

— De quoi est-ce qu'il a l'air ?

— C'est comme tu m'as dit : un petit cœur en or avec des diamants, attaché à une chaîne. La chaîne est en or, elle aussi. J'ai fait semblant de vouloir l'acheter et le gars l'a sorti de sa poche de veston. Ça avait l'air de coûter pas mal cher. »

Ce ne pouvait être que le collier de madame Dufresne. Combien de colliers comme le sien avaient pu être volés ces derniers jours ?

« Pis ? dit Nick avec impatience. C'est le bon ?

— On dirait bien. Combien ?

— Trente mille. Si ça t'intéresse, tu te rends sur le mont Royal, au lac des Castors, avec l'argent, demain soir à minuit.

— Parfait. Rien d'autre ?

— Oui. Tu mets les billets dans une valise et tu te présentes tout seul au rendez-vous, sinon les choses vont mal tourner. C'est ce que le gars a dit.

— O.K., Nick. Je ne te dérangerai pas plus longtemps. Merci.

— C'est ça », marmonna-t-il.

Je me levai et agrippai la poignée de porte.

« Hé, Stan », dit Nick dans mon dos.

Je me retournai. Il s'était levé.

« Quoi ?

— Tu vas respecter notre entente, hein ?

— Oui, je vais la respecter. Ne t'en fais pas, je ne reviendrai pas sur ma parole.

— Je voulais juste être certain. »

J'ouvris la porte, sortis dans le couloir.

« Tu ne me demandes pas qui était le voleur ? dit Nick.

— Le gars qui a volé le collier n'est sûrement pas assez stupide pour essayer de le revendre lui-même.

— Oui, tu as raison. »

Il plissa les yeux, esquissa un drôle de petit sourire et porta sa brûlure à sa bouche.

Je fermai la porte.

◆

Je composai le numéro de Jeanne dès que je mis les pieds chez moi. On décrocha au milieu du premier dring-dring, comme si la personne était assise à côté du téléphone.

« Allô ?

— Bonjour. C'est Stan Coveleski.

— Ah ! monsieur Coveleski.

— Bonjour, Jeanne. Vous…

— Ce n'est pas Jeanne, coupa la voix. C'est Sylvia.

— Oh. Excusez-moi.

— Une minute. Je vous passe ma mère. »

Le silence régna un moment. Puis Jeanne prit le combiné.

« Monsieur Coveleski ?

— Oui. Vous m'avez appelé ?

— Oui ! Ma belle-mère a reçu un coup de téléphone des gens qui ont son collier, en fin d'après-midi. Ils lui demandent de payer si elle veut le ravoir.

— Je sais. Trente mille dollars, qu'il faudra apporter au lac des Castors à minuit demain.

— Comment le savez-vous ? demanda Jeanne.

— J'avais demandé à un ami de s'informer pour moi, vous vous souvenez ? Il est entré en contact avec les voleurs. J'arrive de son bureau. Madame Dufresne va payer, n'est-ce pas ?

— Elle n'a pas encore décidé. Trente mille dollars, c'est beaucoup d'argent. Elle se donne jusqu'à demain matin. La nuit porte conseil, comme on dit.

— J'aimerais être là quand elle va prendre sa décision, dis-je.

— Bien sûr. Elle veut vous rencontrer, de toute façon. Rejoignez-moi chez elle à dix heures. Ça vous convient ?

— Ça me convient. Mais je ne sais pas si Maria va nous laisser entrer.

— Pourquoi dites-vous ça, monsieur Coveleski ? demanda Jeanne.

— Parce que le docteur Verreault lui fait jouer les *bouncers*.

— Qu'est-ce que vous voulez dire ? »

Je lui racontai ce qui s'était passé les deux fois avec Maria.

« Il ne faut pas lui en vouloir, dit-elle quand j'eus fini. Elle faisait ce que le docteur lui avait dit de faire, c'est tout. Mais elle n'aura pas le choix de nous laisser entrer demain.

— Non, c'est vrai. En passant, je suis allé voir le docteur Savard. Merci encore pour son adresse.

— Pourquoi vouliez-vous le voir ? À part de passer le temps.

— Je pensais qu'il possédait de l'information qui pourrait m'être utile pour mon enquête.

— Le docteur Savard ? dit Jeanne, étonnée.

— Je sais, je sais. C'était une idée que j'ai eue, comme ça. Ça n'a rien donné.

— Vous vouliez quel genre d'information ?

— Je voulais juste qu'il me parle du docteur Verreault. Qu'est-ce que vous pensez de lui, vous ?

— Eh bien, je ne le vois pas très souvent, dit Jeanne. Je le vois quand il rend visite à madame Dufresne et que je suis là, en fait. On parle un peu, c'est tout. Vous savez, madame Dufresne a la réplique facile, mais elle ne s'ouvre pas facilement aux gens. Avec lui, c'est différent.

— Comment ça ? »

Silence un moment, à l'autre bout du fil.

« Je ne sais pas. Je crois qu'il a le tour avec les vieilles personnes, tout simplement. Il est patient, il sait écouter. Je suis là parfois quand il examine madame Dufresne, au cas où vous vous demanderiez où je vais chercher tout ça.

— C'est une approche qui semble profitable pour lui.

— Oui, le docteur Verreault a très bien réussi. Il a son propre cabinet, vous savez.

— Je sais. Je lui ai payé une petite visite. Il a essayé de me convaincre d'abandonner l'enquête parce que ça inquiète trop madame Dufresne, selon lui. Il a beaucoup insisté, même.

— Il voulait sûrement la protéger, comme elle est sa patiente.

— C'est ce que je me suis dit. Comment vont ses affaires ? Vous en savez quelque chose ?

— Non, je n'en sais rien. »

On parla encore un peu, notamment de ma rencontre avec Henri-Paul Dufresne. C'était bien de pouvoir parler à quelqu'un – même de ça. Je décidai que c'était assez quand il me sembla que j'étais le seul à parler.

« Bon, on se voit demain chez madame Dufresne ?

— À dix heures ?

— À dix heures.

— Bonne soirée, monsieur Coveleski.

— À demain. »

Je raccrochai et me préparai à souper. Je pris bien mon temps, pour que la soirée ne me paraisse pas trop longue. J'aurais pu aller au cinéma ou faire une promenade, mais je n'avais pas envie de voir un film ni de marcher. Ça réglait la question.

Après avoir mangé et fait un peu de rangement, je me rendis au salon et allumai la radio. Il n'y avait que des émissions musicales. *Leblanc Détective* ne jouait pas ce soir-là. Dommage. C'était toujours bien amusant.

Je laissai la radio allumée quand même et sortis les cartes et une bouteille de Old Forrester déjà entamée. J'essayai de faire des réussites, comme l'autre soir. Le résultat fut le même et j'abandonnai. J'avais fini la bouteille sans m'en apercevoir, mais je n'étais pas soûl. Ma tête pesait une tonne, mes oreilles bourdonnaient et un goût affreux m'emplissait la bouche, comme si j'avais un chat mort dans la gorge, mais je n'étais pas soûl. Je n'étais même pas capable de réussir ça.

J'allai me coucher. C'était tout ce qu'il me restait à faire. Je m'étendis tout habillé sur le lit et sombrai dans le sommeil dès que ma tête toucha l'oreiller.

Je rêvai que j'étais à la gare Windsor. Je cherchais Kathryn. La gare était pleine de femmes qui lui ressemblaient comme des gouttes d'eau – même couleur de cheveux, même façon de marcher. Elles marchaient toutes dans des directions différentes et me tournaient le dos. Elles marchaient lentement, mais leurs pas résonnaient comme le ra-ta-ta-tat d'une mitraillette et je devais courir pour les rattraper.

J'agrippai une femme par un bras, la fis pivoter. Ce n'était pas Kathryn. La femme éclata de rire. J'agrippai une deuxième femme par un bras, la fis pivoter. Ce n'était pas Kathryn non plus. Elle éclata de rire à son tour. Je fis pivoter cinq ou six autres femmes comme ça, avec le même résultat. Elles riaient toutes en me montrant du doigt. C'était très embarrassant.

Puis je courais après un train sur une voie ferrée. Kathryn était à bord du train, je le savais. Le train prenait de la vitesse rapidement. La cheminée de la locomotive crachait une fumée noire comme de l'encre de Chine qui obscurcissait le ciel.

Je tendais la main vers la rampe du dernier wagon, mes doigts touchaient le métal, quand mon pied buta contre quelque chose. Je tombai vers l'avant et m'accrochai à une traverse à la dernière seconde. La ville s'étendait sous mes pieds. Je pouvais voir les voitures, toutes petites, qui circulaient entre les édifices. Le vent murmurait doucement dans mes oreilles.

Je criai à l'aide, encore et encore. Personne ne m'entendait. Mes doigts commencèrent à glisser.

Je me réveillai.

Je serrais mon oreiller si fort que mes doigts me faisaient mal. Je m'extirpai du lit et me déshabillai. Ma chemise était trempée de sueur. Je me rendis à la salle de bain et m'aspergeai le visage et le torse d'eau froide. Je me séchai vigoureusement, me brossai les dents, deux fois, et retournai à la chambre. Je n'avais plus sommeil. Je m'allumai une Grads et la fumai en fixant le plafond. Il était seulement une heure et demie. C'était une nuit très silencieuse. Je n'entendais que les battements de mon cœur.

J'écrasai ma cigarette et continuai de fixer le plafond. Quand je finis par me rendormir, l'aube était entrée dans la chambre sur la pointe des pieds.

CHAPITRE 12

J'arrivai le premier chez madame Dufresne et garai la Studebaker devant la maison. La journée s'annonçait chaude, mais moins que les jours précédents. Une bonne brise soufflait.

Les oiseaux gazouillaient dans les arbres qui bordaient la rue. Ça fit du bien à mon cerveau, qui sembla reprendre sa taille normale. Après la nuit que j'avais passée, j'avais l'impression qu'il était trop gros pour mon crâne. De façon générale, je me sentais mieux. L'enquête avait redécollé.

Je feuilletai le journal que j'avais acheté en chemin. Les Royaux avaient encore perdu, six à un. Je me disais qu'Émile avait raison après tout, que l'été serait peut-être long, quand deux coups de klaxon retentirent derrière moi. Je levai les yeux vers le rétroviseur. C'était Jeanne, au volant de sa DeSoto. Elle se rangeait derrière moi. Je lançai le journal sur la banquette arrière et mis pied à terre.

« Bonjour.

— Bonjour, dit-elle en claquant sa portière. Excusez mon retard. Il n'y a personne ?

— Je vous attendais. »

On entra dans le hall. Aucun signe de la charmante Maria. Je considérai son absence comme un bon présage. On monta à l'étage et on se rendit à une porte en bois foncé qui semblait très lourde. C'était aussi simple que ça. J'aurais dû m'introduire dans la maison avant et faire la même chose. Jeanne m'adressa un petit sourire nerveux et cogna à la porte. Moi, j'étais un peu anxieux. J'allais enfin rencontrer la despote d'Outremont.

« Oui ? aboya une voix.

— C'est moi, madame Dufresne. Jeanne.

— Entre. Qu'est-ce que tu attends ? »

Jeanne ouvrit la porte, me fit signe de passer. J'entrai dans une grande pièce sombre. Des rideaux en velours obstruaient la fenêtre. Je distinguai un énorme lit à baldaquin juché sur une petite tribune, des meubles massifs ici et là. Dans un coin, une lampe éclairait une forme humaine en robe fleurie, assise dans un fauteuil. Son visage était dans l'ombre. Ses mains, posées sur ses genoux, étaient jaunes et cireuses à la lumière de la lampe.

« Ne restez pas plantés là comme deux piquets, dit-elle sèchement. Venez me rejoindre. Et fermez la porte. »

Jeanne la ferma et on avança vers le fauteuil. Le tapis était si épais que les fibres me chatouillaient les chevilles.

« Tu es en retard, Jeanne, dit la forme humaine. Tu avais dit dix heures, au téléphone. »

Je jetai un œil à ma montre. Il était dix heures et quart.

« Excusez-moi, le trafic était…

— Je ne veux pas le savoir. Qui est ce monsieur ?

— Stan Coveleski. Le détective privé. »

J'ôtai mon feutre. J'avais l'impression de me trouver devant un membre de la famille royale.

« Je suis heureux de vous rencontrer enfin, madame Dufresne. »

Sa main droite m'agrippa un poignet et m'obligea à m'asseoir devant elle, sur un pouf. Elle respirait péniblement. Son visage était toujours dans l'ombre. Sans doute refusait-elle de montrer les effets de sa crise cardiaque. Je ne voyais que sa mâchoire, affaissée sur le col montant de sa robe.

« C'est donc vous le détective que j'ai engagé, dit-elle.

— C'est donc moi.

— Je veux que vous m'expliquiez certaines choses. Ces gens qui m'ont appelée – qui sont-ils ?

— Eh bien, il y a des gangs qui se spécialisent dans l'extorsion d'argent. Ils volent des objets de valeur – bijoux, argenterie –, prennent des photos compromettantes, et en retour du bien volé ou pour garder le silence, ils demandent de l'argent.

— C'est horrible ! dit madame Dufresne, indignée.

— Disons qu'il y a des façons plus honnêtes de gagner sa vie. Tout indique que c'est un de ces gangs qui a votre collier.

— Comment se fait-il que vous ne l'ayez pas retrouvé ? Qu'est-ce que vous avez fait, ces quatre derniers jours ? Je ne vous ai pas payé à rien faire, j'espère.

— Monsieur Cov... », commença Jeanne dans mon dos.

Madame Dufresne leva la main pour l'arrêter.

« Laisse monsieur Coveleski s'expliquer, ordonnat-elle. Parlez, vous. »

Je m'expliquai.

« J'ai posé des questions à gauche et à droite en attendant un coup de fil. Voyez-vous, je me suis dit que votre collier avait peut-être été volé par un de ces gangs dont je parlais. Je suis en relation avec quelqu'un qui connaît ce milieu-là. Je lui ai demandé de s'informer et, comme de fait, il est entré en contact avec le gang qui a votre collier. Dites-moi, vous avez reconnu la voix au téléphone ?

— Non. Elle était étouffée, comme si la personne parlait avec un mouchoir devant sa bouche.

— Je vois. »

Le silence tomba sur la pièce. On n'entendait que la respiration sifflante d'asthmatique de madame Dufresne. Derrière moi, Jeanne ne remuait même pas le petit doigt.

« Allez-vous payer, madame Dufresne ? Je sais que c'est beaucoup d'argent, trente mille dollars. C'est sans doute plus que la valeur originale du collier.

— Je ne pourrais pas vous le dire, dit-elle. Je n'ai pas la moindre idée de sa valeur originale.

— Quand l'avez-vous eu ?

— En 1916. Aegidius, mon défunt mari, me l'avait offert quelques jours avant sa mort.

— Il est mort au front ? demandai-je.

— Au front ? »

Elle poussa un petit rire sarcastique.

« Mon mari n'est pas allé au front. Il était bien trop peureux pour ça. Jeanne, tu m'énerves à rester là à ne rien faire. Va me chercher un verre d'eau. J'ai soif.

— Oui, tout de suite », dit Jeanne.

Elle marcha rapidement vers la porte, le tapis étouffant le bruit de ses pas. Je la suivis des yeux. Si madame Dufresne était toujours si agréable, je comprenais pourquoi ses enfants l'avaient pratiquement abandonnée. Moi, je ne la connaissais que depuis dix minutes. C'était dix minutes de trop.

« C'était un accident de chasse, dit-elle. Il était avec ses frères. Personne ne sait vraiment ce qui s'est passé. Ils supposent qu'il a trébuché et que le coup est parti tout seul. D'après moi, il avait un verre dans le nez. Ils ne l'ont pas dit, mais quatre hommes tout seuls au fin fond des bois… L'un d'eux avait dû apporter de la boisson. C'est pour ça qu'il est tombé, si vous voulez mon avis. »

Elle n'ajouta rien pendant un moment, perdue dans ses souvenirs. Je lui dis que j'étais désolé. Ça me semblait être la chose à dire dans les circonstances.

« Je vous en prie ! fit-elle avec une force qui me surprit. Ne me servez pas ces formules de politesse qui ne veulent rien dire. De toute façon, ça fait plus de trente ans, je m'en suis remise. »

Je changeai de position sur le pouf. Madame Dufresne rit soudainement dans sa barbe.

« Vous ne m'aimez pas beaucoup, n'est-ce pas ?

— Je ne vois pas ce que ça change.

— Je ne vous en voudrais pas, vous savez. Les gens qui ont de l'argent attirent rarement la sympathie. Je ne suis pas restée riche en garrochant mon argent par les fenêtres. Je surveille mes affaires et je paie mes domestiques le strict minimum.

— Justement, madame Dufresne. L'un d'eux aurait pu participer au vol parce que vous ne le payez pas assez à son goût, pour l'argent ou pour se venger. Qu'est-ce que vous en pensez ?

— Si je surprenais un de mes domestiques à voler juste un mouchoir, je le renverrais sur-le-champ, dit-elle d'une voix tranchante. Et il ne se trouverait jamais de travail dans une autre maison, vous pouvez me croire. Les domestiques sont des gens sans instruction qui ne savent rien faire. Vous prendriez le risque de vous retrouver dans la rue, vous, monsieur Coveleski ?

— Si j'étais un domestique sans instruction, comme vous dites, je fuirais cette maison comme la peste. »

Elle renversa la tête en arrière et rit. Son rire ressemblait aux cris d'une poule qu'on étrangle.

« Vous n'êtes pas le genre d'homme à se laisser marcher sur les pieds, monsieur Coveleski, dit-elle. J'aime bien les gens comme ça. Vous avez du caractère ! Je l'avais deviné en lisant les détails de l'affaire Corriveau dans le journal. Il fallait beaucoup de convictions pour témoigner en faveur de cette femme-là.

— Je ne pense pas qu'elle faisait le trottoir et qu'elle volait parce qu'elle en avait envie. Mais ça, c'est une autre histoire. Revenons à votre collier. Vos domestiques ont-ils accès à la pièce où il était rangé ?

— Non.

— Est-ce que quelqu'un, à part vous, y a accès ?

— Mon fils Henri-Paul, dit madame Dufresne. Mon testament est rangé dans le coffre-fort et c'est lui qui va s'occuper de mes affaires quand je vais quitter ce bas-monde.

— Je comprends. D'après vous, est-ce que vos enfants auraient pu participer au vol ?

— Non, ils n'ont rien à voir dans cette histoire-là. Mes filles sont toutes mariées et elles ont de l'argent. Un de mes fils est membre de l'Église – il est professeur dans un pensionnat – et l'autre est dirigeant à la Toilet Laundries. Vous l'avez déjà rencontré, monsieur Coveleski. »

Je hochai la tête.

« Et ils se fichent pas mal de leur vieille mère, continua madame Dufresne. Mes filles ne sont pas venues me voir depuis je ne sais combien de temps. Séverin vient de temps en temps – il doit avoir peur de se retrouver en enfer à cause du commandement "Honore ton père et ta mère"... Henri-Paul, lui, vient toutes les semaines avec Poil de carotte et ses trois petits monstres pour me faire croire qu'il tient à moi, mais je sais que c'est juste à mon argent qu'il tient. »

On aurait dit qu'il y avait des trémolos dans sa voix. Ce devaient être mes tympans qui me jouaient des tours.

« Puisqu'on parle de votre fils Henri-Paul, qu'est-ce que vous lui avez dit, hier matin ?

— De s'occuper de ses oignons. Il aime bien décider pour les autres et il pense que j'ai déjà un pied dans la tombe. Mais je suis capable de gérer mes affaires toute seule. Ne vous occupez pas de lui s'il vous achale encore avec ses histoires, monsieur Coveleski. Faites comme s'il n'existait pas. Vous êtes mon homme.

— Je suis flatté. Il y a une chose que j'aimerais bien que vous m'expliquiez, madame Dufresne.

— Quoi ?

— Pourquoi vous avez engagé Dan Cloutier.

— Même s'il a un casier judiciaire et qu'il a fait de la prison, vous voulez dire ? demanda madame Dufresne.

— Il y a autre chose ?

— Non. C'est assez comme ça, vous ne trouvez pas ? Cloutier m'a avoué qu'il avait commis des erreurs dans le passé, mais il m'a affirmé qu'il s'était repris en main. Je l'ai cru. Ce n'était pas un mauvais garçon, vous savez. Et il avait besoin d'une job. Il a un loyer et des comptes à payer comme tout le monde. Alors je lui ai donné la job de chauffeur à un salaire ridicule parce que je savais qu'il ne pouvait pas refuser. Avec ses antécédents, il n'aurait jamais rien trouvé ailleurs. »

Évidemment. J'aurais dû me douter que c'était une question d'argent.

« Mais quand il a eu un accident avec ma voiture, continua madame Dufresne, j'ai jugé que c'était assez. Le docteur Verreault m'a dit qu'il avait bu. Il m'avait menti – Cloutier, je veux dire – et s'il y a une chose que je ne supporte pas, c'est bien le mensonge ! Mais pourquoi me parlez-vous de lui, monsieur Coveleski ? Vous le soupçonnez d'avoir quelque chose à voir avec le vol ?

— Je soupçonne tout le monde, dis-je sans me compromettre. C'est mon travail. »

Sur ce, la porte s'ouvrit et Jeanne entra, un verre à la main.

« Ça en a pris du temps », grogna madame Dufresne.

Jeanne nous rejoignit et lui tendit le verre.

« Et puis ? Qu'est-ce que vous avez décidé ? »

La vieille fit comme si elle ne l'avait pas entendue et porta le verre à sa bouche. Sa main tremblait légèrement. Un peu d'eau ruissela sur son menton ridé.

« Jeanne, croassa-t-elle. Jeanne… »

Jeanne prit aussitôt un mouchoir sur une table et lui essuya soigneusement le menton. Puis elle lui ôta le verre des mains et se tint là, attendant le prochain ordre.

« Dites-moi, monsieur Coveleski, c'est possible de me rapporter le collier et l'argent ?

— Comme j'ai dit, madame Dufresne, on a affaire à un gang de professionnels. Le type qui va me remettre le collier aura sûrement des complices cachés dans les environs pour s'assurer que tout se passe bien. Il faudrait que j'aie des renforts moi aussi. Si vous voulez les deux, il serait préférable de mettre la police au courant.

— La police, pfft ! lança-t-elle avec dédain. Elle a trop à faire pour s'occuper d'un stupide collier. Et elle s'attendrait à toucher une petite commission si elle retrouvait le collier, si vous voyez ce que je veux dire…

— Dans ce cas-là, vous allez devoir suivre les instructions et payer, j'en ai bien peur. »

Elle poussa un grognement de désapprobation, secoua la tête.

« Vous allez payer, n'est-ce pas madame Dufresne ? dit Jeanne.

— Oui, oui, je vais payer, grommela-t-elle.

— Vous avez l'argent ici ? demandai-je.

— Bien sûr que non. Trente mille dollars ! Il va falloir que vous passiez à la banque. Jeanne va y aller avec vous, elle sait où c'est. »

Je jetai un regard de côté vers Jeanne. Elle me fixait. Elle hocha brièvement la tête.

« Jeanne, tu demanderas à parler au directeur, poursuivit madame Dufresne. Il te connaît. S'il veut que j'approuve moi-même le retrait, tu lui diras d'appeler ici. Je vais attendre près du téléphone. Et tu prendras une de mes valises pour transporter l'argent. Choisis une valise du vieil ensemble. Il n'est pas question que je remette l'argent à ces bandits dans une valise neuve !

— Très bien, madame Dufresne », dit Jeanne.

Personne ne dit rien pendant un moment. Puis je m'aperçus que notre entretien était fini et je me levai.

« Je vous rapporte votre collier demain, madame Dufresne. »

Sa main esquissa un geste vague dans l'air, comme si elle s'en foutait.

Jeanne prit la valise pour l'argent au fond d'un placard. C'était une petite valise en toile à motif floral qui semblait avoir reçu des coups de pied dans toutes les gares du monde. Puis on se mit en route dans la Studebaker.

On roula en silence un moment, puis Jeanne me demanda ce que je pensais de madame Dufresne.

« C'est bizarre. Elle m'a demandé la même chose.

— Qu'est-ce que vous lui avez répondu ?

— Que ça ne changeait rien, ce que je pensais. Elle n'est pas si importante que ça.

— Qu'est-ce que vous voulez dire ?

— Elle se pense importante parce qu'elle est riche ; on voit de qui Henri-Paul tient ses belles manières. Elle croit que son argent lui donne le droit de poser des questions qui mettent mal à l'aise son interlocuteur – et de donner des ordres.

— Si vous voulez parler du verre d'eau, dit Jeanne, ça ne m'a pas dérangé d'aller lui chercher.

— Son ton, lui, ne vous a pas dérangée ? »

Elle observa un moment les maisons qui s'alignaient le long de la rue avant de répondre.

« Il y a des gens qui sont trop brusques ou trop francs. Ils parlent sans vraiment penser à ce que les autres peuvent ressentir. Mais, dans le fond, ce sont de bonnes personnes. Ils ne veulent pas faire de mal à qui que ce soit. C'est juste qu'ils sont comme ça. On ne peut rien y changer, c'est dans leur nature.

— Mais vous n'aimez pas ça, n'est-ce pas ?

— Je n'ai pas vraiment le choix. »

Silence.

« Pourquoi n'avez-vous pas le choix ?

— Elle me donne un peu d'argent, pas comme un salaire, seulement de temps en temps. Oh, ce n'est pas grand-chose, mais c'est plus que ce que je gagnerais dans une manufacture ou une buanderie. Je prends des contrats de couture chez moi et j'ai besoin de son argent pour arriver à la fin du mois.

— Je comprends. »

Je m'arrêtai à une intersection, laissai passer une Monarch marron, puis enfonçai l'accélérateur.

« Qu'est-ce que vous pensez vraiment d'elle, monsieur Coveleski ? Vous pouvez me le dire.

— Vous avez raison. Elle est peut-être trop franche. D'après ce qu'Olympe m'a raconté, elle a toujours été… directe. C'est possible qu'elle ait changé avec l'âge, aussi, que ce soit juste un petit numéro, qu'elle joue les vieilles femmes méchantes parce que c'est ce qu'elle veut.

— Pourquoi est-ce qu'elle ferait ça ?

— Elle pourrait ne s'être jamais remise de la mort de son mari. Il est parti sans qu'elle ait eu le temps de lui dire au revoir – un accident de chasse, au cas où vous ne le sauriez pas. Ça expliquerait pourquoi elle tient à ravoir le collier. Ou bien elle regrette peut-être d'avoir chassé ses enfants avec son caractère de chien et elle aimerait bien qu'ils reviennent, mais elle ne veut pas faire les premiers pas parce qu'elle est trop orgueilleuse. »

Jeanne esquissa un sourire.

« Je ne me doutais pas que vous aviez des talents de psychologue, monsieur Coveleski.

— La psychologie n'a rien à voir là-dedans, dis-je en jetant un regard dans le rétroviseur. J'ai imaginé tout ça à cause de ce que j'ai entendu, c'est tout. Et je rencontre toutes sortes de gens dans mon métier. Ça m'amène, bien malgré moi, à essayer de découvrir les raisons de leur comportement.

— Dans le fond, c'est une bonne personne, dit Jeanne. C'est juste qu'elle a une drôle de façon de le montrer, c'est tout. »

On aurait dit qu'elle ne le croyait pas, qu'elle disait ça pour se convaincre elle-même. Je ne répliquai rien.

◆

La banque était située rue Saint-Jacques, devant la place d'Armes, et ressemblait plus à un temple grec qu'à une banque. Je garai la Studebaker et on entra. On traversa le déambulatoire sous le regard de pierre de La Victoire pour atteindre les guichets. C'est moi qui transportais la valise.

Jeanne dit son nom à la guichetière et ajouta qu'elle voulait parler au directeur. La guichetière lui répondit un moment s'il vous plaît et s'éclipsa. On attendit. Le haut plafond et les colonnes me donnaient l'impression d'être bien petit.

Puis le directeur apparut, une armoire à glace chauve, le nez chaussé de petites lunettes. Il serra la main de Jeanne en récitant les politesses d'usage, puis Jeanne s'occupa des présentations. Le directeur me serra la main et on se rendit tous les trois à son bureau. La pièce était immense et le mobilier et la décoration semblaient avoir coûté les yeux de la tête.

Tout le monde s'assit. Jeanne annonça au directeur que madame Dufresne voulait retirer trente mille dollars de son compte – en espèces. Le directeur haussa les sourcils, sans plus, et demanda à Jeanne comment allait cette chère Estelle. Après que Jeanne lui eut donné des nouvelles, il demanda en coupures de combien – vingt, cinquante, cent dollars? Comme le voleur ne l'avait pas spécifié, je répondis qu'elle les voulait en coupures de vingt et cinquante et lui donnai la valise.

Il revint au bout d'un moment, déposa la valise sur son bureau et l'ouvrit. Les liasses de billets verts et orange apparurent, toutes parfaitement alignées. Le directeur effeuilla les liasses pour nous assurer que le compte était bon, puis ferma la valise et me la donna. Il nous souhaita une bonne fin de journée et pria Jeanne de présenter ses sincères amitiés à madame Dufresne. Elle dit bien sûr et on quitta le bureau du directeur, puis la banque.

Notre visite avait duré une demi-heure, tout au plus.

Le voyage de retour chez madame Dufresne se déroula en silence. Jeanne soupira quelques fois, ajusta sa robe sur ses jambes, se gratta la paume de la main sans s'en apercevoir. Cette affaire de collier lui affectait probablement les nerfs. Moi-même je commençais à avoir hâte que l'heure H arrive.

Arrivé à destination, je lui demandai :

« Vous serez là demain matin, quand je vais remettre le collier à madame Dufresne ?

— Oui, si vous voulez.

— Je vous verrai demain. Vers neuf heures ?

— D'accord. »

Elle descendit. J'enfonçai l'accélérateur et m'éloignai du trottoir. Je vis Jeanne dans mon rétroviseur qui me suivait des yeux en continuant à se gratter la paume de la main. Puis je tournai à gauche et elle disparut de ma vue.

Je roulai jusqu'au bureau. Emma était à son poste dans la petite salle d'attente.

« Quoi de neuf ?

— Pas grand-chose. Et vous ? Vous partez en voyage ? dit-elle en montrant la valise.

— Non, c'est l'argent pour le collier de madame Dufresne.

— Elle va payer pour le ravoir ?

— Oui.

— Combien ? demanda Emma.

— Trente mille tomates. Regarde. »

Je déposai la valise sur son bureau et l'ouvris. Elle poussa un sifflement admiratif.

« C'est beaucoup d'argent ! Madame Dufresne a accepté de payer tout ça pour son collier ?

— À contrecœur, oui, dis-je.

— Où est-ce que l'échange a lieu ?

— Au lac des Castors. »

Je rebouclai la valise.

« Qu'est-ce que vous diriez si je vous accompagnais ? demanda Emma. Je pourrais me cacher dans des buissons et sortir avec un revolver au moment de l'échange pour forcer le type à vous remettre le collier. Comme ça, madame Dufresne récupérerait le collier *et* l'argent. C'est une bonne idée, non ?

— Je sais que tu aimes jouer avec les revolvers, mais ce serait trop risqué. On a affaire à des professionnels. Vaut mieux jouer selon les règles.

— Oui, vous avez sûrement raison. »

Elle fit la moue.

« Et toi ? Qu'est-ce que tu vas faire de ta soirée ?

— Je ne sais pas, dit-elle, songeuse. Je pense que je vais donner une autre chance à Martin.

— Le garçon avec qui tu es sortie l'autre soir ?

— Hm-hm. Il n'est pas si mal. Et son père est médecin, alors il va sûrement hériter un jour. Il faut que je pense à mon avenir, n'est-ce pas ? ajouta Emma avec un sourire.

— C'est bien. Mais tiens-toi loin des grandes roues.

— Oui, ça vaudrait mieux. »

CHAPITRE 13

Mon ascension du mont Royal fut une randonnée en solitaire. La route était déserte. Il n'y avait pas de feux arrière qui se perdaient dans la nuit ou de phares qui sondaient l'obscurité, sauf ceux de la Studebaker. La valise contenant les trente mille dollars était posée à côté de moi sur la banquette. J'avais déjà eu des passagers plus bavards.

La route fit une courbe et le stationnement apparut à droite. J'y dirigeai la voiture, les phares balayant les arbres en bordure du stationnement et les ténèbres derrière. Je coupai le contact et débarquai. Le silence était si profond que c'en était énervant. Puis mes oreilles s'habituèrent au calme qui régnait et j'entendis les voitures qui filaient au bas de la montagne. Ça me rassura quelque peu.

Je pris la valise sur la banquette et m'avançai sur le sentier qui se trouvait là. À l'autre bout, les eaux noires du lac des Castors réfléchissaient les rayons de lune.

Je traversai le sentier en posant prudemment les pieds. La lune filtrait par le feuillage des arbres, éclairant faiblement le sentier. Je m'arrêtai devant le lac, scrutai les environs. Personne en vue. J'allumai mon briquet et jetai un œil à ma montre. Minuit tapant. Je décidai de faire le tour du lac. Si mon contact était arrivé, je finirais par tomber dessus. Je me remis en route, accompagné par le craquement du gravier sous mes semelles. Une grenouille cachée aux abords du lac coassa et mon cœur s'arrêta de battre une seconde.

J'étais arrivé de l'autre côté du lac quand un « Psst ! » jaillit des buissons à ma gauche. J'enjambai les buissons et fouillai les ténèbres, à la recherche du propriétaire de la voix. Il se tenait un peu en retrait, derrière un arbre. Il portait un feutre. C'était tout ce que je pouvais distinguer.

« T'as le *cash* ? »

La voix était étouffée, comme si un foulard recouvrait la bouche.

« Oui, je l'ai.

— Montre. »

Je pliai un genou, posai la valise en équilibre dessus et l'ouvris. Un rayon lumineux de la grosseur d'un crayon balaya les liasses de billets. J'essayai de voir à qui j'avais affaire, mais le rayon lumineux n'était pas assez puissant.

« Très bien, dit la voix étouffée. Donne-moi la valise. »

Je rebouclai la valise. C'était une nuit fraîche, mais des gouttes de sueur roulaient au bas de mon dos.

« Oh non, vous ne m'aurez pas. Je veux voir le collier.

— O.K. »

Le rayon lumineux se braqua sur un cœur en or qui se balançait au bout d'une chaîne. De petits diamants miroitèrent dans la pénombre. Puis le rayon s'éteignit.

Tout était en règle.

Je posai la valise aux pieds de la silhouette, me redressai et tendis la main vers le collier.

Un bâton de dynamite explosa entre mes deux oreilles et un voile blanc s'abaissa une seconde devant mes yeux. Quand le voile se leva, le sol était à quelques centimètres de mon visage. Je tendis les mains pour amortir la chute, roulai sur le dos. Deux ombres se découpaient contre le ciel étoilé. La deuxième ombre s'était approchée de moi sans que je m'en aperçoive et m'avait frappé avec quelque chose de dur.

Puis des pieds commencèrent à me labourer les côtes et l'objet dur s'abattit sur ma bonne vieille tête une fois, deux fois, trois fois. J'essayai de crier mais je n'y arrivai pas, la douleur me faisait serrer les dents.

Quelque part, très loin me sembla-t-il, une voix féminine dit que c'était assez, que j'en avais eu assez comme ça. C'était peut-être un ange. Peu importe, ce qui comptait, c'est que les coups cessèrent de pleuvoir. J'aurais voulu serrer la main de l'ange et le remercier pour avoir pris ma défense, mais je ne pouvais même pas remuer le petit doigt. Je ne sentais plus rien, seulement le goût du sang qui m'emplissait la bouche.

« Non, c'est pas tout à fait assez », dit la voix étouffée, et une douleur fulgurante m'irradia le côté droit du visage et ma tête s'écrasa contre le sol. Quelqu'un ricana. Les ricanements s'atténuèrent lentement, lentement, lentement…

Ils sont après moi. Les sphinx et les lions qui ornent les meubles dans le salon de madame Dufresne. Ils ont pris vie et ils me courent après. Je réussis à atteindre les portes qui s'ouvrent sur la terrasse. Les monstres gagnent du terrain. Je traverse la terrasse et je saute par-dessus la rampe. J'emprunte le sentier et je cours vers l'étang à l'autre bout de la cour. Je n'ai nulle part où aller. Les milliers de fleurs qui flanquent le sentier forment deux murs infranchissables. Les monstres sont toujours derrière moi.

Je m'arrête au bord de l'étang. Je peux juste y plonger, je vais me noyer. La terre commence à trembler. Je me retourne. Les sphinx et les lions ont disparu. À leur place les deux goules qui ornent le banc grandissent sous mes yeux dans un bruit de pierres qu'on broie. Les goules font dix pieds de haut maintenant je dégaine mon revolver je le pointe dans leur direction et j'appuie sur la détente clic clic clic rien ne se produit. Je perds pied et je tombe à la renverse dans l'étang et je coule vers le fond comme une roche. Tout est noir autour de moi je suffoque je me noie. Je lève les yeux les bulles d'air remontent en grappe à la surface on dirait une lumière au bout d'un tunnel qui s'éloigne qui s'éloigne qui s'éloigne…

Puis je suis au lit avec Jeanne. Elle est sous moi on bouge en cadence. Tout se déroule sous mes yeux comme un film mais je peux sentir son souffle chaud au creux de mon épaule ses ongles qui s'enfoncent dans mon dos. Son visage change devient un masque lisse sur lequel se dessinent les traits de Sylvia ce n'est pas correct non je ne peux pas faire ça.

Les cheveux blonds prennent graduellement une couleur plus foncée ils deviennent bruns rouges roux. Le visage de nouveau change devient flou. Le corps sous le mien je peux le sentir c'est le corps de Kathryn. Le visage redevient net c'est le visage de Sylvia non ce n'est pas correct Jeanne est toujours là elle caresse nos corps à Sylvia et à moi j'essaie de repousser Sylvia ses bras et ses jambes s'enroulent autour de moi comme des tentacules me serrent contre elle non ce n'est pas correct il ne faut pas…

CHAPITRE 14

J'ouvris un œil, puis l'autre. Ma vision était embrouillée. Je crispai les paupières une couple de fois. C'était beaucoup mieux… mais je n'avais aucune idée de l'endroit où je me trouvais. J'étais allongé dans un lit qui n'était pas le mien et un crucifix était fixé sur une colonne devant moi. D'autres lits s'alignaient de chaque côté de la colonne. Tout était blanc et une odeur d'eau de Javel flottait discrètement dans l'air, comme un mauvais souvenir.

Je tournai la tête à gauche. Un éclair de douleur me traversa le crâne. Il y avait un homme dans un lit, allongé sur le côté, face à moi, les yeux fermés. Je tournai la tête à droite – plus lentement, cette fois-ci – et vis un deuxième homme dans un deuxième lit. Je refixai mes yeux sur le crucifix et pensai à tout ça. Murs et plafond blancs, odeur d'eau de Javel, des hommes allongés dans des lits. Réfléchis, Stan, réfléchis. Hum, Jésus a vraiment l'air de souffrir sur sa croix, pauvre gars.

Un hôpital. Je suis dans un hôpital. Bon travail, Stan. Maintenant, qu'est-ce que tu fais là ? Réfléchis. Oh non, pas encore. J'ai mal à la tête, mes paupières sont pesantes. Pourquoi est-ce que je ne peux pas me rendormir? J'aimerais mieux dormir. C'était agréable, je ne souffrais pas quand je dormais. Ce n'est pas agréable du tout d'être réveillé. Un train m'est passé sur le corps.

Puis les événements de la nuit précédente me revinrent en tête. Je repoussai le drap, fis mine de me lever et me rallongeai aussitôt, suffoquant. On aurait dit qu'un boucher m'avait attendri les côtes. Mes agresseurs et le collier et les trente mille dollars devaient être loin. Bien joué, Stan. Franchement, tu as fait de l'excellent travail…

La colère me redonna juste assez de force pour m'asseoir dans le lit. Je relevai la chemise d'hôpital qu'on m'avait fait enfiler. Des bleus de différentes grosseurs couvraient ma poitrine et mon abdomen. Mes mains étaient éraflées et comme rouillées. Les doigts me faisaient mal quand je serrais les poings.

« Monsieur, dit une voix douce mais autoritaire. Vous n'êtes pas censé vous lever. »

C'était une infirmière. Elle vint vers moi d'un pas rapide et me borda affectueusement dans mon lit.

« Où est-ce que je suis?

— À l'hôpital Notrrre-Dame, monsieur. »

Elle roulait ses « r ».

« Comment est-ce que je suis arrivé ici?

— Vous ne vous rrrappelez pas?

— Pas du tout, avouai-je.

— Vous devrrriez le demander au médecin de garrrde.

— Bonne idée. Où est-ce qu'il se cache?

— Vous voulez lui parrrler? demanda l'infirmière.

— Oui.

— Je vais le cherrrcher. Et baissez le ton, je vous prrrie. Il y a des gens qui dorrrment ici.

— D'accorrrd. »

Je me sentais un peu gaga.

L'infirmière se dirigea vers la porte sous le regard trouble des autres patients. J'attendis. Je ne pouvais pas vraiment faire autre chose. Puis l'infirmière apparut dans l'embrasure de la porte en compagnie d'un homme chauve comme une orange en blouse blanche. Elle désigna mon lit et glissa quelques mots à l'oreille de l'homme. L'homme hocha la tête et me rejoignit.

On m'avait emmené ici en ambulance à une heure et demie, la nuit précédente. Le pronostic du médecin qui m'avait examiné : commotion cérébrale, ecchymoses aux côtes et au visage. On avait lavé et pansé mes blessures ; je n'avais qu'à prendre les choses tranquillement au cours des prochains jours et tout irait bien. Je pourrais même sortir plus tard dans la journée.

« Eh ben, c'est une bonne nouvelle.

— En effet, dit le docteur. Maintenant, il y a deux messieurs de la police qui désirent vous parler. Je leur ai dit que vous n'étiez pas en état de les recevoir et que ce n'était pas vraiment l'endroit pour discuter ici. Mais ils ont insisté.

— C'est correct. Dites-leur de venir.

— Très bien. Je vais revenir tantôt pour vous examiner, avant de vous donner votre congé. »

Le docteur s'en alla, les deux messieurs de la police arrivèrent. Le premier n'était pas très grand et il était plutôt maigre. Les rides sur son visage et le dos de ses mains me faisaient dire qu'il était dans la soixantaine. Il portait un habit gris et un fedora gris, incliné sur un côté. Sa moustache grisonnante le faisait ressembler à un renard. Il était aussi rusé que cet animal et très perspicace, aussi. J'allais bientôt m'en apercevoir.

Son acolyte ne m'était pas inconnu : c'était le détective Fournier. Je l'avais croisé lors de certaines enquêtes quand j'étais à la Sûreté. C'était un bon policier. Je ne m'étais jamais donné la peine de creuser le personnage mais, en le côtoyant, je m'étais rendu compte qu'il avait une bonne tête sur les épaules. Il était dans la quarantaine et avait la silhouette élancée d'un athlète. Il portait un complet foncé qui lui allait comme un gant et ses cheveux noirs très épais étaient coiffés vers l'arrière. Des lunettes de soleil dont les verres ressemblaient à des miroirs cachaient ses yeux. Il les portait quasiment toujours.

Il m'adressa un hochement de tête, empoigna le rideau qui pendait du plafond, à côté de mon lit, et le fit glisser sur la tringle, nous isolant des autres patients.

« Vous êtes à l'aise ? me demanda l'homme en gris.

— Oui.

— Bien. On a quelques questions à vous poser et ce sera mieux pour vous si vous êtes à l'aise.

— Je suis à l'aise. Merci.

— Bien, répéta-t-il. Je suis le détective Blackburn. Lui, c'est Gérard Fournier, mon *partner*. »

Il me montra son insigne pour officialiser le tout.

« On se connaît déjà, dit Fournier.

— Ah oui ?

— Oui. Stan est un ex-policier. On a travaillé ensemble une couple de fois.

— Eh ben, le monde est petit, philosopha Blackburn.

— Je te demanderais bien comment tu vas, me dit Fournier, mais ce serait plutôt inutile.

— Ce qu'on aimerait savoir, par contre, enchaîna Blackburn, c'est ce qui vous est arrivé là-haut, sur la montagne, pour que vous soyez dans cet état-là. On a eu un appel anonyme au poste, cette nuit, nous informant qu'un homme gisait inconscient derrière des buissons, près du lac des Castors. On sait que vous êtes détective privé, Coveleski. On a vérifié. Vous étiez sur une affaire ?

— Oui.

— Hm-hm, hm-hm, fit Blackburn en se mordillant la lèvre supérieure. Quel genre d'affaire ?

— Je devais effectuer une transaction pour le compte d'un client, si vous voulez.

— Une transaction, répéta Fournier.

— C'est ça. Mais les choses n'ont pas tourné comme je m'y attendais et je me suis réveillé ici. »

Blackburn jeta un regard de côté vers son collègue, qui se tenait immobile, les mains jointes derrière le dos.

« Vous ne pourriez pas être plus précis ? me demanda Blackburn.

— Pas sans consulter mon client.

— Je sais, vous voulez le couvrir, dit-il d'un air las. C'est une de vos lois, vous autres, les détectives privés. Je la connais. Je ne l'aime pas trop, mais je la respecte. Après tout, si un type fait appel à un détective privé, c'est qu'il ne veut pas que la police se mette le nez dans ses affaires, alors le détective n'ira pas tout raconter au premier venu, encore moins à un policier.

— On appelle ça l'éthique professionnelle. »

Blackburn fit la moue.

« Mouais, l'éthique professionnelle. Mais ce cas-ci est différent des autres, Coveleski. Voyez-vous, on a eu un autre appel au poste de bonne heure ce matin – un gars trouvé mort dans son sang, un couteau planté en plein ventre. Il habitait dans un sous-sol, un endroit assez ordinaire… *Anyway*, on s'est rendus là où il travaillait avant de venir ici. On a questionné ses employés. Il y en a un qui nous a dit qu'il avait eu le même visiteur, deux jours différents. On lui a demandé de nous décrire le visiteur, et le gars qu'il nous a décrit, ben…»

Il ajusta son fedora sur sa tête. S'il essayait de créer un peu de suspense pour énerver la galerie, ça marchait.

«Ben quoi?

— Le type qu'il nous a décrit, c'est soit vous, soit votre sosie. Et le macchabée s'appelle Nick Tremblay. C'était le propriétaire du Savoy, un cabaret.

— Tu le connaissais? demanda Fournier.

— Oui.

— Dans quelles circonstances l'as-tu rencontré?

— Je l'ai connu quand j'étais à la Sûreté. Il faisait partie d'un gang qui mettait en gage des objets volés, puis qui prêtait l'argent à des gens qui en avaient besoin, à de gros taux d'intérêt. J'avais réussi à infiltrer le gang et à mettre fin à ses activités et Nick s'était retrouvé en prison pour quelques mois, comme les autres membres du gang, d'ailleurs.»

Je déglutis. Ma gorge était sèche comme un désert. Ma tête semblait sur le point d'exploser à chaque battement de cœur.

«Bravo, dit Blackburn. Beau travail. Mais revenons à nos moutons, si vous n'avez pas d'objections. Ce n'est pas votre sosie qui a rendu visite à Nick Tremblay, hein?

— Non.

— C'est ce que je me disais. O.K. Vous voulez savoir ce qu'on pense de tout ça, Fournier et moi? On pense que ces deux affaires-là – votre petite mésaventure sur la montagne et la mort de Nick Tremblay

– pourraient être reliées. Vous ne trouveriez pas ça bizarre, vous, à notre place ? Vous lui rendez visite, il se fait tuer, puis on vous retrouve sans connaissance, le visage écrabouillé. Tout ça nous semble relié d'une façon ou d'une autre.

— Il me semble que c'est sauter un peu vite aux conclusions, détective Blackburn.

— J'ai dit "pourraient être reliées", pas "sont reliées", me corrigea-t-il d'un ton brusque. C'est une idée qu'on a eue, un pressentiment, si vous aimez mieux.

— Vous êtes policiers. Vous savez que ce n'est pas sage d'agir d'après un pressentiment. »

Sa main esquissa un geste vague dans l'air. Fournier prit la parole.

« Oui, on le sait, ça. Et on aimerait bien que tu nous aides à éclaircir la situation, Stan. Pour ça, il va falloir que tu parles à ton client. On comprend ça. Alors regarde bien ce qu'on va faire. On va te laisser jusqu'à demain après-midi, une heure, pour tout nous raconter. Le doc nous a dit que tu pourrais sortir cet après-midi. Ça te donnera assez de temps pour rencontrer ton client et lui parler. Qu'est-ce que tu en penses ?

— C'est très généreux de votre part, messieurs, dis-je.

— Mais non, voyons, dit Blackburn. Vous êtes mal en point, alors on vous accorde un petit délai. On va vous attendre à votre bureau, demain. D'ici là, vous pouvez me rejoindre à ce numéro-là, s'il y a quoi que ce soit. »

Il glissa deux doigts dans sa pochette de veston et en sortit une carte de visite. Il lança la carte et elle virevolta dans les airs et atterrit sur ma poitrine.

« Bien visé.

— Je suis content qu'on ait eu cette conversation, Coveleski. Vaudrait mieux nous donner ce qu'on veut la prochaine fois. Notre rencontre pourrait être moins agréable ce coup-là.

— Je m'en doute. »

Le détective Blackburn se tourna vers Fournier et hocha la tête. Fournier agrippa le rideau et le fit glisser sur la tringle. Blackburn se dirigea vers la porte.

« À demain », me dit Fournier.

Et il emboîta le pas à son collègue.

◆

Tandis que j'attendais que le médecin vienne m'examiner, Emma apparut. Elle s'avança entre les lits en me cherchant du regard, son sac à main sous le bras. Quand elle me vit, elle s'arrêta. Une grimace déforma sa bouche. Puis elle sourit d'un sourire forcé et continua son chemin jusqu'à mon lit.

« Je sais, je dois avoir l'air de Frankenstein.

— Je n'ai rien dit, se défendit-elle.

— Non. Mais ton visage a trahi ta pensée.

— Oh. Pardon. »

Elle s'assit sur la chaise à côté du lit, joignit les genoux et posa son sac à main dessus.

« Comment ça va ?

— Je me suis déjà senti mieux. Comment t'as su que j'étais ici ?

— Un policier a appelé chez moi, tôt ce matin. Il a dû trouver mon numéro dans vos affaires. Il m'a dit que je pourrais vous rendre visite à neuf heures. Il voulait vous poser des questions avant.

— C'était le détective Blackburn ?

— Il ne s'est pas nommé, dit Emma.

— Il était ici tantôt. Il voulait savoir comment je me suis retrouvé assommé sur le mont Royal. Je ne pouvais rien lui dire, évidemment. Pas sans avoir parlé à madame Dufresne.

— Il vous a intimidé ?

— Non, pas vraiment, dis-je. Mais il n'était pas très content que je refuse de parler. On a rendez-vous demain à une heure, au bureau. Ce n'est pas tout. Nick est mort. »

Emma fronça les sourcils.

« Nick… ?

— Le type qui m'a aidé dans mon enquête. On l'a retrouvé chez lui, poignardé, la nuit passée. Blackburn et son collègue croient que son meurtre est relié à mon affaire de collier.

— Il y a un lien entre les deux ?

— Je ne sais pas. Ce n'est pas impossible. Dis-moi donc, j'ai si mauvaise mine que ça ?

— Regardez vous-même. »

Elle sortit de son sac à main un truc pour le maquillage équipé d'un petit miroir et me le tendit. Le miroir me renvoya une image assez déprimante : le côté droit de ma mâchoire, là où j'avais été frappé en dernier, n'était plus qu'un gros bleu. L'œil au-dessus était pratiquement fermé et un pansement ornait l'arcade sourcilière de son voisin. Entre les deux, mon nez avait l'air d'une tomate et en dessous, mes lèvres étaient tout enflées. Il y avait un pansement en travers de mon nez. Si j'avais pu grimacer sans que ça fasse trop mal, je l'aurais fait.

« Heureusement que je ne dépends pas de mon visage pour payer le loyer », philosophai-je.

Je redonnai le miroir à Emma.

« Sinon vous coucheriez sur un banc de parc le mois prochain, c'est ça ? dit-elle en le rangeant.

— C'est ça que je voulais dire, oui. Et puis ? Comment ça s'est passé avec Martin, hier soir ?

— Laissez faire ça. Moi, je veux savoir ce qui vous est arrivé.

— Bah, ce n'est pas si intéressant que ça...

— Je suis certaine que c'est plus intéressant que la soirée que j'ai passée, dit Emma.

— Qu'est-ce qui est arrivé ?

— Je vous ai dit de laisser faire. Allez-y, je vous écoute.

— Bon, O.K. »

Je lui racontai comment la rencontre s'était déroulée et comment j'étais tombé dans le piège qu'on m'avait tendu. Ça me rendait furieux juste d'en parler.

« Si j'avais été là, dit Emma à la fin, rien de tout ça ne serait arrivé. Je vous l'avais bien dit.

— Ne te vante pas trop, ce n'est pas bien élevé. Et cette petite mésaventure-là n'aura pas été une perte totale de temps. Je crois avoir compris quelque chose.

— Qu'à l'avenir vous devriez m'écouter ? »

Elle esquissa un sourire narquois.

« Très drôle, grognai-je. Non. L'un des voleurs était une femme.

— Comment le savez-vous ?

— J'ai entendu sa voix après qu'ils m'ont tabassé.

— Ah. C'est bien, mais il faut des détails précis pour inculper quelqu'un. Le son d'une voix...

— Je sais, ce n'est pas grand-chose. Mais ça pourrait être compromettant. Tu vois, je crois depuis le début qu'un membre de la famille Dufresne a quelque chose à voir avec le vol.

— Qu'est-ce qui vous fait dire ça ?

— Le collier était dans un coffre-fort, dans un bureau. Les serrures n'ont pas été forcées. Ça prenait quelqu'un qui avait la clé et qui connaissait la combinaison, bref, quelqu'un dans l'entourage de madame Dufresne. »

L'infirmière de tout à l'heure s'avança dans la salle. Elle me fit de gros yeux, appuya un index contre ses lèvres. Je lui fis signe que j'avais compris et dis à Emma de baisser le ton.

« Vous pensez que c'est Jeanne Dufresne qui a fait le coup, c'est ça ? dit-elle tout bas. Comme elle est quasiment l'assistante personnelle de madame Dufresne...

— Non, pas elle.

— Qui d'abord ?

— Dan Cloutier, l'ex-chauffeur de madame Dufresne. Avec l'aide de Sylvia, la fille de Jeanne.

— Je comprends. Vous croyez avoir entendu sa voix à elle. »

Je hochai la tête.

« Pourquoi les soupçonnez-vous ?

— Cloutier est un bon candidat. Il a un passé chargé. Il aime *gambler* et il est un peu escroc sur les bords. Je ne serais pas surpris qu'il ait des contacts avec le milieu de la pègre. L'argent du collier aurait pu servir à rembourser des dettes. Les gens de ce milieu-là ne sont pas patients quand il est question d'argent.

— Oui, c'est possible. Et Sylvia, elle ?

— Elle a pu voler la clé du bureau et la combinaison du coffre à sa grand-mère. Cloutier m'a dit qu'elle dort parfois dans la chambre d'ami. Ce serait assez facile.

— Vous avez dit que les serrures n'ont pas été forcées ?

— Non. Pas une égratignure.

— Mouais, c'est bizarre, en effet. »

Emma se frotta pensivement le menton entre le pouce et l'index en fixant le plancher. Tout ce bavardage ne faisait rien de bon pour mon mal de tête. Et j'avais envie d'une cigarette.

« Mais pourquoi Sylvia aurait-elle aidé Cloutier ?

— Je ne sais pas. Peut-être parce qu'ils sont amoureux. D'après ce qu'ils m'ont raconté tous les deux, ils se détestent, mais c'est possible qu'ils m'aient menti.

— Sylvia pourrait-elle, à son âge, s'embarquer dans ce genre de combine ? Vous l'avez rencontrée. C'est quel genre de fille ? »

Notre petite promenade nocturne en voiture me revint en mémoire et je sentis mes lèvres esquisser un sourire. C'était douloureux, alors je le réprimai.

« C'est tout un numéro, dis-je.

— Qu'est-ce que vous voulez dire par là ?

— Le soir où je suis allé au Savoy pour voir Nick, elle était là. Elle portait une petite robe décolletée.

— Ah oui ? dit Emma en haussant un sourcil inquisiteur.

— Hm-hm. Pendant que je parlais avec Nick, elle a bu des Bloody Mary et elle était plus que pompette quand je suis revenu. J'ai dû la reconduire chez elle. »

Emma ajusta sa robe sur ses genoux et haussa les épaules.

« Tout le monde prend un verre de trop de temps en temps.

— Attends, ce n'est pas fini. Dans la voiture, elle m'a fait des avances et tout le reste…

— Et tout le reste ?

— Elle s'est collée contre moi, expliquai-je, et elle a posé la main sur ma cuisse. Je crois qu'elle essayait de me convaincre de laisser tomber mon enquête.

— Et vous l'avez repoussée ?

— Ne sois pas si étonnée. Sylvia a juste seize ou dix-sept ans.

— Non, ce qui m'étonne, dit Emma avec un sourire, c'est qu'elle vous ait fait des avances.

— Je n'avais pas le visage écrabouillé à ce moment-là.

— C'est vrai. Et elle était soûle. »

On écouta le silence un moment. Quelqu'un toussa. Ce fut Emma qui parla la première.

« Donc Cloutier et Sylvia auraient fait le coup. Ça me semble trop évident pour être la bonne solution.

— C'est peut-être la bonne solution pour ça, justement, dis-je. Parce que c'est trop évident.

— Peut-être. Qu'est-ce que vous allez faire ?

— Dès que le médecin va m'avoir examiné, je vais vérifier s'ils ont un alibi.

— Vous devez parler à madame Dufresne aussi, dit Emma. Vous n'aurez jamais le temps de tout faire.

— Prends un taxi et va chercher la Studebaker sur le mont Royal. Je l'ai laissée dans le stationnement près du lac des Castors. Ça va me faire gagner un peu de temps.

— D'accord. »

Emma se leva.

« Demande à l'infirmière où sont mes affaires, ajoutai-je. Mes clés sont dedans. Et prends de l'argent pour le taxi aussi. »

Elle hocha la tête et se dirigea vers la porte, le clac-clac de ses pas s'estompant rapidement. Je croisai les mains sur mon estomac et recommençai à attendre le médecin.

◆

Il se pointa une demi-heure plus tard, m'examina et me déclara en bonne santé… dans les circonstances. Je pourrais aller dans n'importe quel cabinet pour faire changer mes pansements, ajouta-t-il. J'irais peut-être chez le bon docteur Verreault, pensai-je.

On m'apporta mes vêtements fripés et poussiéreux et je m'habillai. Entre-temps, Emma était revenue avec la Studebaker. Je lui donnai de l'argent pour un autre taxi et lui dis de prendre son poste au bureau, au cas où il arriverait quelque chose. Puis je me rendis chez moi. Je fis un brin de toilette, enfilai un complet propre et un nouveau feutre ; l'autre gisait sans doute dans des buissons pas loin du lac des Castors, aplati comme une crêpe. Me sentant comme un nouvel homme, je sautai dans la Studebaker et roulai jusque chez Jeanne. Il était midi.

La maison n'avait pas changé depuis ma première visite trois jours avant. Avec tout ce qui s'était passé depuis, on aurait dit que ça faisait trois ans. Jeanne m'ouvrit la porte. Quand elle me vit, ses yeux s'écarquillèrent.

« Pas maintenant, dis-je en anticipant sa question. Je peux entrer ?

— Oui, oui, bien sûr. »

Elle fit un pas de côté. Je m'avançai dans le vestibule.

« Où est Sylvia ? Il faut que je lui parle.

— Elle n'est pas ici, dit Jeanne en fermant la porte.

— Où est-ce que je peux la rejoindre ?

— Je ne sais pas, je… Je vous ai attendu chez madame Dufresne toute la matinée, monsieur Coveleski. J'ai appelé à votre bureau, mais ça ne répondait pas. Alors je suis revenue ici au cas où vous essaieriez de m'appeler. Votre visage, il… »

Je l'interrompis d'un geste de la main.

« Vous ne savez pas où est Sylvia ?

— Non, dit Jeanne. Elle est sortie hier soir, après le souper, et je ne l'ai pas revue.

— Elle vous a dit où elle allait avant de partir ?

— Au parc Belmont, avec des amies.

— Vous les avez appelées ? demandai-je. Elle est peut-être restée chez l'une d'elles.

— Je les ai appelées, mais… Elles ne l'ont pas vue.

— Donc vous ne savez pas où elle est ?

— Non. »

Jeanne baissa les yeux, comme si elle avait honte de la vie que menait sa fille ou du fait qu'elle lui avait menti. Elle n'avait pas passé une très bonne nuit, elle non plus. Ça se voyait sur son visage.

« Je peux passer un coup de fil ?

— Allez-y, je vais être au salon », dit-elle en s'éclipsant.

Il y avait une petite table avec un téléphone posé dessus le long du mur. Je sortis mon calepin, dans lequel j'avais noté le numéro de Cloutier. Je le composai. Au bout de dix sonneries, rien. Il était peut-être sorti. Ou il avait décampé et sa disparition et celle de Sylvia n'étaient pas une coïncidence.

Je raccrochai et rejoignis Jeanne au salon. Elle était devant la fenêtre et me tournait le dos.

« Il faut que j'aille chez madame Dufresne, dis-je derrière elle. J'aimerais que vous veniez avec moi. »

Elle pivota vers moi.

« Vous allez lui raconter ce qui s'est passé ? Elle veut des explications. Elle était dans tous ses états quand je suis partie.

— Pas exactement.

— Non ? dit-elle en fronçant les sourcils.

— Je vais vous expliquer en chemin. »

Deux minutes plus tard, on était en route.

« Alors, monsieur Coveleski, dit-elle, qu'est-ce qu'on va faire chez ma belle-mère ?

— Il faut que je parle à son cuisinier.

— Bertaud ? À propos de quoi ?

— Je veux qu'il confirme ou non une histoire que Sylvia m'a racontée, dis-je en fixant la rue Beaubien.

— Quelle histoire ?

— Elle m'a dit que Cloutier l'avait déjà tripotée.

— Tripotée ? »

La Chevrolet devant nous semblait immobile tellement elle roulait lentement. Je jetai un œil dans mon rétroviseur extérieur, appuyai sur l'accélérateur pour la dépasser.

« Sylvia était assise dans la balançoire chez madame Dufresne, un après-midi. Cloutier est arrivé et il a essayé de glisser la main sous son chandail. Il avait bu. Votre fille a crié, Bertaud est accouru et Cloutier a filé. C'est ce qu'elle m'a raconté, l'autre soir, au Savoy. Elle ne vous en a jamais parlé ?

— Non, dit Jeanne. Mais ça ne m'étonne pas, si on considère le genre de garçon qu'est Cloutier. »

Il y avait une pointe de haine dans sa voix.

« Mais dites-moi… Pourquoi tenez-vous à vérifier si cette histoire est vraie ou non ? » demanda-t-elle.

J'hésitais à le lui dire. Elle remarqua mon hésitation.

« Me cachez-vous quelque chose, monsieur Coveleski ?

— J'en ai bien peur, oui.

— Qu'est-ce que c'est ?

— Eh bien, Jeanne, je… je crois que votre fille a aidé Cloutier à voler le collier de madame Dufresne et qu'ils ont tous les deux filé avec le bijou et l'argent. »

Je pouvais sentir ses yeux rivés sur moi et entendre ses méninges travailler, tandis qu'elle essayait de comprendre comment j'avais pu en arriver à une telle conclusion.

Je lui racontai ce qui s'était passé la nuit dernière sur le mont Royal, puis repris les explications que j'avais données à Emma. Je lançais des regards de côté vers elle pendant que je parlais. Elle était suspendue à mes lèvres.

«Comprenez-moi bien, dis-je ensuite. Je n'ai encore accusé votre fille de rien. Je vais parler à Bertaud de l'histoire de Sylvia, puis je vais vérifier son alibi et celui de Cloutier pour la nuit passée. On sautera aux conclusions après.»

Elle hocha la tête, l'air songeur.

« Vous n'auriez pas une cigarette, par hasard? Je n'ai pas eu le temps de m'en acheter ce matin.

— Oui, oui… »

On était arrivés à la rue Papineau. Le feu était rouge. Je m'arrêtai. Jeanne sortit un paquet de Sweet Caporal de son sac à main. Ce n'était pas ma sorte, mais tant pis. Elle m'en donna une et me tendit un briquet sous le nez. Elle s'y prit à trois fois pour l'allumer. J'aspirai la fumée jusqu'à ce qu'elle me picote les poumons, la soufflai par mes narines. Ça faisait du bien.

Le feu changea au vert, j'appuyai sur l'accélérateur.

« Je ne serais pas surpris que ce soit Cloutier qui ait entraîné Sylvia, dit Jeanne d'un ton ferme. C'est une bonne fille, mais elle est fragile émotivement, facilement influençable. Cloutier en a profité, il lui a fait faire ce qu'il voulait. »

Sa réaction me surprit. Elle ne semblait pas s'être tellement préoccupée de Sylvia jusque-là. C'était différent maintenant, j'imagine. Sylvia avait peut-être été complice d'un vol. Ou peut-être qu'elle se croyait responsable de ce qui était arrivé.

« En passant, je suis désolée, dit-elle. Pour votre visage.

— Je vais m'en remettre. »

Je lui souris, malgré mes lèvres enflées et douloureuses, et reportai mes yeux sur la rue.

« Moi aussi, je suis désolé, repris-je au bout d'un moment.

— Pourquoi ?

— Pour avoir laissé filer le collier de madame Dufresne et son argent. Et aussi pour les policiers qui pensent que j'ai des comptes à leur rendre. Il y en a deux qui veulent savoir ce que je faisais sur le mont Royal la nuit passée. Ils ont su que j'étais là grâce à un coup de fil anonyme.

— Le collier, dit Jeanne. Vous leur en avez parlé ?

— Non, je ne pouvais pas faire ça. Pas sans en avoir parlé avec madame Dufresne. »

Elle tourna la tête vers la fenêtre de sa portière et regarda défiler le paysage.

« Est-ce qu'ils vont l'interroger ? me demanda-t-elle.

— Je ne sais pas. Elle ne voulait pas avoir affaire à la police, mais elle n'aura peut-être pas le choix.

— En quoi ça les regarde ? Vous n'avez enfreint aucune loi.

— Non, mais Nick est mort. »

Je lui expliquai que c'était l'ami qui m'avait aidé dans mes recherches pour le collier et que les policiers voyaient un lien entre son assassinat et ce qui m'était arrivé sur le mont Royal. Elle m'écouta en observant le paysage et elle l'observa encore un bon moment avant de parler.

« Dites-moi, monsieur Coveleski, y a-t-il une chance que vous retrouviez l'argent et le collier ?

— Je l'espère. »

Le reste du trajet se déroula en silence. Jeanne en avait besoin pour digérer ce qu'elle venait d'apprendre à propos de sa fille, et moi pour digérer la mort de Nick. Il ne l'avait pas eu facile, Nick. Il s'était battu toute son existence pour survivre – pas toujours dans les règles, c'est vrai – et, au bout du compte, il s'était fait poignarder dans son logement minable. C'était une fin appropriée, mais elle me paraissait injuste quand même.

CHAPITRE 15

La maison de madame Dufresne n'avait pas changé elle non plus, depuis ma première visite. Elle semblait toujours aussi massive et aussi solide qu'une forteresse et les pignons qui pointaient vers le ciel et la tourelle qui ornait la façade accentuaient toujours cette impression. Les arbrisseaux devant la maison paraissaient toujours avoir été taillés cinq minutes auparavant.

«Je vais aller voir ma belle-mère, dit Jeanne, une fois à l'intérieur. La cuisine est au bout du couloir. Première porte à gauche.»

Et elle gravit l'escalier qui menait au premier étage. Je trouvai la cuisine sans problème. Un rideau de casseroles et de poêles en cuivre séparait la pièce en deux. Derrière le rideau, je pouvais distinguer une silhouette vêtue de blanc. Le bruit de l'eau du robinet qui coulait dans un évier emplissait la pièce.

«Monsieur Bertaud?» dis-je.

Le bruit cessa et la silhouette sortit de derrière le rideau. Elle appartenait à un homme d'une soixantaine d'années solidement bâti. Il avait des yeux inquisiteurs noirs et une couronne de cheveux blancs lui ceignait le crâne.

«C'est moi.

— Je m'appelle Stan Coveleski. Je suis détective privé et j'enquête sur le vol du collier de madame Dufresne.

— Ravi de vous rencontrer. »

Il essuya sa grosse patte sur le tablier noué à sa taille et m'écrasa la main dedans. Sa voix bourrue avait un fort accent français.

« Qu'est-ce qui est arrivé à votre visage ?

— Ce n'est pas important, dis-je. J'aimerais vous poser quelques questions. Une seule, en fait.

— Allez-y.

— Vous souvenez-vous du jour où vous êtes accouru sur la terrasse parce que Sylvia avait crié ?

— Pas du tout, non », dit le cuisinier en secouant la tête.

J'ajoutai des détails, au cas où sa mémoire aurait fait défaut. Il écouta attentivement, la tête inclinée sur un côté. Quand j'eus fini, il fit de nouveau signe que non.

« Ça ne me dit rien. Et si c'était arrivé, je m'en souviendrais. J'ai une bonne mémoire. »

Pourquoi Sylvia m'avait-elle menti ? Pour discréditer Cloutier ? Monsieur Bertaud se demandait la même chose, apparemment.

« Je ne sais pas pourquoi mam'zelle Dufresne vous a raconté ça, dit-il. Elle aimait bien ce garçon.

— Comment le savez-vous ?

— Par sa façon de se comporter quand ils étaient dans la même pièce. Et il y avait cette étincelle dans ses yeux… Elle était amoureuse de lui, vous pouvez me croire !

— Et Cloutier, lui ? »

Le cuisinier me dévisagea en fronçant les sourcils.

« Pourquoi vous me posez toutes ces questions ? Ils ont quelque chose à voir avec le vol ?

— Peut-être bien. Et Cloutier ?

— Eh bien, je ne sais pas. Il devait être attiré par elle, physiquement, s'entend. Avec le corps qu'a cette fille, c'est difficile de ne pas l'être ! »

Il rit de bon cœur, d'un rire gras, guttural. Il ne savait pas à quel point ce pouvait être difficile.

« Pour le reste, je ne sais pas, continua-t-il. Mam'zelle Dufresne est une fille bien spéciale.

— Qu'est-ce que vous entendez par là, monsieur Bertaud ?

— Elle a tout un caractère. Quand les choses ne vont pas à son goût, elle vous le fait savoir – et ce n'est pas avec des gants blancs, croyez-moi ! Elle aime bien donner des ordres. À la fin, je suis sûr qu'elle a eu ce qu'elle voulait de Cloutier.

— Vous croyez ?

— Il n'avait pas la force de lui résister. Il a un problème de boisson et il a déjà fait de la prison.

— Je suis au courant.

— Et en plus, ajouta monsieur Bertaud, les gosses de riches ont toujours ce qu'ils veulent.

— Donc vous croyez que Cloutier était amoureux de Sylvia ? »

Il hocha à répétition la tête.

« J'en suis sûr. Il y a des types qui aiment ça être menés par le bout du nez et Cloutier est de ceux-là. Ce garçon-là n'a pas de moelle dans les os. »

J'avais fait le tour. Je lui tendis la main et il l'écrasa dans sa grosse patte une deuxième fois. On échangea les politesses d'usage et je retournai dans le hall. Jeanne était assise dans un des fauteuils aux coussins en peluche rouge, les jambes croisées, tripotant la petite chaîne à son cou. Quand elle me vit, elle se leva et vint vers moi.

« Et puis ? demanda-t-elle avec empressement.

— Bertaud n'a pas pu confirmer l'histoire de Sylvia. Même que, selon lui, ils sont amoureux.

— Alors elle… elle aurait menti.

— Oui. Et on dirait bien qu'ils ont filé ensemble.»

Jeanne fixait le vide devant elle, comme si elle ne savait pas trop comment réagir à ce que je venais de lui annoncer.

« Je vais aller voir si Cloutier est chez lui, dis-je. C'est ma priorité de le retrouver. Vous pouvez parler à madame Dufresne pour moi, lui raconter ce qui s'est passé ?

— Oui, oui, allez-y.

— Merci. Je vous contacte dès qu'il y a du nouveau.»

Je me reconduisis moi-même à la porte et retournai à la Studebaker. Le témoignage de Bertaud apportait un nouvel éclairage sur Cloutier et, par ricochet, sur Sylvia. Je n'avais pas de raison de ne pas croire le cuisinier. Il avait l'air observateur et il avait côtoyé Cloutier assez longtemps pour le connaître. Mais si Cloutier et Sylvia étaient amoureux, pourquoi avaient-ils dit du mal l'un de l'autre ? Elle, elle l'avait presque accusé d'agression sexuelle et lui, il me l'avait décrite en des termes peu flatteurs.

Et s'ils avaient volé le collier, il y avait la question du motif. L'argent, peut-être. Il ne faut jamais écarter la raison de l'argent. Mais je penchais vers un motif plus humain, qui menait à un autre cul-de-sac. Les femmes Dufresne ne semblaient pas très bien s'entendre. Sylvia aurait pu voler le collier pour exercer une vengeance sur sa mère ou sa grand-mère. Mais encore là, de quoi se serait-elle vengée ? Elle semblait faire pas mal tout ce qu'elle désirait.

Décidément, il y avait quelque chose qui clochait. Le seul moyen d'y voir clair était de retrouver Sylvia et Cloutier.

◆

Il y avait une place de stationnement devant le duplex où habitait Cloutier. J'y glissai la Studebaker et débarquai. Je gravis les marches qui menaient à la porte, défonçai la sonnette et attendis. Une minute s'écoula, peut-être deux. Les voitures filaient à toute allure dans la rue Sherbrooke derrière moi.

Je commençais à être fatigué d'attendre. Je regardai à l'intérieur du logement par la *bay-window*. Il y avait une mince ouverture entre les rideaux fermés et le cadre de la fenêtre et je regardai par là. Le logement était plongé dans un demi-jour. On ne voyait que la silhouette des meubles du salon.

Je jetai un œil aux deux extrémités de la rue. Personne en vue. Je sortis mon canif et forçai la serrure. Elle céda facilement, c'était une vieille serrure. J'entrouvris la porte et me glissai dans le vestibule. L'odeur de moisi qui flottait dans l'air lors de ma première visite était toujours là. Je traversai le couloir sombre, à la recherche de la chambre. Le plancher craquait plaintivement sous mes pas.

La chambre se trouvait à l'arrière du logement. Elle comprenait une commode délabrée et un matelas, posé sur le plancher. J'ouvris les tiroirs de la commode un à un, cherchant quelque chose, n'importe quoi, qui m'aurait permis de retrouver Cloutier. Les tiroirs étaient vides. J'allai au salon, à la cuisine, inspectai le contenu de la poubelle. Rien. Cloutier était parti sans laisser de traces.

Je revins au vestibule et sortis. Je verrouillai la porte derrière moi et descendis les marches. Comme je posais le pied sur le trottoir, un jeune homme s'arrêta devant moi. Il portait de petites lunettes octogonales et avait une barbiche qui lui allongeait le visage et l'amaigrissait. Ses longs cheveux sortaient de sous son béret et tombaient sur ses épaules. Sûrement un poète cubisto-dadaïsto-surréaliste.

« Tu cherches Daniel ? » me demanda-t-il.

C'était trop beau pour être vrai.

« Oui. Tu sais où il est ? »

Son regard me balaya de haut en bas. Mon feutre et mon complet ne semblaient pas lui inspirer confiance.

« Cloutier a déjà habité dans un de mes immeubles, dis-je. Il me doit deux mois de loyer.

— Ah bon. »

C'était un alibi plutôt minable, mais le poète sembla rassuré.

« Alors ? Où est-ce qu'il est ?

— Je l'ai vu la nuit passée. J'habite de l'autre côté de la rue, dit-il en indiquant de son pouce les duplex. Il mettait des valises dans le coffre de sa voiture.

— Il t'a dit où il allait ? demandai-je.

— Non, je veux dire, je l'ai vu de ma fenêtre. Mais je pense qu'il allait à son chalet.

— Qu'est-ce qui te fait dire ça ? »

Un camion passa dans la rue. Le poète attendit que le bruit du moteur s'atténue pour répondre.

« Il avait sa canne à pêche. Je l'ai vu la placer sur le siège arrière. Il l'apporte toujours quand il va à son chalet.

— Tu sais où il est, son chalet ?

— C'est plus une cabane, en fait. Cloutier m'a dit une fois qu'elle était sur le bord du lac Noir.

— Quel lac Noir ? Il y en a des dizaines dans le Nord.

— Il est situé dans le coin de Joliette, celui-là.

— Cloutier était seul ?

— Pourquoi ?

— Fais juste répondre à ma question.

— Non. Il y avait quelqu'un dans sa voiture. Mais je n'ai pas vu qui c'était, il faisait trop noir. »

Ce devait être Sylvia. Ça expliquerait pourquoi elle n'était pas rentrée chez elle de la nuit.

« C'est quoi la marque de la voiture de Cloutier ?

— Je ne connais rien aux voitures, dit le poète.

— Tu connais tes couleurs ?

— Elle est bleue.

— Parfait, dis-je au poète. Merci de ton aide.

— Il n'y a pas de quoi. »

Il continua son chemin. Je retournai à la Studebaker en bénissant ma bonne étoile. Cloutier se cachait peut-être dans cette cabane avec Sylvia en attendant je ne sais quoi. Et je saurais ce qu'était le quoi dans pas grand temps. Joliette était à une heure de route environ quand on trichait sur la limite de vitesse, et comme je connaissais un peu le coin, je n'aurais pas de difficulté à trouver ce lac Noir.

CHAPITRE 16

Rien n'indiquait que c'était une station-service. Pas d'enseigne ni de logo de compagnie pétrolière. Rien. Juste une pompe rouge au milieu d'un carré de terre battue en bordure de la route. J'avais quitté Joliette vingt minutes plus tôt et j'étais près de mon but. J'espérais trouver à cette station-service ce qui me manquait pour l'atteindre.

J'immobilisai la Studebaker à côté de la pompe et j'éteignis le moteur. Avant que la poussière ait eu le temps de retomber autour de la voiture, un garçon sortit du garage et se traîna les pieds jusqu'au siège du conducteur.

« Le plein, lui dis-je. Et débarrasse-moi aussi des maringouins écrasés sur le pare-brise. »

Il toucha la palette de sa casquette et se mit au travail. Je descendis, décollai la chemise de mon dos et marchai, les jambes raides, vers le garage. C'était une vieille grange qu'on avait convertie en atelier. Derrière, d'autres bâtiments agricoles délabrés et une maison cuisaient sous le soleil. Un chien était allongé sur la galerie de la maison. N'eût été de sa queue qui balayait l'air pour éloigner les mouches, j'aurais pu penser qu'il était mort.

J'entrai dans la grange. Un homme en salopette était penché sur le moteur d'un camion. On aurait dit un dresseur de lions, la tête dans la gueule d'une de ses bêtes. Des outils traînaient à ses pieds et un peu partout dans l'atelier.

« C'est quoi le problème ? »

L'homme répondit sans lever la tête.

« Le moteur n'arrête pas de caler. Ça doit être la soupape qui contrôle l'arrivée de l'essence dans le carburateur qui est coincée.

— Peut-être bien. »

L'homme se redressa et prit une serviette tachée d'huile dans sa poche arrière en me fixant d'un œil méchant. Il avait de petits yeux noirs enfoncés dans un long visage blême et les rares cheveux sur son crâne étaient lissés vers l'arrière.

— Qu'est-ce que vous voulez ?

— La direction pour me rendre au lac Noir. »

Il me la donna à contrecœur en s'essuyant les mains. Puis il rangea la serviette.

« Vous avez beaucoup de clients ? m'informai-je.

— Ça dépend des jours. Pourquoi ?

— Je cherche un type qui doit s'arrêter ici de temps en temps.

— Pas possible… »

Je lui décrivis Dan Cloutier, même s'il ne semblait pas très intéressé.

« Il est à peu près grand comme moi. Assez grand et gros. Il a les cheveux noirs, frisés, les yeux bruns. Il conduit une voiture bleue et, dans ses bagages, il y a une canne à pêche.

— Ouais, je l'ai déjà vu, dit l'homme. Il s'arrête ici pour faire le plein des fois.

— C'est quoi la marque de sa voiture ? »

Il réfléchit une seconde avant de répondre.

« Une Hudson. Deux portes.

— Vous êtes certain ?

— Évidemment que je suis certain, grogna-t-il. J'ai déjà fait des réparations dessus.

— Et je suis sûr que vous les avez bien faites.

Le type haussa un sourcil, pointa son menton vers moi.

— Qu'est-ce que vous voulez dire ? »

« Rien. Vous semblez vous y connaître en mécanique, c'est tout », dis-je.

Je retournai à la Studebaker. Le garçon finissait d'essuyer le pare-brise. Je me glissai derrière le volant et lui tendis un billet de deux dollars par la fenêtre de la portière.

« Garde le change.

— Merci, m'sieur », dit-il avec un large sourire.

J'appuyai sur l'accélérateur et repris la route. En suivant les indications que m'avait si gentiment données le garagiste, je parvins à un chemin de terre au bout de quelques kilomètres puis, encore quelques kilomètres plus loin, un écriteau en bordure du chemin me souhaita la bienvenue au lac Noir. Au-delà de l'écriteau, la forêt était dense. Les arbres ne laissaient voir que quelques taches de ciel bleu. J'avais l'impression de pénétrer dans un monde où la végétation régnait en roi et maître.

Je suivis la route sinueuse, m'enfonçant de plus en plus dans les bois. Des chalets apparaissaient de temps en temps. Certains étaient pas mal, d'autres plutôt ordinaires. Mais peu importe de quoi ils avaient l'air, ils avaient une vue sur le lac Noir. Je pouvais l'apercevoir miroitant derrière les arbres comme une grosse agate.

Je sortais d'une courbe quand quelque chose entre les troncs des arbres attira mon regard. C'était la

Hudson bleue de Cloutier, garée dans l'ombre d'une cabane en bois. Je roulais sur une petite colline et la cabane se trouvait en bas, à ma droite.

Je rangeai la Studebaker en bordure du chemin, coupai le contact. Dès que je sortis, les moustiques me sautèrent dessus. Je fermai sans bruit la portière et commençai à descendre la colline. Elle était assez abrupte et des racines dépassaient du sol, alors je fis attention où je mettais les pieds. Le chant d'une cigale et le pit-pit des oiseaux emplissaient les bois. Puis une corneille poussa un cri grinçant qui les fit tous taire.

Arrivé en bas de la colline, je m'arrêtai derrière un buisson. La sueur ruisselait sur mon visage et dans mon dos. Je scrutai les environs tout en chassant de la main les moustiques qui vrombissaient autour de moi. La cabane n'était plus qu'à quelques mètres. Les murs, qui avaient déjà été blancs, étaient maintenant d'un gris poussiéreux et quelques bardeaux du toit manquaient à l'appel. Le lac s'étendait devant la cabane. Ses eaux réfléchissaient les rayons du soleil, enveloppant d'ouate les arbres sur l'autre rive.

Un petit quai s'avançait dans le lac. Un homme était sur le quai, une canne à pêche à la main. C'était Cloutier. Je le reconnus à la carrure de ses épaules. Il leva la canne au-dessus de sa tête et, d'un geste souple du poignet, lança sa ligne. Deux secondes après, le flotteur souleva une petite gerbe d'eau en traversant la surface du lac. Il y avait une certaine quiétude dans cette scène, comme si Dan Cloutier avait toute la vie devant lui et qu'il n'était pas au courant des horreurs de ce monde.

Je n'avais pas envie de le déranger dans son petit paradis, mais je ne m'étais pas tapé près de deux heures de voiture pour rebrousser chemin une fois arrivé à destination. Alors je contournai la cabane et la Hudson et le rejoignis. Le bruit de mes pas sur le quai l'avertit de ma présence. Il se retourna.

«Ça mord?»

Ses yeux s'écarquillèrent, son maxillaire inférieur tomba.

«Vous?

— Tu te souviens de moi?

— Comment vous avez fait pour me retrouver?

— Un coup de chance.»

Je scrutai les abords du lac, cherchant une chaise longue sur laquelle Sylvia aurait pu être en train de faire griller ses jolies jambes. Il n'y avait pas de chaise longue.

«Elle est où?» demandai-je à Cloutier.

Il reporta toute son attention sur sa canne à pêche.

«Qui ça?

— Sylvia.

— C'est pour ça que vous êtes ici?

— Oui. Où est-ce qu'elle est?

— Qu'est-ce qui vous fait dire qu'elle est avec moi?

— Un pressentiment, disons. Et puis?»

Il haussa ses larges épaules.

«Je ne sais pas où elle est. Qu'est-ce qui est arrivé à votre visage?

— Tu n'as pas une petite idée?

— Ben, vous vous êtes fait tabasser, de toute évidence.

— Tu n'en sais pas plus? demandai-je.

— Non. Je devrais?

— Je croyais que oui.

— Ce n'est pas le cas, dit Cloutier.

— J'ai eu des petits ennuis en essayant de retrouver le collier de madame Dufresne. On m'a fixé rendez-vous pour que je l'achète, d'une certaine façon. Mais c'était un piège et je me suis fait donner une bonne raclée. Ça ne te dit rien ?

— Non. Allez-vous-en, monsieur Coveleski. Vous faites peur aux poissons. »

Il actionnait le moulinet de sa canne en regardant droit devant lui, comme si tout était normal, comme s'il ne mentait pas. Mais il mentait bel et bien, sur une chose au moins.

« Écoute, Dan, arrête de jouer la comédie, pour Sylvia.

— Je ne joue pas.

— Oui, tu joues. Et ça ne vaut pas la peine. Je sais qu'elle est ici avec toi. J'ai un témoin qui vous a vus ensemble la nuit passée, quand tu chargeais ta voiture. »

Cloutier me regarda en fronçant les sourcils.

« Qui ?

— Un de tes voisins. »

Il baissa la tête, penaud, comme un petit gars que sa mère surprend la main dans le pot à biscuits. Puis la canne à pêche tomba sur le quai et il virevolta vers moi, le poing droit relevé à côté de son oreille, prêt à m'arranger le portrait.

Tout se déroula en un clin d'œil. Je tournai la tête sur un côté et des jointures m'effleurèrent la mâchoire. Dans le même mouvement, j'agrippai le poignet de Cloutier et le lui tordis derrière le dos en le faisant pivoter sur ses talons. Puis je lui enserrai le cou au creux de mon autre bras, lui relevai le menton.

« Il n'est pas question que… que vous rameniez Sylvia chez elle, cracha-t-il en se tortillant.

— Je ne suis pas ici pour ça. »

Les tortillements cessèrent.

« Ce n'est pas sa mère qui vous envoie ?

— Non. »

Je le relâchai et lui donnai une poussée. Il fit quelques pas en titubant, puis se retourna vers moi. Son visage ruisselait de sueur. J'avais très chaud, moi aussi.

« Si ce n'est pas madame Dufresne qui vous envoie, qu'est-ce que vous faites ici ?

— Il faut que je vous parle, à toi et à Sylvia.

— Mais je pensais… »

Il fixa le vide devant lui en se passant la main dans les cheveux. La confusion se peignait sur son visage.

« Sylvia est ici, avoua-t-il.

— Il était temps.

— Elle est dans la cabane. Elle ne supporte pas le soleil.

— Ça tombe mal, par cette température.

— Oui. »

Je désignai la cabane de la main.

« Allons-y. »

Cloutier passa devant moi, ouvrant le chemin.

◆

La cabane était plutôt modeste. Elle renfermait quelques meubles déglingués, une ou deux lampes et un vieux phonographe avec une pile de disques à côté. Un rideau à moitié tiré séparait la cabane en deux. Derrière le rideau, on pouvait voir un lit défait et une cuvette. Il n'y avait pas de cuisine. Les habitants de la cabane devaient prendre leurs repas à l'extérieur ou faire cuire sur le feu les poissons qu'ils avaient pêchés pendant la journée.

« On a de la visite », annonça Cloutier à Sylvia quand on entra dans ce château.

Elle lisait un magazine, allongée dans un canapé, une jambe étendue et l'autre un peu repliée. Elle était nu-pieds. En entendant la voix de Cloutier, elle leva la tête et vit mon ravissant visage par-dessus l'épaule de son ami. Elle se débarrassa aussitôt du magazine et se redressa contre l'accoudoir, sans me quitter des yeux.

« Qu'est-ce qu'il fait ici, lui ?

— C'est correct, dit Cloutier. Il n'est pas ici pour te ramener chez toi. Il veut juste nous parler. »

Il m'approcha une chaise, puis se laissa choir dans le canapé, à côté de Sylvia. Elle ne semblait pas rassurée par ce qu'il venait de lui dire. Je m'assis à cheval sur la chaise, en face d'eux, et croisai les bras sur le dossier.

« Votre visage, dit Sylvia. Qu'est-ce qui vous est arrivé ? »

Elle me regardait avec curiosité et répugnance, comme si j'étais un *freak* du parc Belmont.

« Il s'est fait tabasser, lui dit Cloutier.

— Tabasser… ? »

Je repris les explications que j'avais données à Cloutier cinq minutes plus tôt. Elle m'écouta attentivement, comme si elle n'avait aucune idée de ce qui s'était passé.

« De quoi voulez-vous qu'on parle ? », me demanda ensuite Cloutier.

Leur réaction à tous les deux me déconcertait. Je décidai d'aller droit au but.

« Ce n'était pas vous deux, mes mystérieux assaillants ? »

Ils échangèrent un regard plein de surprise et de crainte qui me sembla tout à fait naturel.

« Non ! lança Sylvia.

— Non, dit Cloutier en écho.

— Dans ce cas-là, pourquoi vous vous cachez ici, en plein bois ?

— C'est à cause de la mère de Sylvia, dit Cloutier.

— Qu'est-ce que tu veux dire ?

— On la fuit. Elle ne veut pas nous voir ensemble. »

Donc le cuisinier Bertaud avait vu juste.

« Pourquoi ?

— À cause de mon passé, dit Cloutier. Vous le connaissez, je vous en ai parlé quand vous êtes débarqué chez moi.

— Oui, je m'en souviens.

— Madame Dufresne ne m'aime pas à cause de ça. Elle ne croit pas que j'aie pu changer.

— Elle t'a défendu de voir Sylvia ? demandai-je.

— Elle a bien vu qu'il y avait quelque chose entre nous. Elle m'a dit : "Laisse-la tranquille, ce n'est pas une fille pour toi." Je lui ai dit qu'on s'aimait, mais elle n'a rien voulu entendre. Elle m'a conseillé de faire une croix sur elle. Je suis certain qu'elle a encouragé madame Dufresne à me jeter à la porte après que je suis rentré dans un arbre avec la voiture de la vieille. Elle n'attendait que ça pour me sortir de la vie de Sylvia.

— Et toi, Sylvia, elle t'a défendu de voir Dan ?

— Oui, dit-elle. Elle m'a dit la même chose. »

J'inclinai mon couvre-chef vers l'arrière. On étouffait dans la cabane. D'après moi, ils n'avaient volé ni l'argent ni le collier. Ils étaient trop occupés à jouer à Roméo et Juliette pour ça. Je les regardai à tour de rôle et ne pus réprimer un sourire. Quel beau petit couple.

« Donc vous avez décidé de vous pousser ensemble.

— C'est en plein ça, dit Cloutier.

— Qu'est-ce que vous allez faire ? Vous ne pouvez pas rester ici éternellement.

— C'est juste en attendant de trouver autre chose.

— Ah bon. Et Sylvia ? »

Ils froncèrent tous les deux les sourcils.

« Quoi ? dit-il.

— Aux yeux de la loi, elle est mineure. Tu pourrais avoir des problèmes si madame Dufresne porte plainte.

— Ma mère ne va pas porter plainte, dit Sylvia avec vigueur. Elle ne s'est jamais occupée de moi. Et en plus, je vais avoir dix-sept ans le mois prochain, je suis assez grande pour décider ce que je veux faire de ma vie. Daniel et moi, on s'aime. On n'a besoin de rien d'autre, on est là l'un pour l'autre. »

J'avais envie de la gifler. Elle rêvait tout éveillée si elle croyait pouvoir vivre d'amour et d'eau fraîche. Ça marchait peut-être dans sa jolie petite tête blonde platinée, mais jamais dans la réalité. Elle commettait une erreur en pensant le contraire. Mais je restai bien en selle sur ma chaise.

« Si vous êtes en amour par-dessus la tête, pourquoi m'avez-vous raconté ces histoires peu flatteuses l'un sur l'autre?

— C'était pour ne pas éveiller vos soupçons, dit Cloutier.

— Mes soupçons? À propos de quoi?

— Le collier, dit Sylvia. On a pensé qu'on aurait l'air coupables à vos yeux si vous saviez qu'on était amants. Vous savez, comme j'ai accès au coffre-fort…»

Cloutier esquissa un sourire étincelant.

« C'était mon idée, dit-il avec fierté.

— Ah oui?

— Oui. J'ai appelé Sylvia pour lui proposer ça dès que vous êtes parti de chez moi. Elle a accepté de jouer le jeu. »

Maintenant, j'avais envie de le gifler *lui*. Non seulement son plan n'avait pas fonctionné, mais il m'avait mené sur une fausse piste. Et grâce au temps que j'avais gaspillé à la suivre, le vrai voleur devait être loin à l'heure qu'il était.

J'avais besoin d'une cigarette. J'avais acheté des Grads en passant par Joliette. Je sortis le paquet de ma poche de veston et en secouai une hors du paquet.

« Et le petit numéro de Sylvia dans ma voiture, dis-je à Cloutier, c'était ton idée aussi ?

— Mon petit numéro ? » répéta-t-elle.

Elle ne semblait pas comprendre ce que je voulais dire. Cloutier non plus. J'allumai ma cigarette, soufflai une plume de fumée vers le plafond. Je me sentais comme le détective Blackburn, à faire durer le suspense comme ça.

« Quand on s'est rencontrés au Savoy, l'autre soir, je t'ai laissée parce que je devais parler à quelqu'un. Quand je suis revenu, tu étais avec un gars. Il t'avait payé une couple de verres et j'ai dû te ramener chez toi. En chemin, tu ne m'as pas lâché une seconde. Tu m'as même proposé certains services – le genre de services qu'offrent les femmes peu recommandables.

— J'avais pris un verre de trop, dit Sylvia le plus naturellement du monde. C'est tout.

— Tu n'avais pas de motif caché ?

— Vous voulez dire, comme… »

Comme utiliser tes charmes pour me persuader d'abandonner mon enquête. Je le pensai, mais je ne le dis pas. C'était trop embarrassant. Sylvia devina et me regarda d'un œil amusé, comme si l'idée de séduire un homme sur son déclin comme moi était absurde. Je regrettais d'avoir évoqué le sujet.

« C'était qui, le type du Savoy ? » demanda Cloutier.

Il fixait Sylvia, les sourcils froncés. Il ne semblait pas avoir aimé mon petit récit.

« Je ne sais pas. J'avais trop bu. Quand ça arrive, je perds le nord. Ne t'inquiète pas, dit-elle en lui prenant le menton dans sa main. Tu sais bien que c'est toi que j'aime ! »

Pour le rassurer, elle l'embrassa sur la bouche. À ce moment-là, elle aurait pu lui demander de marcher à quatre pattes et de japper, il l'aurait fait sans rechigner. Il était sous l'emprise de cette enfant qui obtenait toujours ce qu'elle voulait, même son homme. Il me faisait quasiment pitié.

Quoi qu'il en soit, je n'avais plus rien à faire là.

« Bon, je vais vous laisser. »

Je jetai mon mégot dans une tasse sur une table et descendis de ma chaise. Sylvia et Cloutier se levèrent à leur tour et on sortit dehors. Comparée à la chaleur qui régnait dans la cabane, la température extérieure était fraîche. Il me fallut quelques secondes pour me réhabituer au décor. J'avais oublié le lac, les oiseaux qui chantaient dans les arbres, les montagnes au loin.

« Qu'est-ce que vous allez dire à ma mère ? me demanda Sylvia.

— Tout ce qu'elle veut savoir.

— Vous allez lui dire qu'on est ici ?

— Si elle me le demande, oui.

— Vous ne pourriez pas nous couvrir ?

— Je pourrais, dis-je.

— Mais vous ne le ferez pas, c'est ça ? dit-elle aigrement.

— C'est ça. Je ne veux pas être mêlé à vos histoires. Je suis détective, pas conseiller familial. »

Elle était contrariée, pas de doute là-dessus. Mais elle devrait apprendre à l'être. On ne ferait pas toujours ses quatre volontés. Elle avait de beaux yeux, mais il y avait des limites.

CHAPITRE 17

J'arrivai chez moi en fin d'après-midi. J'avais ma journée dans le corps et un éclair de douleur me fendait le crâne toutes les cinq secondes. Je me rendis au salon et j'ôtai mon feutre et mon veston. Il faisait chaud. La fenêtre était à moitié fermée. Je l'ouvris entièrement et allai à la salle de bain laver soigneusement mon visage autour des pansements et des ecchymoses. Puis je changeai de chemise, celle que j'avais sur le dos était collante.

J'avais envie d'un verre, mais mon mal de tête me commandait plutôt de prendre deux aspirines, pas de l'alcool. Je fis descendre les aspirines avec un verre d'eau et m'étendis dans le canapé du salon. Si Kathryn avait été là, j'aurais posé ma tête sur ses genoux et elle m'aurait caressé les cheveux. Ç'aurait été pas mal du tout – mieux que les aspirines, en tout cas. Mais elle n'était pas là et ma tête reposait sur un accoudoir dur et insensible.

Je n'avais pas envie de souper seul. Je m'assis et composai le numéro du bureau. L'horloge sur le mur indiquait presque cinq heures. Je me demandais si Emma était encore à son poste quand elle décrocha.

«Bureau de Stan Coveleski, dit-elle comme toujours.

— Salut, c'est moi.

— Ah! enfin. Où est-ce que vous étiez passé?

— Au lac Noir.

— Qu'est-ce que vous êtes allé faire là?»

Je lui résumai ma journée.

«Donc vous vous êtes trompé, dit-elle quand j'eus fini.

— Complètement. Tu avais raison, c'était trop évident.

— Eh ben, on commet tous des erreurs.

— Amen, dis-je. Ça te tente de souper au restaurant?

— Où ça?

— Où tu veux. Je t'invite.»

Elle y pensa un petit moment.

«Qu'est-ce que vous pensez de Lester's?

— Vendu. Ferme le bureau. Je passe te prendre dans une vingtaine de minutes. O.K.?

— O.K. Je vous attends devant l'immeuble.

— À tout à l'heure.»

Je reposai le combiné sur son support et me levai.

◆

Le petit restaurant était bondé comme d'habitude à l'heure du souper. Je nous trouvai une table au fond de la salle et on mangea nos smoked meat en parlant de la pluie et du beau temps. La salle était bruyante et il fallait hausser le ton pour s'entendre.

Je réussis à faire raconter à Emma sa soirée avec Martin. Il ne s'était pas passé grand-chose. Ils avaient été au cinéma, puis il lui avait payé un cornet de glace au chocolat et il l'avait ramenée chez elle. Il s'était comporté comme un vrai gentleman. Emma semblait déçue, mais je ne dis rien.

À la fin du repas, notre conversation dériva sur l'affaire Dufresne.

« Qu'est-ce que vous allez faire ? demanda Emma. Sylvia et Cloutier ne sont plus dans le coup.

— Je ne sais pas.

— Vous devriez peut-être dire à madame Dufresne que vous n'avez plus de piste, rien.

— Oui, c'est une bonne idée ça, dis-je sans le penser une seconde.

— Elle comprendrait sûrement.

— Elle me dévorerait tout cru. Non, je ne suis pas encore battu. Tu vois, j'ai toujours l'impression que quelqu'un dans son entourage a eu son mot à dire dans le vol.

— À cause des serrures de la porte et du coffre-fort qui ne sont pas égratignées, c'est ça ? »

Je hochai la tête et sirotai ma tasse de café.

« O.K., parfait, dit Emma. Qui ça peut être ?

— Je ne sais pas.

— Ses enfants ?

— Non. Ils n'ont rien à voir là-dedans. Madame Dufresne n'existe plus aux yeux de ses filles. Henri-Paul est si strict qu'il n'a sûrement jamais volé un livre d'une bibliothèque, et Séverin était à Farnham au moment du vol.

— Ses domestiques ?

— Non plus, dis-je. Ils ne lui feraient jamais une chose pareille. Ils sont loyaux. Et Maria n'est pas assez brillante pour orchestrer un cambriolage…

— À qui pensez-vous, dans ce cas-là ?

— À personne. Je n'ai pas de suspects. »

Emma tendit la main vers mon assiette, me piqua une frite et l'engouffra en un éclair. Un bruit de vaisselle fracassée retentit dans la cuisine.

« Et Jeanne Dufresne, elle ? dit Emma.

— Jeanne ? Non, non. Elle n'a pas la clé du bureau et elle ne connaît pas la combinaison du coffre.

— Et après ? Elle est souvent chez madame Dufresne. Elle a pu découvrir où la vieille range la clé. Même chose pour la combinaison. Elle a peut-être vu madame Dufresne ouvrir le coffre et elle a pu mémoriser les chiffres.

— Non, elle n'est pas coupable.

— Comment pouvez-vous en être certain ? insista Emma.

— Pourquoi est-ce qu'elle aurait fait ça ?

— Je ne sais pas, moi. Mais je pense que vous ne devriez pas rejeter cette hypothèse. »

Je n'aimais pas la tournure qu'avait prise notre conversation. Peut-être parce qu'Emma avait soulevé un bon point. Je passai à autre chose.

« Je n'ai pas de suspects, mais il y a le docteur de madame Dufresne que je trouve bizarre.

— Ah ! tiens, c'est nouveau ça, lança Emma. Le docteur.

— Non, pas vraiment. Son comportement est bizarre depuis le début de cette affaire.

— Qu'est-ce que vous entendez par "bizarre" ?

— Il ne voulait pas me laisser m'approcher de madame Dufresne. J'ai rencontré cette dernière grâce à Jeanne, ni plus ni moins. Il m'aurait encore dit non si je le lui avais redemandé.

— Elle est vieille et malade. Il voulait la protéger.

— Il était comme un chien de garde, Emma, dis-je. Et puis madame Dufresne m'avait l'air en assez bonne forme la seule fois où je l'ai rencontrée.

— Vous n'êtes pas docteur, me fit-elle remarquer.

— C'est vrai. Mais quand même, je suis capable de voir quand une personne est mourante ou non. »

Emma me piqua une deuxième frite.

« Elles sont froides.

— Ça ne me dérange pas, dit-elle en mastiquant.

— Et ce n'est pas tout, pour le docteur. Il n'a pas l'air d'être blanc comme neige.

— Comment ça ?

— J'ai parlé au précédent médecin de madame Dufresne et il m'a dit qu'il y a des rumeurs qui courent à son sujet. Il recevrait des patients un peu spéciaux après les heures de bureau – des patients qui pourraient être impliqués dans le trafic de stupéfiants.

— Où est-ce qu'il a pris ça ?

— Il connaît quelqu'un qui connaît quelqu'un… »

Emma leva les yeux au plafond.

« Oh, c'est très fiable comme source, ça !

— Quand même, ce que j'ai entendu a du sens.

— Supposons une minute que Verreault a volé le collier. Pourquoi ? Il aime les diamants ?

— On raconte qu'il aime *gambler* et qu'il a des problèmes d'argent.

— Hum ! ça tombe bien. »

Je pris une gorgée de café.

« Comprends-moi bien, Emma. Je ne dis pas qu'il a volé le collier. Je dis juste qu'il a quelque chose de bizarre, de louche. Ça ne m'étonnerait pas qu'il ait quelque chose à voir dans tout ça. Mais je ne sais pas quoi.

— Vous devriez demander à une deuxième personne ce qu'il pense de lui, dit-elle. Juste pour voir.

— Oui, ce n'est pas une mauvaise idée. Et puis c'est tout ce que je peux faire pour l'instant.

— Dépêchez-vous. Le détective Blackburn veut ses explications demain après-midi.

— Je sais, grognai-je. Merci de me le rappeler. »

Emma esquissa un petit sourire en coin.

« Je suis là pour ça. »

Et elle me piqua une autre frite.

◆

Je payai l'addition et reconduisis Emma chez elle. Une personne à qui je pouvais m'adresser à propos du docteur Verreault était Henri-Paul Dufresne. Il le connaissait sûrement puisque sa femme, Élyse, le consultait. En outre, il aimait beaucoup mettre son nez dans les affaires des autres. Quand madame Dufresne avait renvoyé le docteur Savard, il avait dû se charger de lui trouver un remplaçant. Il savait peut-être quelque chose sur le docteur Verreault et il pourrait m'aider, s'il en avait envie, bien sûr.

Mais d'abord, je devais donner des nouvelles de Sylvia à Jeanne. Et je devais m'assurer d'une chose.

Je traversai une partie de la ville pour me rendre chez elle. J'avais fait beaucoup de route depuis le début de cette affaire. Avoir su, j'aurais demandé à être payé tant du mille. J'aurais pu tout laisser tomber une fois que cette affaire aurait été réglée et passer le reste de mes jours sur une fermette à m'ennuyer.

Je montai chez Jeanne et dus sonner trois longs coups avant qu'elle ouvre la porte.

« Oh, c'est vous, monsieur Coveleski.

— Bonsoir. Je peux entrer ?

— Oui, bien sûr. »

Elle ferma la porte derrière moi et s'adossa contre elle. Ses cheveux avaient été attachés vite fait et je lui trouvai le teint pâle, l'œil hagard. Le sort de sa fille la préoccupait, rien de plus normal.

« Je cousais et je ne vous ai pas entendu, dit-elle. Il fallait que je m'occupe. Vous ne m'avez pas donné de nouvelles de la journée et je commençais à m'inquiéter.

— Je sais. Je n'ai pas arrêté une seconde.

— Vous avez retrouvé Cloutier ?

— Oui, et Sylvia, dis-je. Vous avez parlé à madame Dufresne, comme je vous l'avais demandé ?

— Oui.

— Comment a-t-elle réagi ? »

Jeanne baissa la tête, esquissa un sourire.

« Elle était fâchée, comme vous pouvez l'imaginer. Elle m'a lancé un bibelot par la tête.

— Désolé.

— Ça va, elle a manqué sa cible. Elle veut absolument vous voir.

— Je m'en doute. Je vais passer chez elle bientôt. »

Jeanne riva son regard au mien et fronça les sourcils comme si elle avait mal à la tête.

« Donc Sylvia est avec Cloutier.

— Hm-hm.

— Où est-ce qu'ils sont ?

— Au lac Noir, pas loin de Joliette, dis-je. Cloutier a une cabane en bois sur le bord du lac. Une habitation plutôt rustique. Non, il n'avait ni l'argent ni le collier. Je m'étais trompé. Il ne l'a pas volé avec l'aide de votre fille. Mais mon petit voyage m'a permis de vérifier une chose.

— Quoi ? demanda Jeanne.

— Lui et Sylvia – ils sont amoureux. »

Elle poussa un petit rire sarcastique.

« Vous le saviez, dis-je.

— Oui, je le savais. Mais j'espérais que Sylvia avait compris ce que je lui avais dit.

— Eh bien, vous savez ce qu'affirme le dicton : on ne peut pas empêcher un cœur d'aimer.

— Oui, on peut, dit Jeanne. Conduisez-moi au lac Noir. Je vais ramener Sylvia à la raison. »

Je levai la main pour l'empêcher de faire quoi qu'elle eût l'intention de faire.

« Ils ont quitté la cabane à l'heure qu'il est.

— Qu'est-ce que vous en savez ?

— Sylvia m'avait prié de vous mentir, si vous me demandiez où ils se cachaient. J'ai dit non, alors ils ont dû partir pas longtemps après moi.

— Vous auriez dû mentir, dit Jeanne en haussant le ton.

— Non.

— Si, on… on aurait pu aller les retrouver ! Ils ne se seraient douté de rien. Pourquoi n'avez-vous pas menti ?

— Vos chicanes de famille ne me regardent pas, dis-je.

— Et moi ? Je fais quoi maintenant ? »

Elle était furieuse. Ses joues étaient rouges, ses yeux lançaient des éclairs.

« À votre place, je ne m'en ferais pas, lui dis-je. Votre fille n'est pas stupide. Elle va s'apercevoir à un moment donné qu'elle et Cloutier font une erreur. Ou Cloutier va s'en rendre compte. Il va bien finir par s'ouvrir les yeux. Ils vont revenir d'ici la fin de l'été ou peut-être même avant. »

Elle fixait le vide en se mordillant l'intérieur de la joue. Elle pensait à quelque chose. Je ne voulais pas interrompre ses réflexions, mais je devais le faire.

« J'ai une question à vous poser, Jeanne. Vous ne l'aimerez peut-être pas, mais… »

Elle tourna vivement la tête vers moi.

« Quoi ? Qu'est-ce que c'est ?

— Où étiez-vous quand le collier a été volé ?

— Vous avez raison, dit-elle en serrant les dents. Je ne l'aime pas, votre question.

— Et alors ?

— Ça fait une semaine de ça. Je ne me souviens pas où j'étais ce soir-là. Je n'ai pas noté mon emploi du

temps, je ne croyais pas que ce serait important. Tout
ça est ridicule ! Comment pouvez-vous penser que
c'est moi qui ai volé le collier ?

—Il fallait que je vous le demande. Vous auriez
pu trouver la clé du bureau – vous êtes souvent chez
madame Dufresne – et… »

Elle passa devant moi et s'éloigna à grands pas
dans le passage.

« Où est-ce que vous allez ?

—Je vais me changer, dit-elle par-dessus son épaule.

—Vous changer ?

—Je ne peux pas aller rejoindre ma fille habillée
comme ça !

—Vous ne savez pas où est la cabane de Cloutier.

—Écrivez-moi comment on fait pour s'y rendre, je
vais bien finir par la trouver ! »

Elle disparut par une porte, qui ne se ferma pas délicatement une seconde après.

Je croyais qu'elle faisait une erreur. Mais je n'avais
pas le temps de discuter. Ou peut-être que j'aurais dû
mentir à Sylvia. Je ne savais plus quoi penser. Je n'étais
pas très fier de moi. Je sortis mon calepin et décrivis
le chemin pour se rendre à la cabane de Cloutier.
J'arrachai la feuille, la déposai sur la petite table dans
le passage et me remis en route.

CHAPITRE 18

Le soleil se couchait et la silhouette des maisons se découpait sur le ciel coloré de rose et de rouge. Des ampoules brillaient sous les porches, dont le porche aristocratique à colonnes blanches de la résidence d'Henri-Paul Dufresne. Une lampe était allumée au rez-de-chaussée. Il n'y avait pas de réception ce soir-là. Tout était calme et il y avait de la place devant la maison pour se stationner.

Une bonne minute passa avant qu'Henri-Paul Dufresne ne m'ouvre la porte. Il portait une chemise déboutonnée sur une poitrine velue et un bermuda fleuri. Ça faisait bizarre de le voir habillé comme ça. Sa main droite tenait un livre, son index servant de signet.

Il haussa un sourcil et me fixa de ses yeux gris. Il ne semblait pas particulièrement heureux de me voir là.

« Bonsoir, monsieur Dufresne. »

Il ne dit rien.

« Je ne vous dérange pas, j'espère ?

— Si, vous me dérangez, dit-il sèchement.

— Je m'excuse, mais…

— Qu'est-ce que vous voulez ?

— Il faut que je vous parle.

— Nous n'avons plus à rien à nous dire, monsieur Coveleski. Vous travaillez pour ma mère, vous vous souvenez?

— Je m'en souviens, dis-je. Mais c'est important.

— Bonne soirée. »

Il commença à fermer la porte. Je plantai solidement mon pied sur le seuil.

« Mais qu'est-ce que vous faites-là? grogna Henri-Paul Dufresne. Enlevez votre pied tout de suite. Mes domestiques ne sont pas ici, mais je peux vous jeter moi-même à la rue à grands coups de pied dans le derrière, si vous ne partez pas! »

Il poussa la porte, mais je tins bon. La scène me laissait un goût amer de déjà-vu dans la bouche.

« Je veux vous poser quelques questions, monsieur Dufresne.

— À propos de quoi?

— À propos de qui, plutôt.

— À propos de qui, d'abord? rugit-il.

— À propos du docteur Verreault. »

Il fronça les sourcils. J'avais tout à coup son attention.

« Le docteur Verreault? Pourquoi?

— J'ai parlé au docteur Savard. Antonio Savard. C'est l'ancien médecin de votre mère.

— Je sais c'est qui. Pourquoi? répéta-t-il.

— Je voulais son opinion sur le docteur Verreault. Il a des activités un peu louches, vous savez. »

Il éclata de rire.

« Des activités un peu louches?

— C'est ça.

— Mais de quoi parlez-vous?

— Selon le docteur Savard, le docteur Verreault recevrait des patients spéciaux après les heures d'ouverture – des gens qui feraient le trafic de morphine et…

« — Ça n'a aucun sens, coupa Henri-Paul Dufresne. Allez-vous-en.

— Non, attendez.

— Je ne peux pas vous parler. Il faut que je m'occupe d'Élyse. Elle ne se sent pas bien.

— Qu'est-ce qui ne va pas ?

— Elle a fait une crise de larmes, elle a vomi. Ça doit être la fatigue. Il faut que je m'occupe d'elle. Vous voyez bien que je ne peux pas vous parler. »

Je baissai les yeux sur le livre qu'il tenait à la main. Il s'intitulait *Histoire de la décadence et de la chute de l'Empire romain*. Henri-Paul Dufresne vit ce que je regardais.

« Bon, ça suffit, dit-il.

— Je veux juste que vous me parliez du docteur Verreault. Ce ne sera pas long.

— Je ne sais rien sur lui ! Allez-vous-en ! »

Notre bousculade recommença de plus belle. C'était ridicule et j'allais abandonner quand une voix s'éleva faiblement derrière mon hôte si accueillant.

« Henri-Paul, dit la voix. Qu'est-ce qui se passe ? »

Il arrêta de pousser, tourna la tête. J'en profitai pour me faufiler dans le vestibule. C'était Élyse. Elle se tenait sous le lustre, en chemise de nuit blanche, nu-pieds. La pâleur de son visage faisait ressortir encore plus les taches de son qui constellaient son front et ses joues. Elle avait l'air d'une revenante. Ses cheveux roux étaient en bataille.

« Élyse, dit Henri-Paul Dufresne, tu n'aurais pas dû te lever dans ton état. Retourne te coucher. »

Il la rejoignit en deux enjambées, enroula un bras autour de ses frêles épaules.

« Oui, tu as raison, dit-elle.

— Allez, viens. »

Il l'entraîna vers l'escalier qui menait au premier étage. Elle ne me quittait pas des yeux, mais ceux-ci étaient vitreux et ternes. Elle avait sans doute avalé un somnifère.

« Qu'est-ce qui ne va pas, madame Dufresne ? demandai-je.

— Je suis malade, dit-elle tout bas.

— Vous êtes encore ici, vous ? rugit Henri-Paul Dufresne. Allez-vous-en ou j'appelle la police ! »

Ils commencèrent à gravir l'escalier.

« Il faut qu'on se parle.

— Foutez-moi le camp, j'ai dit ! »

Arrivés en haut de l'escalier, ils tournèrent à droite, hors de ma vue. Puis une porte se ferma.

Je ne savais plus quoi faire. Les rejoindre aurait été inconvenant. Je fermai la porte d'entrée. Les minutes s'écoulèrent lentement, très lentement, comme si c'étaient des heures. J'explorai tous les recoins du hall. Quand il fut évident qu'Henri-Paul Dufresne ne redescendrait pas, je m'en allai.

◆

Il y avait une fissure dans le plafond au-dessus du canapé. La fissure n'était pas très importante, je ne l'avais jamais remarquée avant. Il faut dire que je n'avais jamais fixé le plafond du salon pendant deux heures avant cette nuit-là. Une couche de peinture fraîche n'aurait pas fait de tort non plus.

J'écrasai mon mégot, le jetai sur les autres dans le cendrier. Le cendrier devait contenir l'équivalent de tout un paquet. Je n'avais pas fumé tout ça au cours des deux dernières heures. Je n'avais pas vidé le cendrier depuis un bout de temps. Mais la plupart des mégots qu'il contenait avaient été fumés ces deux dernières heures.

Je pensais à plein de choses : lady Chatterley et son amant, la fissure au plafond, Nick, Sylvia et Cloutier.

Jeanne avait sûrement atteint la cabane et elle avait dû avoir une sérieuse discussion avec sa fille et son amoureux – s'ils étaient encore là à son arrivée. S'ils étaient encore là, j'aurais bien aimé me trouver dans la cabane avec eux. Il avait dû y avoir assez d'étincelles pour mettre le feu à la cabane et à la forêt autour.

C'est toujours comme ça quand on est pressé par le temps et qu'on manque de sommeil – surtout quand on manque de sommeil. On pense à plein de choses, sauf à la chose qui compte vraiment. C'est difficile de se concentrer. Le cerveau semble ne pas fonctionner comme il faut. Il est trop occupé à envoyer des signaux au corps comme quoi ce serait bien de l'allonger et de le reposer un peu.

Mais je ne pouvais pas me permettre de reposer mon corps. Mon cerveau non plus. Je pouvais aller voir madame Dufresne dès que le soleil serait debout et lui dire de vive voix que son argent avait disparu avec son collier et que la police s'intéressait à moi. Mais je pouvais encore régler cette affaire, je le savais. Ce n'était pas de l'arrogance ni un trop-plein de confiance. J'avais ce que je cherchais sous les yeux. Le seul problème était que je ne le voyais pas. C'était comme un casse-tête. On a tous les morceaux en main, il s'agit juste de les joindre les uns aux autres. De toute ma vie, je n'avais jamais eu la patience de finir un casse-tête.

Jeanne ne pouvait pas avoir volé le collier, quoi qu'en pensât Emma. J'avais beaucoup appris sur elle ces derniers jours, et je ne la voyais tout simplement pas voler une vieille dame comme Estelle Dufresne. Cette dernière ne la traitait peut-être pas bien, mais c'était une trop bonne personne pour faire une chose pareille. Il lui aurait fallu un motif extraordinaire. Je ne lui en trouvais pas.

Je m'extirpai du canapé et me rendis à la cuisine. Je remplis la bouilloire et la mis sur le feu pour du café. Une tasse de Blue Mountain me ferait du bien.

Le docteur Verreault, lui, pouvait avoir volé le collier. Ce n'était pas un mauvais suspect ; c'était aussi le seul que j'avais. Mais je croyais toujours que quelqu'un de l'entourage de madame Dufresne était dans le coup, et le docteur Verreault ne faisait pas partie de cet entourage-là. C'était peu probable qu'il ait volé la clé du bureau et la combinaison du coffre lors d'une de ses visites. Il aurait toutefois pu subtiliser la clé, en faire une copie et la remettre à sa place au cours de la visite suivante ; mais encore là, il aurait fallu qu'il sache où madame Dufresne avait rangé la clé. Or, il ne le savait sûrement pas et il n'aurait jamais pu entreprendre des recherches sans qu'on se demande où il était passé et qu'on le cherche dans la maison.

Il fallait que je trouve la solution et vite. J'avais rendez-vous avec le détective Blackburn et son acolyte à une heure. Peut-être le détective Blackburn avait-il raison de croire que le meurtre de Nick Tremblay était relié à mon affaire de collier volé. C'était Nick qui avait servi d'intermédiaire entre le ou les voleurs du collier et moi. Je me doutais un peu de ce qui m'attendait si je ne coopérais pas avec le détective Blackburn. Ce n'était pas une pensée très réjouissante.

L'eau bouillait. J'éteignis le feu et versai l'eau dans une tasse. J'y ajoutai une cuillerée de café et remuai. Je m'assis à table et goûtai au mélange, me brûlant du même coup le bout de la langue. Tout allait bien cette nuit-là.

Je passai en revue mes rencontres avec tous les gens que j'avais croisés et révisai tous les faits que j'avais recueillis. Ce n'était pas la première fois que je le faisais au cours des deux dernières heures. Le résultat fut le même. J'avais beau me creuser les méninges, ça ne donnait rien. Le visage de Nick, l'escapade de Sylvia et de Cloutier et tout le reste surgissaient à tout moment dans mon esprit. Mon cou avait de la difficulté à supporter ma pauvre tête, trop pesante pour lui.

J'écoutai finalement mon cerveau. Je laissai ma tasse de café sur la table et allai trouver mon lit.

CHAPITRE 19

Un bruit retentit loin, très loin, faiblement. Puis plus rien. Ensuite le bruit retentit de nouveau, suivi d'un autre moment de silence, avant de retentir un troisième coup. Je poussai un grognement. Le bruit m'avait semblé plus proche cette fois-là. Quand il retentit un quatrième coup, je me rendis compte que c'était la sonnerie d'un téléphone – mon téléphone, de toute évidence.

J'ouvris un œil. Le cadran sur la table de chevet indiquait neuf heures et demie. Neuf heures et demie. La grasse matinée, c'était pour les fins de semaine.

Je repoussai le drap, balançai mes pieds sur le plancher. Ma tête me faisait mal, ma langue paraissait trop épaisse pour ma bouche. Je me levai et me traînai jusqu'au salon. La sonnerie glapissait toujours, comme un bébé qui demande son biberon. Je décrochai, écoutai le silence une seconde, puis collai le combiné au côté droit de mon visage.

«Allô ?

— C'est moi, dit Emma. Vous avez vu l'heure ?

— Oui, je sais, je sais.

— Qu'est-ce que vous faites ?

— Je dormais il y a une minute. Qu'est-ce qui se passe ?

— Il y a une dame ici qui veut vous parler. Élyse Dufresne. Elle attend depuis neuf heures.

— Demande-lui de patienter encore un peu. J'arrive.

— Très bien. »

Je raccrochai. Je fis un brin de toilette et j'ôtai les pansements de mon visage pour laisser mes blessures à l'air. Mes ecchymoses étaient à leur plus violacé. Je ne serais pas très beau pendant les prochains jours. Puis je me rendis au bureau. Je fis comme si je n'avais pas vu Émile – Élyse Dufresne avait assez attendu – et montai en vitesse au quatrième et entrai dans la petite salle d'attente.

Elle était bien là, assise sur le bout d'une chaise, serrant son sac à main posé sur ses genoux. Elle regardait droit devant elle. Elle semblait prête à bondir sur ses pieds – ce qu'elle fit quand je lui dis bonjour.

« Comment allez-vous, madame Dufresne ?

— Bien. »

Elle n'ajouta rien. Elle souriait timidement, c'est tout.

« Mon bureau est par là. »

Je montrai la porte communicante. Elle entra et jeta un œil aux alentours, comme le font tous les gens qui mettent les pieds dans mon bureau pour la première fois.

« Assoyez-vous », dis-je.

Elle s'assit sur la chaise habituellement réservée aux clients, dans la même position d'alerte que dans la salle d'attente. J'ôtai mon feutre et m'assis devant elle.

Elle portait une robe blanche et bleue à encolure bateau. Ses cheveux étaient coiffés. Son visage était encore un peu pâle, ce qui faisait ressortir son maquillage. Le rouge sur ses joues ressemblait à des couches de peinture.

« Vous avez l'air mieux.

— Comparée à hier soir, vous voulez dire ?

— Hm-hm.

— Je ne digérais pas très bien. C'était quelque chose que j'avais mangé. Ou un petit virus.

— Ou peut-être vos nerfs.

— Mes nerfs ? répéta-t-elle.

— Oui. Des fois, on est trop nerveux ou trop inquiet et ça nous rend malade physiquement. »

Elle sourit et posa une main sur son ventre.

« Non, c'était mon estomac. Je suis certaine. Et vous ? On dirait que vous avez eu un accident.

— C'est ce qui m'est arrivé, si on veut. »

Je lui racontai ce qui s'était passé sur le mont Royal. Je n'avais pas de cachotteries à lui faire. Elle m'écouta attentivement, hochant la tête quand il le fallait.

« Allez-vous pouvoir retrouver l'argent et le collier de belle-maman quand même, monsieur Coveleski ?

— C'est cc que j'essaie de faire.

— C'est pour ça que vous vouliez voir Henri-Paul, hier soir ?

— Oui. »

Je sortis mon paquet de Grads.

« Je peux ?

— Bien sûr, dit-elle. C'est votre bureau.

— Je me disais que la fumée vous incommoderait peut-être, dans votre état. Vous en voulez une ? »

Elle fit signe que non.

Sans me presser, je sortis mon briquet et allumai une cigarette. Elle, elle passa un index sur la surface de mon bureau d'un air absent. Un coup de klaxon retentit dehors, elle tourna la tête vers la fenêtre. Je n'avais aucune idée de ce qu'elle était venue faire, mais mon petit doigt me disait de ne pas la brusquer, de laisser les choses suivre leur cours.

« Ça se passe bien, votre enquête ? demanda-t-elle.

— Hm-hm, fis-je vaguement, de façon volontaire.

— Vous avez parlé à mes belles-sœurs et à mes beaux-frères, j'imagine ? Et aux domestiques de belle-maman ?

— Oui, à tous. Et à Dan Cloutier aussi, un de ses anciens domestiques, si vous voulez.

— C'est son ancien chauffeur.

— Vous le connaissez ?

— Je l'ai déjà croisé chez belle-maman quand il travaillait pour elle.

— Ah oui, évidemment.

— Oui. »

Elle sourit en fixant le dessus du bureau. Elle semblait un peu plus pâle qu'à son arrivée. Les cernes sous ses yeux s'étaient agrandis.

« Est-ce qu'il a été coopératif ? reprit-elle au bout d'un moment.

— Cloutier ? Oui.

— Il était toujours fin avec moi. Et ma belle-famille ?

— Eh bien, j'ai fini par savoir ce que je voulais savoir, c'est-à-dire qu'elle n'avait rien à voir avec le vol.

— Les filles sont en chicane avec belle-maman. Elles vous l'ont dit ?

— Oui.

— C'est triste, je trouve, dit-elle.

— Vous trouvez ? »

Elle hocha la tête. Je tirai une bouffée de ma cigarette et soufflai la fumée vers un coin du plafond.

« C'est horrible d'abandonner quelqu'un comme elles l'ont fait. Elle doit avoir peur, toute seule dans cette grande maison-là. Moi, j'aurais peur à sa place.

— Elle n'est pas toute seule. Il y a les domestiques.

— Oui, mais ce n'est pas pareil. Paméla m'a dit une fois qu'elles étaient en chicane parce qu'elle était sévère avec elle et ses sœurs quand elles étaient jeunes. Mais ce n'est pas une raison de la laisser mourir toute seule. Belle-maman n'est plus jeune, vous savez. Elles devraient faire la paix avec elle avant qu'elle… avant qu'il soit trop tard. Qu'est-ce que vous en pensez?

— Ce n'est pas facile de pardonner à quelqu'un quand cette personne nous a fait du mal. C'est ça que je pense. »

Elle fronça les sourcils. Des gouttes de sueur perlaient au-dessus de sa lèvre supérieure.

« Non, c'est vrai. Mais Henri-Paul dit qu'elle n'est pas méchante. Il dit qu'elle est comme ça, que c'est son caractère.

— Peut-être. Ç'aurait été bien qu'il me parle d'elle, que ses fils me parlent d'elle.

— Henri-Paul ne vous a rien dit?

— Non.

— Séverin non plus?

— C'est le seul que je n'ai pas rencontré.

— Il est professeur au pensionnat de Farnham, vous savez, dit-elle comme si c'était un secret.

— Je sais. Il est chez les Frères de l'Instruction chrétienne.

— Il est bien sympathique, Séverin.

— Je n'en doute pas. »

Elle repoussa sa chaise et alla à la fenêtre. Je ne la quittai pas des yeux. Elle serrait son sac à main contre elle, comme un naufragé avec une bouée de sauvetage.

« Oui, dit-elle, le dos tourné, c'est un homme très bien. Les gens d'Église sont des gens sérieux et c'est difficile de leur parler. Mais Séverin n'est pas comme ça. Il est très humain. Il savait à douze ans qu'il voulait être prêtre. Henri-Paul me l'a dit une fois. Ça, c'est ce qu'on appelle avoir la vocation !

— En effet. »

Je la quittai des yeux une seconde pour tapoter ma cigarette au-dessus du cendrier. Il y eut un bruit sourd. Je reposai mes yeux sur elle. Elle était allongée sur le plancher, sur le côté gauche, toute recroquevillée sur elle-même.

Je restai deux secondes bouche bée. Puis d'un seul mouvement j'écrasai ma cigarette et me levai. Je contournai le bureau et m'accroupis à ses côtés. Ses yeux étaient fermés et son visage, moite de sueur. Je glissai un bras sous ses genoux, un autre sous ses aisselles et la soulevai. Elle était légère comme une plume et molle comme une poupée de chiffon. Je l'étendis sur le dos dans le canapé.

« Qu'est-ce qui se passe ? demanda Emma dans mon dos.

— Elle a perdu connaissance. »

Emma marcha prestement vers le lavabo dans le coin et ouvrit le robinet de l'eau froide.

« J'appelle un médecin ? »

J'appuyai deux doigts dans le cou d'Élyse Dufresne, sous sa mâchoire. Son pouls ne me semblait ni lent ni rapide.

« Je ne pense pas que ce soit nécessaire.

— Tenez », dit Emma.

Elle me tendait une serviette humide. J'essuyai le visage d'Élyse Dufresne. Elle poussa un grognement et ses longs cils roux battirent l'air. Puis elle me regarda, mais ne sembla pas me voir. Le vert de ses yeux était terne.

« Vous avez eu une petite faiblesse. Ça va mieux ? »

Elle hocha la tête, lentement, avala sa salive.

« Ne recommencez pas ça, dis-je avec un sourire. Vous auriez pu vous faire mal en tombant. »

Ses lèvres tremblotèrent. Sa main flotta à ses yeux pour les cacher, mais j'eus le temps de voir qu'ils étaient pleins de larmes.

« Je ne voulais pas le faire, gémit-elle. Je ne voulais pas, mais je n'avais pas le choix, il a dit qu'il raconterait tout à Henri-Paul si je ne l'aidais pas… »

Elle se mit à pleurer doucement, le visage caché dans les mains.

« Je devrais peut-être l'appeler, le médecin, dit Emma.

— Non. Laisse-nous, O.K. ? »

Elle quitta la pièce et ferma la porte derrière elle. J'aidai Élyse Dufresne à s'asseoir et elle se mit tout de suite à parler. Les mots sortirent de sa bouche comme un torrent, interrompu par des sanglots et des reniflements.

Elle avait été au bureau du docteur Verrcault. Adèle, sa plus vieille, était malade. Elle voulait l'amener chez son pédiatre, mais celui-ci ne faisait pas de bureau ce jour-là. Le docteur l'avait examinée, puis il avait dit à Élyse qu'il voulait lui parler seul à seule. Adèle était allée dans la salle d'attente. Le docteur avait dit à Élyse qu'il était au courant, pour son passé. Élyse avait répliqué qu'elle ne savait pas de quoi il parlait. Il avait répondu « Oh oui, vous le savez très bien », et elle avait vu par le ton de sa voix qu'il ne mentait pas.

J'avais de la difficulté à la comprendre. Elle pleurait toujours. Le maquillage de ses yeux avait coulé. Je pris son sac à main, en sortis un mouchoir et le lui tendis. Elle s'essuya les yeux, moucha son nez. Puis j'allai lui chercher un verre d'eau froide. Elle prit deux, trois gorgées, et sembla un peu mieux après. Je lui demandai ce qu'elle avait fait ensuite, et elle recommença à parler, d'une petite voix penaude, en fixant le fond de son verre.

« Je ne savais pas quoi faire, je… j'étais terrifiée. Il m'a dit qu'il avait des problèmes et que j'allais l'aider, sinon il raconterait tout à Henri-Paul.

— Il vous a expliqué quel genre de problèmes ?

— Il avait besoin d'argent. Et vite.

— Continuez.

— Il m'a dit de regarder dans le coffre-fort de belle-maman, qu'elle devait cacher des bijoux précieux dedans ou des choses auxquelles elle tenait beaucoup. Je devais prendre quelque chose et le lui apporter. Le coffre est dans le bureau de belle-maman. Henri-Paul a un double de la clé. Belle-maman garde des papiers importants dans le coffre, comme son testament. C'est Henri-Paul qui va s'occuper de tout quand elle va mourir. »

Ça avait bien du sens.

« Mais comment avez-vous fait pour connaître la combinaison du coffre ? demandai-je.

— Il m'a dit que belle-maman avait dû la noter quelque part, au cas où elle l'oublierait. Il m'a dit où regarder – sous la lampe du bureau, dans des livres, derrière les cadres. En fin de compte, elle était collée sous un des tiroirs du bureau. Ça m'a pris trois coups pour la trouver. On rend visite à belle-maman chaque semaine avec les enfants. À chaque visite, je m'excusais pour aller aux toilettes et je montais au bureau. J'ouvrais la porte avec un double de la clé d'Henri-Paul que j'avais fait faire. »

Elle porta son verre à sa bouche en le tenant à deux mains, comme une enfant. Ses yeux brillaient anormalement, mais aucune larme n'en coulait.

«Quand j'ai eu ouvert le coffre et que j'ai vu l'étui en velours noir, je ne me suis pas posé de questions. Je l'ai glissé dans ma poche et je suis redescendue au salon. Henri-Paul parlait avec sa mère. C'était tellement bizarre… J'étais convaincue qu'il se doutait de quelque chose. J'étais très énervée dans ce temps-là. J'essayais de faire comme si tout était normal, mais ça ne marchait pas. J'avais de la difficulté à dormir, je chicanais les enfants pour rien. Ça a empiré après. Je suis allée voir le docteur Verreault quelques fois pour qu'il me rassure. J'étais à son cabinet pour ça, le jour où l'on s'est croisés dans sa salle d'attente.

— C'est vrai que vous aviez l'air préoccupée. À la réception aussi. Où est le collier, maintenant?

— Je ne sais pas, monsieur Coveleski. Je vous le jure. Je lui ai donné l'étui sans regarder dedans. Je savais qu'il y avait un collier dedans, mais je n'ai pas regardé.

— Je vous crois.»

Je lui fis un sourire qui se voulait rassurant. On écouta un moment les bruits de la circulation, quatre étages plus bas, le temps de réfléchir à ce qu'elle venait de raconter.

Puis je lui demandai ce que le docteur Verreault savait sur elle de si épouvantable. Elle y pensa une bonne minute, les yeux rivés au fond de son verre.

« Je comprends, si vous ne voulez pas en parler, dis-je.

— Non, je vais tout vous dire, monsieur Coveleski, dit-elle comme à elle-même. Depuis le début. Comme ça, vous allez comprendre pourquoi j'ai fait ce que j'ai fait.»

Elle prit une grande inspiration et fit le saut.

« On peut dire que c'est une amie qui m'a initiée. On vivait dans un petit logement. J'habitais avec elle parce que je m'étais sauvée de chez ma tante. Je suis une fille de la campagne, voyez-vous. J'étais venue en ville pour travailler. Mon père venait de mourir et c'était impossible de garder la ferme. Une de mes tantes m'a hébergée un temps, puis je me suis sauvée.

— Pourquoi ?

— Elle était méchante. Elle me donnait des ordres et me frappait quand je n'obéissais pas. Alors je me suis poussée et j'ai trouvé un logement avec mon amie. Je faisais des petits boulots à gauche et à droite, mais c'est elle qui voyait à notre entretien. Je ne savais pas où elle prenait l'argent. Des fois, quand je rentrais du travail, je croisais un homme dans l'escalier. J'ai compris plus tard qu'elle se prostituait, mais à l'époque je ne me doutais de rien. Je savais que des femmes couchaient avec des hommes pour de l'argent, mais je ne pensais pas que mon amie le faisait. »

Elle parlait d'une voix terne, en fixant toujours le fond de son verre, comme si son récit y était écrit.

« Un jour, elle m'a prêté une de ses toilettes chic et elle m'a invitée dans un cabaret. Là, elle m'a présentée à un garçon. Il avait vingt-cinq, vingt-six ans. Il était vendeur d'autos – du moins, c'est ce qu'il disait. Il m'a fait boire plus que de raison, puis il m'a amenée chez lui. Je suis tombée dans les pommes à cause de l'alcool et il m'a… il en a profité pour abuser de moi. »

Elle avala péniblement, comme si sa salive était une poignée de clous.

« Quand je suis revenue à moi, il m'a dit qu'il était désolé, que c'était un accident. Pour réparer son erreur, il m'a offert de rester chez lui. J'ai d'abord dit non. J'avais un peu peur de lui. Puis mon amie m'a annoncé qu'elle s'en allait, et je ne gagnais pas assez d'argent pour payer le loyer toute seule, je ne connaissais pas grand monde en ville… L'offre de Marcel – le supposé vendeur d'autos – était tout à coup bien tentante.

— Vous avez emménagé avec lui ?

— Oui, et tout a bien marché le premier mois, dit-elle de sa voix terne. Marcel était correct avec moi et je croyais que ce qu'il m'avait fait était bien un accident. Puis un jour il m'a dit qu'il avait besoin d'argent et qu'un de ses amis était prêt à payer trente piastres pour une passe. J'ai senti que je n'avais pas le choix de le faire. Ce n'est pas que Marcel m'avait menacée, non. Mais il avait été correct avec moi, comme j'ai dit. Je croyais que je lui devais bien ça. Alors je… j'ai couché avec son ami. »

Elle renifla, rentra sa tête dans ses épaules et serra ses mains entre ses genoux, comme si elle avait froid. Ma discussion avec Jeanne lors de la réception chez Henri-Paul me revint en tête, et je compris pourquoi Élyse n'avait pas voulu discuter de son passé avec Jeanne quand cette dernière avait habité chez elle.

« C'est à ce moment-là que ça a commencé à mal aller. Marcel avait toujours besoin d'argent. Il se droguait et il fallait qu'il paie ses doses. Au début, j'ai accepté de coucher avec les hommes qu'il amenait à la maison. Je n'allais pas de bon cœur au lit avec eux. Marcel n'était pas violent avec moi, pas encore, mais il savait quoi dire pour me faire plier. C'était un bon manipulateur. Puis quand j'ai commencé à résister, il s'est… il s'est mis à me battre. J'ai enduré ses coups de… »

Sa voix se brisa. Elle se cacha les yeux d'une main, renifla de nouveau. Je sortis un autre mouchoir de son sac à main. Elle se tamponna les yeux avec. Des fois, je détestais vraiment mon travail.

« Excusez-moi, dit-elle avec un pauvre sourire. Où… où est-ce que j'étais rendue ?

— Vous habitiez avec Marcel. »

Elle soupira, puis fit une pause pour mettre de l'ordre dans ses souvenirs avant de continuer.

« J'ai enduré ses coups de poing pendant six mois. Je ne savais pas quoi faire, je ne savais pas où aller. Le temps que je passais avec lui me ramollissait. J'étais comme dans un brouillard. Puis je me suis réveillée. Si je restais là, j'allais mourir, j'en étais certaine. Soit qu'il me tuerait, soit que je me jetterais en bas d'un pont ou devant un tramway. Alors je suis partie et j'ai cherché du travail. Ç'a été difficile au début. J'ai été obligée de travailler dans un bordel quelque temps. Puis j'ai trouvé un travail de serveuse. J'ai été pas mal chanceuse. Je n'avais jamais fait ça de ma vie. Au début, je brisais des assiettes et je mélangeais les factures, mais ma patronne a été patiente avec moi.

— C'est là que vous avez rencontré Henri-Paul ? »

Elle hocha faiblement la tête.

« Il est venu un midi et je l'ai servi. Puis il est revenu le lendemain et le surlendemain et je me suis arrangée pour le servir. Je me suis toujours arrangée pour que ce soit moi qui le serve. Il était très gentil, comparé aux autres clients. Il me demandait de mes nouvelles, il gardait ses mains sur la table. Il laissait de très bons *tips* aussi. C'était bien, dans ma situation. Puis un midi il m'a demandé à quelle heure je finissais. Il m'a dit qu'il viendrait me chercher et qu'il m'emmènerait souper au restaurant. J'ai accepté. On est sortis ensemble quelques fois, puis il m'a demandée en mariage. J'ai dit oui tout de suite. En me mariant avec lui, je n'avais plus à m'inquiéter pour l'argent, pour l'avenir. Et il m'aimait. Je n'avais jamais été aimée et gâtée par un homme avant. Il m'acceptait comme j'étais – du moins, comme il pensait que j'étais.

— Vous n'avez pas pensé à lui parler de votre passé ?

— Non. J'avais peur qu'il me rejette et qu'il annule le mariage s'il apprenait la vérité. »

Je la comprenais. Elle avait eu une chance d'être heureuse et, après tout ce qu'elle avait enduré, elle n'avait pas voulu la rater. Mais maintenant, son passé l'avait rattrapée. Peut-être qu'elle ne pourrait jamais lui échapper.

« Vous allez tout lui avouer, maintenant ?

— Non ! » souffla-t-elle.

Elle tourna la tête vers moi. On voyait tout le blanc autour des iris de ses yeux.

« Je ne veux pas qu'il sache.

— Oui, mais il sait que vous êtes venue ici ce matin, non ?

— Non. Il est à son travail.

— Mais s'il l'apprend ? Vous allez lui dire quoi ?

— Je vais lui dire que… que vous vouliez me poser des questions à propos du collier.

— Il ne va pas aimer ça. Pourquoi vous ne lui racontez pas tout ? Il va comprendre. C'est votre mari.

— Vous ne pouvez pas savoir comment il va réagir, dit-elle, un peu paniquée. Moi non plus. Je ne veux pas qu'il sache. Jurez-moi qu'il ne saura jamais rien. »

Sa main se posa sur mon avant-bras.

« Jurez-le-moi.

— Une minute, dis-je. Vous ne voulez pas que le docteur Verreault paie pour ce qu'il vous a fait endurer ?

— Et Henri-Paul ? S'il apprend tout ? Je ne veux pas perdre mon mari et… et mes enf… mes enfants… »

Ses lèvres se crispèrent, ses yeux se voilèrent de larmes. Elle recommençait à craquer.

« Écoutez-moi, Élyse. Je peux me servir de ce que vous venez de me dire pour le coincer.

— Vous ne comprenez pas, gémit-elle.

— Je sais que vous avez peur, mais…

— Il m'a dit qu'il connaissait des gangsters !

— Vous n'avez pas à vous inquiéter, Élyse. Il ne va pas vous faire de mal. Pour ce qui est de votre mari, vous devriez tout lui raconter vous-même. Vous vous sentiriez mieux après. Et comme ça, si Verreault parlait, Henri-Paul serait déjà au courant. Vous n'aimeriez pas que Verreault paie pour tout ce qu'il vous a fait endurer ? »

Elle fit énergiquement signe que non.

« Je ne veux pas qu'Henri-Paul sache ce qui s'est passé, dit-elle d'une voix tendue.

— Je crois que vous faites une erreur.

— Jurez-moi qu'il ne saura rien.

— Élyse, vous… »

Ses doigts mordirent douloureusement dans mon avant-bras.

« *Jurez-le-moi.* »

Il n'y avait rien à faire. Elle avait trop peur.

« O.K. Je le jure. »

◆

Je reconduisis Élyse Dufresne chez elle. Elle voulait prendre un taxi, mais j'insistai pour la ramener. Elle semblait en moins bonne forme qu'à son arrivée.

Elle s'occupa à refaire son maquillage durant le trajet et ne dit pas un mot. Ça fit parfaitement mon affaire.

À cause de ce que j'avais entendu – que le docteur Verreault avait besoin d'argent, qu'il connaissait des gangsters – les rumeurs d'Antonio Savard ne me semblaient plus être des rumeurs. Verreault aimait jouer à des jeux d'argent et parier aux courses et il avait perdu de gros montants. Il avait peut-être emprunté de l'argent à ses associés dans le trafic de morphine et peut-être que ceux-ci avaient commencé à s'impatienter parce qu'il ne les remboursait pas ; alors il avait volé le collier pour eux, pour qu'ils le monnaient.

Mais ce n'était pas assez. Verreault devait plus d'argent que ce qu'aurait rapporté le collier après l'avoir monnayé. Alors ses associés avaient demandé une rançon et ils s'étaient arrangés pour obtenir les deux, le collier et l'argent. Cette façon de faire leur avait permis de demander une rançon raisonnable. Il y avait une grosse différence entre trente mille et cinquante mille dollars, même pour madame Dufresne. Tout ça était possible.

Arrivé à destination, j'immobilisai la Studebaker en bordure du trottoir. Élyse Dufresne ouvrit sa portière, posa un pied à terre. Puis elle se tourna vers moi.

« N'oubliez pas ce que vous avez juré », dit-elle.

Je la regardai. Elle soutint mon regard.

« C'est ça que vous voulez ? Vous êtes certaine ? »

Elle hocha la tête.

« Je n'oublierai pas », dis-je.

Elle descendit, claqua la portière et emprunta le petit sentier qui menait à la porte d'entrée, comme si elle revenait de chez une amie ou de magasiner.

J'écrasai l'accélérateur. Les pièces du casse-tête se mettaient en place. Il n'en manquait plus qu'une et je savais où la trouver. Les chauffeurs des voitures que je croisai en route semblaient tous calmes, détendus. Ils conduisaient sans se presser et sans agressivité. Moi, je conduisais en serrant le volant comme si c'était le cou d'une poule que je voulais tuer. J'avais été engagé au départ pour retrouver un collier, rien de plus, rien de moins.

CHAPITRE 20

Odélie jouait à la secrétaire comme lors de ma première visite, sauf qu'elle ne lisait pas cette fois-ci. Elle était assise derrière le bureau, le dos bien droit, les mains jointes devant elle. Il n'y avait que la violette dans son coin pour lui tenir compagnie.

Elle me reconnut dès que j'entrai dans la salle d'attente et ses lèvres sans rouge esquissèrent un sourire.

« Bonjour, dit-elle.

— Bonjour. Votre père est là ?

— Oui. Il est dans son bureau. Vous voulez lui parler ?

— Oui.

— Allez-y. Qu'est-ce qui s'est passé ? Votre visage…

— C'est une longue histoire. Vous avez fini de lire *L'Amant de lady Chatterley* ? »

Elle baissa la tête, fit signe que non d'un air penaud.

« Qu'est-ce qu'il y a ?

— Ma mère l'a trouvé. Elle me l'a confisqué.

— Dommage, vous ne saurez jamais la fin.

— Ça ne fait rien. Je n'aurais pas dû lire un livre comme ça, de toute façon. »

Elle esquissa un sourire forcé.

Je cognai à la porte du docteur Verreault et entrai. Le docteur était assis à son bureau, un dossier fermé devant lui. La porte qui donnait sur la salle d'examen et l'appareil à stériliser était fermée.

« Monsieur Coveleski, dit-il très poliment.

— Bonjour, docteur. »

Je ne fermai pas la porte et m'assis vis-à-vis de lui. Il était sur son trente et un, comme toujours. Ses cheveux étaient si impeccables qu'on aurait dit qu'il était passé chez le coiffeur ce matin-là.

« Une autre journée achalandée, on dirait », dis-je.

Il sourit d'un air bienveillant.

« Les gens viennent me voir quand ils sont malades. Autrement, ils restent chez eux.

— Votre secrétaire n'est pas revenue, à ce que j'ai vu.

— Elle ne reviendra pas avant quelques jours.

— C'est gentil de lui donner un petit congé.

— Il y a de la mortalité dans sa famille, dit le docteur.

— Ah bon. »

Il se pencha en avant, appuya les coudes sur le bureau et joignit les mains devant lui.

« Qu'est-ce que je peux faire pour vous, monsieur Coveleski ? Vous examiner, peut-être ?

— Non, tout va bien. »

Silence.

« Vous ne me demandez pas ce qui m'est arrivé ? dis-je. C'est ce que tout le monde fait.

— Ça ne me regarde pas, mais bon, si vous y tenez. Qu'est-ce qui vous est arrivé ?

— Eh bien, le métier de détective est un métier imprévisible. On ne peut pas prévoir tous les coups.

— Vous m'en direz tant, fit froidement remarquer le docteur.

« — C'est vrai. Un jour, vous servez de chauffeur à une fille soûle, le lendemain vous prenez un verre avec des gens de la haute société et, le surlendemain, vous vous faites donner une volée.

— Je parie que c'est pour ça que vous aimez votre métier.

— Je ne suis pas du genre à rester assis derrière un bureau de neuf à cinq, si c'est ce que vous voulez dire, docteur. »

Il soupira, consulta sa montre.

« C'est très agréable de discuter avec vous, monsieur Coveleski, mais j'ai autre chose à faire. »

Il posa les mains à plat sur le bureau et commença à se hisser hors de sa chaise. Je levai la main et il s'arrêta à mi-chemin, penché en avant.

« O.K., je vais arrêter de tourner autour du pot. J'avais de la visite à mon bureau, ce matin – la femme d'Henri-Paul Dufresne, Élyse. On a eu une discussion très intéressante, elle et moi. »

Le docteur se laissa redescendre sur sa chaise.

« Une discussion très intéressante, répéta-t-il sans expression particulière.

— En fait, ce n'était pas vraiment une discussion. C'est surtout elle, Élyse, qui a parlé – d'elle, de son passé. Elle n'a pas eu la vie facile, voyez-vous.

— Si vous le dites.

— C'est vrai, docteur. Élyse est une fille de la campagne et elle a dû venir en ville pour gagner sa vie. À son arrivée, elle vivait chez une tante. Mais la tante en question n'était pas bien gentille, alors elle s'est sauvée. Elle a emménagé avec une amie, qui l'a poussée dans les bras d'un gars, qui l'a forcée à se prostituer pour pouvoir payer ses doses de drogue. Puis elle a dû travailler dans un bordel quelque temps avant de devenir serveuse. »

Le docteur remonta ses lunettes cerclées d'or sur son nez.

« Je croyais que vous alliez arrêter de tourner autour du pot, monsieur Coveleski.

— Fermez-la, j'ai presque fini. Élyse a rencontré Henri-Paul, ils se sont mariés et, comme dans les livres, "ils eurent beaucoup d'enfants et vécurent heureux" – eh bien, pas tout à fait pour Élyse. Voyez-vous, quelqu'un était au courant de son passé et ce quelqu'un l'a menacée de tout raconter à Henri-Paul si elle ne lui rendait pas un petit service. Ça vous dit quelque chose ?

— Non, pas du tout.

— Voyons, docteur, dis-je en lui adressant un sourire complice.

— Insinuez-vous qu'il s'agit de moi, monsieur Coveleski, que je suis ce "quelqu'un" ? »

On aurait dit qu'il venait d'apprendre que la Terre était ronde. Il ne jouait pas la carte de la surprise ou de l'indignation. C'était un bon acteur. J'étais surpris. Il ne semblait vraiment pas être le genre de gars à faire semblant.

« Elle m'a tout raconté, docteur. Les circonstances de votre rencontre, ici même, dans votre bureau, les trucs que vous lui avez donnés pour découvrir la combinaison du coffre, la façon dont elle entrait dans le bureau de madame Dufresne.

— Et vous l'avez crue ?

— Pourquoi je ne l'aurais pas crue ?

— Oh, je ne sais pas. Parce que c'est une mère au foyer qui s'ennuie ? dit-il à la légère.

— Elle était très convaincante. Tout le stress que vous lui avez causé l'a rendue malade. C'était une erreur de lui demander de vous aider, docteur. Élyse est une femme douce, sans un grain de malice – une amateure quand il s'agit de voler. C'est pour ça qu'elle est venue me voir. Elle ne pouvait plus supporter ce qu'elle avait fait, elle voulait se faire prendre.

— Ça n'a aucun sens !

— Il y a parfois des tueurs qui retournent sur les lieux de leur crime dans ce but-là. Ce n'est pas quelque chose de conscient. Dans le cas d'Élyse, ça pourrait expliquer son comportement plutôt bizarre avant qu'elle vide son sac. »

Il se leva, contourna le bureau et marcha prestement vers la porte.

« Où est-ce que vous allez ? »

Il ferma la porte.

« Il n'y a pas de raisons qu'Odélie nous entende, dit-il en se rassoyant devant moi. C'est une fille très impressionnable.

— Demander à Élyse de vous aider n'a pas été votre seule erreur, continuai-je. L'idée de voler une personne que vous connaissiez en a été une autre. Vous deviez vous douter qu'on pourrait remonter jusqu'à vous, mais vous l'avez fait quand même. Ça explique votre comportement quand j'ai commencé à poser des questions. Vous vouliez que je lâche mon enquête, que je surveille Cloutier, et vous avez même essayé de m'empêcher de rencontrer madame Dufresne. Vous avez paniqué un peu. Normal, vous êtes un amateur vous aussi, docteur. »

Il sourit. Des gouttes de sueur perlaient sur son front. Il ne faisait pas si chaud que ça dans la pièce.

« Qu'est-ce qu'il y a de drôle ?

— J'adore cette partie-ci de l'intrigue. C'est là que le détective raconte tout et démasque le coupable.

— Êtes-vous armé ? Le coupable sort toujours un revolver de nulle part et menace le détective jusqu'à ce que la police arrive et le mette en état d'arrestation.

— Je ne suis coupable de rien, dit le docteur.

— C'est vrai, j'avais oublié. Pour continuer ce que je disais, Élyse vous a remis le collier. Il ne restait plus qu'à procéder à l'échange. Vous êtes passé par quelqu'un d'autre, histoire de brouiller les cartes. Nick Tremblay.

— Nick qui ? fit-il d'un air interrogateur.

— Nick Tremblay. Un type pas très grand aux cheveux frisés. Il a une petite moustache et des yeux de chien battu. C'est le gérant du Savoy, une boîte de nuit.

— Je n'ai pas la moindre idée de qui vous parlez. »

Cette fois-ci, il ne mentait pas. C'étaient sans doute les gens à qui il avait remis le collier qui étaient entrés en contact avec Nick. Et c'étaient peut-être eux qui l'avaient liquidé. Ou peut-être qu'ils n'avaient rien à voir là-dedans.

« Je ne me doutais de rien quand je suis arrivé sur le mont Royal, dis-je. Je croyais que j'avais affaire à des professionnels, qui allaient procéder à l'échange en respectant les règles qu'ils m'avaient dictées au téléphone. Mais c'était vous. Vous aviez un complice. Il m'a assommé et vous avez quitté la montagne avec l'argent et le collier, que vous avez revendu par après. Un beau coup d'argent, docteur. »

Il remonta ses lunettes sur son nez.

« J'ai tout l'argent dont j'ai besoin, monsieur Coveleski, dit-il légèrement agacé.

— Moi, j'ai entendu le contraire.

— Il ne faut pas croire tout ce que l'on entend. Et je ne connais pas de Nick Tremblay et je n'étais pas sur le mont Royal lors de votre agression. C'était quand, au fait ?

— Avant-hier, à minuit, dis-je. Vous avez un alibi ?

— J'étais chez moi, avant-hier à minuit. J'étais au lit. J'ai passé la soirée chez moi. Mon épouse m'a vu.

Et si c'était moi sur le mont Royal, qui était mon complice ?

— Quelqu'un du milieu de la prostitution, comme le *bouncer* d'un bordel. Ils ne laissent jamais passer la chance de faire quelques dollars en plus de leur salaire. Je crois que vous connaissez ce milieu-là, docteur. Nick Tremblay aussi. Il a des contacts. Et c'est en fréquentant ce milieu-là que vous avez connu le passé d'Élyse. »

Il fit pivoter sa chaise et fixa le mur qui séparait le bureau de la salle d'examen. J'étais allé suffisamment loin, il allait tout avouer. Mais je ne pourrais pas me servir de sa confession pour régler cette affaire à cause de la promesse faite à Élyse. Je m'étais moi-même lié les mains.

« Je ne vous contredirai pas là-dessus, monsieur Coveleski. Je connais le milieu de la prostitution. Je fréquente les lupanars. C'est à cause de ma fille, indirectement, de son handicap. Nous en avons parlé lors de votre première visite.

— Je m'en souviens. Les os de son pied droit se sont mal développés et elle boite.

— Exactement. Quand vous m'avez demandé ce qui n'allait pas, vous avez dit que je n'étais pas obligé de vous répondre. Je vous ai dit que ce n'était rien de honteux. Pour moi c'est vrai, mais pour mon épouse, c'est une autre histoire. C'est une femme très religieuse, voyez-vous, et elle croit que l'infirmité d'Odélie est une conséquence directe de la bestialité de l'acte sexuel. »

Le docteur esquissa un sourire fatigué. Il continuait de fixer le mur, mais ne semblait pas le voir. La conversation que j'avais eue avec Odélie, l'autre jour, avait plus de sens.

« Elle me refuse tout contact physique depuis la naissance d'Odélie, poursuivit-il. J'ai déménagé dans la chambre d'ami de façon permanente. Donc oui, je vais dans les lupanars. Mon épouse doit s'en douter – elle sait que je ne suis pas fait de bois – et prie sûrement pour le salut de mon âme… Quoi qu'il en soit, j'ai croisé Élyse à quelques reprises dans un de ces établissements. Mais je n'ai jamais fait appel à… à ses services.

« En fréquentant ces endroits, j'ai vu des filles – des filles de l'âge d'Odélie – qui avaient l'air malade, le regard mort. Les chambres où elles recevaient les clients étaient comparables aux cellules de nos prisons. Je savais que le métier de prostituée était loin d'être prestigieux, mais de le constater *de visu* m'a donné un choc. J'ai réalisé que bon nombre de ces filles se droguaient à la morphine – ça se voyait à leur manière d'être, à leurs avant-bras meurtris. J'ai senti leur détresse. Elles se droguaient pour oublier une vie qu'elles n'avaient pas souhaitée et dont elles n'avaient pas le contrôle. »

Maintenant que le docteur Verreault avait commencé à vider son sac, il ne pouvait plus s'arrêter.

« Je voulais les aider. Je me sentais inutile ici, à soigner des rhumes. À tout le moins, ai-je pensé, elles pourraient avoir des doses pures pour s'échapper de leur triste existence. J'ai d'abord pigé dans les réserves de l'hôpital, mais ç'a fini par faire jaser, alors j'ai dû contacter des gens qui pouvaient me procurer ce qu'il fallait. Les prix étaient élevés et, comme je ne connais rien à l'art de négocier avec des trafiquants, mon compte en banque a fondu comme neige au soleil. J'ai essayé de me renflouer en *gamblant* – je *gamblais* déjà un peu pour le plaisir – mais j'ai perdu plus que j'ai gagné et je me suis retrouvé avec des *bookmakers* sur le dos. J'avais besoin d'argent et j'ai dû forcer Élyse à voler le collier, que j'ai vendu à des receleurs.

Je ne voulais pas le faire, mais je n'avais pas le choix. Je n'avais pas le temps de trouver une autre solution. »

Le docteur me fit face de nouveau. Il avait vieilli de dix ans en dix minutes. Les rides aux coins de ses yeux et de sa bouche s'étaient creusées. Il esquissa un sourire, comme pour se remettre dans la peau de son personnage.

« Vous avez trouvé cela instructif, monsieur Coveleski ?

— Très.

— Vous allez appeler à la police ? Si vous le faites, je vais tout nier et ce sera la parole d'Élyse contre la mienne. Vous ne pouvez m'accuser formellement de rien, vous n'avez aucune preuve.

— Je sais. Et ne vous en faites pas. Élyse ne veut pas que la police soit mêlée à cette histoire. Si elle s'en mêlait, Henri-Paul risquerait de tout apprendre, et Élyse tient absolument à ce qu'il ne sache rien. »

Je ne croyais pas qu'il chercherait à se venger d'Élyse si je lâchais les flics après lui, mais on n'est jamais trop sûr.

Il hocha lentement la tête. Si sa confession l'avait soulagé, ça ne paraissait pas. Je ne lui demandai pas si c'était le cas. Je sortis du bureau sous son œil attentif, souhaitai une bonne journée à Odélie et quittai l'immeuble.

Je ne savais pas trop quoi penser de Verreault. Il avait voulu bien faire, mais il s'était mis dans le pétrin et il avait dû se livrer à un odieux chantage pour s'en sortir. Dans le fond, ce n'était pas un mauvais diable, mais il manquait de caractère.

CHAPITRE 21

Ma montre indiquait une heure moins quart. Ça ne changerait rien que je roule plus ou moins vite, j'allais être en retard à mon rendez-vous avec le détective Blackburn et son collègue Gérard Fournier. Je roulai lentement. J'avais besoin de temps pour réfléchir à ce que j'allais faire et dire. Cette rencontre-là s'annonçait aussi amusante que la dernière. J'allais devoir jouer serré. J'avais dû perdre la boule à un moment donné pendant la matinée.

Émile était toujours assis dans son kiosque à journaux. Nos regards se croisèrent. J'allai le retrouver

«Bonjour, m'sieur Coveleski.

— Salut, Émile.

— Vous vous promenez beaucoup ce matin, me fit-il remarquer.

— J'ai besoin d'exercice.

— Un paquet de Grads?

— Oui, pourquoi pas.»

Il se pencha derrière le comptoir.

«Vous avez vu ce que les Royaux ont fait?

— Non. Je n'ai pas vraiment eu le temps de lire les journaux ces derniers jours.

— Ils en ont collé deux, dit Émile en se redressant.

— C'est bon.

— Bah ! ils ont été chanceux. »

Je payai le paquet de cigarettes et l'empochai.

« Tu es un partisan difficile, Émile.

— Je sais. Mais il faut admettre qu'ils nous ont habitués à mieux que ça dans le passé.

— Les choses vont se replacer. Ç'a déjà commencé, on dirait.

— Ouais, ben, on verra bien. »

Il sourit, je souris, on se fixa un moment. On avait fait le tour. Je n'avais pas le choix de monter à mon bureau. Je me dirigeai vers l'ascenseur au bout du hall.

Ils étaient là quand j'entrai dans la salle d'attente. Blackburn était assis sur une chaise, les jambes croisées, penché en avant. Une cigarette brûlait entre l'index et le majeur de sa main droite. Fournier se tenait debout à côté de lui, les mains jointes dans son dos. Ses lunettes-miroirs cachaient ses yeux. Ils portaient tous les deux les mêmes vêtements que la veille ou des vêtements exactement pareils.

« Salut, Emma », dis-je.

Elle était assise à son bureau. Elle m'adressa un petit sourire, hocha la tête.

Blackburn bondit sur ses pieds.

« Vous êtes en retard, Coveleski », dit-il plutôt sèchement.

Je ne trouvai rien à répliquer à ça. J'ouvris la porte qui menait à mon bureau et entrai. Blackburn écrasa sa cigarette et m'emboîta le pas, suivi de Fournier.

Le détective Blackburn s'assit sur la chaise sur laquelle s'était assise Élyse Dufresne plus tôt dans la journée. Fournier ferma la porte et se planta devant la fenêtre d'où il observa les voitures et les piétons dans Sainte-Catherine. La fenêtre était ouverte. Les bruits de la rue emplissaient la pièce comme un mauvais parfum.

J'accrochai mon feutre à la patère, mon veston au dossier de ma chaise et m'assis devant Blackburn.

« Vous ne me dites pas que j'ai l'air mieux ? lui demandai-je.

— Vous n'avez pas l'air mieux, dit-il, impassible. Vous avez parlé à votre client ?

— Non.

— Non ? répéta-t-il. Mais qu'est-ce que vous avez fait de votre temps depuis hier matin ?

— J'ai fait un beau grand tour de voiture, entre autres.

— Tu ne pouvais pas prendre cinq minutes pour l'appeler ? demanda Fournier.

— Je n'ai pas eu le temps. »

Blackburn fixa le dessus de mon bureau, secoua la tête.

« Ça ne fait pas mon affaire, ça, grogna-t-il. Ça ne fait pas mon affaire du tout.

— Je ne crois pas que ça change quoi ce soit. Le meurtre de Nick Tremblay n'a rien à voir avec l'enquête que je menais.

— Il faut qu'on te rappelle que le barman du Savoy t'a vu monter à son bureau deux fois ? dit Fournier de son poste à la fenêtre.

— Non, pas besoin.

— Vous étiez allé le voir en rapport avec votre enquête, non ? dit Blackburn d'un ton agressif.

— Oui.

— Bon !

— Mais son meurtre n'a rien à voir avec mon enquête. C'est juste une coïncidence. »

Blackburn fit signe que non.

« Moi, je ne pense pas.

— Nick n'était pas trop respectueux de la loi, vous le savez comme moi. Je vous ai parlé d'un de ses anciens rackets quand vous m'avez rendu visite à l'hôpital. Et il y avait des prostituées qui ramassaient des clients au Savoy quand j'y suis allé. Il s'est peut-être brouillé avec quelqu'un ou il devait de l'argent et il s'est fait zigouiller parce qu'il ne voulait pas payer.»

Je parlais trop. Je me retournai, sortis le paquet de Grads de ma poche de veston. Je pris bien mon temps pour ouvrir le paquet et m'allumer une cigarette, comme si Blackburn ne pouvait rien me faire pendant ce temps-là. Ses yeux à l'ombre de son fedora gris ne me lâchaient pas.

«Qu'est-ce que vous faisiez sur le mont Royal en pleine nuit, Coveleski? demanda-t-il.

— Je vous l'ai dit hier.

— Vous avez dit que vous étiez là pour effectuer une transaction. Ça veut dire quoi, ça, hum? Pourquoi refusez-vous de parler? Parce que vous n'avez pas eu le temps de parler à votre client, c'est ça? Vous n'aurez pas d'autre délai, vous savez.

— Ça ne changerait rien, dis-je.

— Qu'est-ce qui vous empêche de parler, dans ce cas-là?

— J'ai découvert des détails sur quelqu'un pendant mon enquête. Si je parle, tout pourrait éclater au grand jour et la personne pense que ça lui ferait du tort.

— Quel genre de détails?

— Le genre de détails qui surgissent du passé pour vous hanter.»

Blackburn n'aimait pas la tournure qu'avait prise notre entretien. Ses narines étaient blanches. Sa bouche était un trait rectiligne sous sa moustache. Et ce que je m'apprêtais à lui dire ne lui ferait pas trop plaisir non plus.

«Écoutez, détective Blackburn. Je ne peux pas vous dire ce que vous voulez entendre.

— C'est bien dommage, dit-il méchamment. Pour vous.

— Mais j'ai autre chose à vous offrir. Pendant mon enquête, je suis tombé sur des faits qui devraient vous intéresser et j'aurais un petit marché à vous proposer.

— Ça ressemble à un pot-de-vin, ça, Coveleski.

— Un pot-de-vin ?

— Mouais.

— C'est un gros mot, venant de la bouche d'un policier.

— Vous voulez qu'on fasse un marché pour que je ferme les yeux sur un acte criminel. Pour moi, c'est un pot-de-vin. »

Je tapotai ma cigarette au-dessus du cendrier. Ma main tremblait un peu. C'était le moment de m'agripper à la bouée que m'avait donnée sans le vouloir le docteur Savard.

« À ce qu'on m'a dit, il y a un médecin qui a trouvé une façon pas très légale d'arrondir ses fins de mois.

— Je m'en fous ! dit Blackburn. Moi, je veux savoir ce que vous faisiez sur le mont Royal.

— Écoutez, si vous surveillez le… »

Sa main s'écrasa à plat sur le bureau, durement.

« Non, *vous* allez m'écouter, cria-t-il presque. Il n'y aura pas de marché, O.K. ? Vous allez me dire ce que je veux savoir. Je ne sais pas pour qui vous vous prenez, mais vous n'êtes pas au-dessus des lois. Vous êtes juste un petit détective privé, Coveleski, vous n'avez pas d'influence en ville, vous êtes rien, O.K. ? Le petit jeu que vous jouez là, on appelle ça faire entrave à la justice. Alors vous parlez tout de suite, sinon je vous arrête et cette fois-là j'enlève les gants blancs pour vous interroger. Compris ? »

Silence.

Ses yeux écarquillés étaient rivés sur mon visage et les muscles de son cou étaient tendus comme des câbles. Dehors, des moteurs grondaient, des klaxons retentissaient, comme d'habitude.

Je voyais du coin de l'œil Fournier qui regardait dehors. Lui seul pouvait m'aider.

Il se tourna vers moi au bout d'une éternité, me sembla-t-il, et nos regards se fixèrent. Il avait compris ma supplique muette. Il quitta la fenêtre et se plaça derrière le détective Blackburn.

« Il faut que je te parle, Patrick. »

Sans me quitter des yeux, Blackburn repoussa sa chaise d'un coup de reins et se leva. Il sortit de mon bureau en premier, le corps raide. Fournier ferma la porte.

Je continuai de fumer ma cigarette en attendant je ne sais quoi. J'écrasais ce qu'il en restait quand la porte se rouvrit et Fournier entra dans la pièce. Il était seul. Il ferma la porte et se plaça devant mon bureau. Je me levai.

« Il ne faut pas en vouloir au détective Blackburn s'il s'énerve comme ça. Il arrive de Trois-Rivières et il veut impressionner ses nouveaux patrons. »

Il ôta ses lunettes-miroirs et examina les verres pour des poussières. Ses yeux étaient d'un bleu encore plus pur que dans mon souvenir. Il remit les lunettes.

« Je comprends que tu es coincé, Stan, continua-t-il. Mais nous, on a un travail à faire.

— Je sais, retrouver le meurtrier de Nick Tremblay.

— Exactement. Tu pourrais nous aider à le coincer, n'est-ce pas ?

— Je ne peux pas, à cause de la personne que je dois protéger.

— Il va falloir que tu discutes de la situation avec elle, dit Fournier. J'ai convaincu le détective Blackburn de te laisser encore jusqu'à neuf heures ce soir, pour ça.

— Un autre délai ? »

Il hocha la tête.

« Après ça, finies les cachotteries, sinon… »

Il laissa sa phrase en suspens, mais je savais ce qu'il voulait dire.

« D'accord ?

— Oui, d'accord. »

Il quitta mon bureau et ferma délicatement la porte derrière lui.

Je me rendis à la fenêtre et me la tête dehors. J'emplis mes poumons à fond, expirai lentement. La brise me paraissait plus fraîche qu'elle ne l'était vraiment.

« Qu'est-ce qui se passe ? dit Emma dans mon dos.

— Rien, rien. Tout va bien. »

CHAPITRE 22

Je réfléchis tout l'après-midi à ce que j'allais faire. Je ne tenais pas à ce que les policiers ennuient Élyse Dufresne, à cause d'une certaine promesse que j'avais faite et la promesse ne tiendrait sûrement plus s'ils lui rendaient visite. D'un autre côté, Blackburn me mènerait la vie dure si je ne coopérais pas. Il pouvait très bien m'empêcher d'exercer mon métier ou même me jeter en prison pour quelques jours. Ce n'était pas légal, mais il semblait se foutre des lois quand il s'agissait de moi.

Et il y avait le collier qui manquait toujours. La seule piste qui pouvait me conduire à lui sans exposer personne aurait été Nick et Nick était mort. Fournier avait raison, j'étais coincé.

J'aurais pu rendre visite à madame Dufresne, histoire de me changer les idées. Mais après ce que Jeanne m'avait dit, je n'en avais pas envie. Même si, au bout du compte, ça ne donnerait rien, plus je repoussais notre rencontre, mieux c'était.

À cinq heures, je n'avais toujours rien décidé. J'avais peut-être le sentiment que quelque chose allait se produire qui me tirerait d'embarras. Je reconduisis Emma chez elle et rentrai chez moi. Je soupai sans appétit, puis appelai chez Jeanne, comme je l'avais fait deux ou trois fois au cours de l'après-midi. Elle devait être revenue du lac Noir et je voulais savoir ce qu'il advenait de Sylvia et de Cloutier. Mais, comme les autres fois, pas de réponse.

Je décidai de me rendre chez elle. Peut-être qu'elle cousait et que le bruit de la machine à coudre enterrait la sonnerie du téléphone. Le soleil brillait toujours et il faisait clair comme au beau milieu de la journée. Deux ou trois nuages dérivaient dans l'océan bleu du ciel. Je sonnai un coup, deux coups, trois coups. La porte resta fermée. Je me penchai au-dessus de la rampe du balcon et essayai de jeter un œil dans le salon par la fenêtre à côté de la porte. Les rideaux étaient à moitié tirés et je ne vis que quelques meubles.

Je redescendis l'escalier et marchai sous les arbres vers un bout de la rue, croisant au passage la DeSoto de Jeanne. Son duplex était le neuvième à partir de la rue. Je tournai le coin, empruntai la ruelle et revins sur mes pas. Des gens étaient assis dans leur cour, sous les cordes à linge et les passerelles qui menaient aux hangars. Des enfants jouaient au base-ball. Il y en avait deux qui jouaient les rôles du lanceur et du receveur et le troisième faisait le frappeur. Le receveur cria « *Time out!* », le temps que je passe.

J'entrai dans la cour du duplex de Jeanne. Je gravis le long escalier qui s'élevait vers le deuxième, longeant le garage puis le hangar au-dessus. Je traversai la passerelle qui menait à la galerie. Les deux portes étaient fermées. Bizarre, par ce temps. J'ouvris la porte-moustiquaire et cognai contre la vitre de la porte derrière. Pas de réponse. Je posai la main sur la poignée. Ce n'était pas verrouillé. J'entrai, fermai la porte derrière moi.

Je me trouvais dans une cuisine qui contenait tous les meubles qu'on s'attend à trouver dans une cuisine. C'était gai, dans les tons de jaune. Le réfrigérateur vrombissait dans un coin. Dehors, les enfants piaillaient. Tout était en ordre. L'égouttoir était vide. L'évier aussi.

«Jeanne?»

Pas de réponse.

«C'est moi. Stan Coveleski.»

Rien. Elle était revenue du lac Noir, sa voiture était là. Elle soupait peut-être au restaurant. Mais pourquoi la porte n'était-elle pas verrouillée? Avait-elle oublié?

Il y avait une porte à droite. Elle s'entrouvrait sur la chambre de Sylvia. J'y jetai un œil rapide. Elle ne contenait ni valise ni sac de voyage qui auraient pu m'indiquer que Jeanne avait ramené sa fille du lac Noir.

Le passage conduisant au salon et à la chambre de Jeanne s'étendait devant moi. Il était plongé dans un demi-jour. La lumière de dehors ne le rejoignait pas directement. Je le traversai sans vraiment en être conscient, comme si une force mystérieuse m'attirait au bout. Tout ce que j'entendais était mon cœur, qui me cognait dans la poitrine comme un tambour.

Les portes vitrées qui donnaient sur le salon étaient fermées. Je jetai un œil à l'intérieur et vis les mêmes choses que j'avais vues plus tôt. Je me tournai vers la porte de la chambre. Elle était aux trois quarts fermée et je vis la machine à coudre, sous la fenêtre. Une pile de pantalons se dressait à côté. Le store devant la fenêtre était baissé presque complètement, bloquant le soleil. On aurait dit que le crépuscule avait déjà commencé dans la pièce.

Je poussai un peu la porte. Une commode couverte de produits cosmétiques et surmontée d'un miroir apparut, puis une table de chevet avec une lampe posée dessus et, enfin, un lit. Une silhouette humaine était allongée dessus, sur le dos. C'était elle. Elle était là, après tout. Ses pieds pointaient dans des directions opposées et formaient un V.

Je m'avançai vers le lit, lentement, comme si mes jambes ne voulaient pas m'obéir. Ses yeux étaient fermés, son visage, dénué de toute expression; la peau blême semblait s'affaisser sur les os, les commissures de la bouche étaient inclinées vers le bas. Ses mains reposaient sur son estomac, un chapelet entortillé autour des doigts en un dernier acte de contrition. Elle portait une robe fleurie qui semblait toute neuve et des escarpins noirs. Ses cheveux brossés avec soin tombaient sur ses épaules.

Évidemment qu'elle était morte. Je crois que je l'avais su dès que j'avais mis les pieds dans le logement ou peut-être même avant, quand son téléphone sonnait et sonnait et sonnait dans le vide.

Je restai figé sur place deux minutes ou deux heures. C'est le bruit d'une voiture qui passait dans la rue, deux étages plus bas, qui me sortit de ma torpeur. Je tendis alors la main vers sa joue gauche, l'effleurai du revers de mes doigts. Sa peau douce était glacée. Mes jambes s'activèrent d'elles-mêmes et je reculai d'un pas. Sa mort devait remonter au milieu de l'après-midi.

Un objet blanc et rectangulaire sur la table de chevet attira mon regard. C'était une enveloppe, appuyée contre le pied de la lampe. Il y avait une petite boîte cylindrique à côté. Je l'examinai. Des somnifères. L'ordonnance était au nom de Jeanne. J'ôtai le couvercle. La boîte ne contenait que trois ou quatre pilules, mais elle pouvait en contenir dix fois plus.

Je remis la boîte à sa place et pris l'enveloppe. Je sortis de la chambre et refermai la porte aux trois quarts. Je ne la regardai pas une dernière fois. Ça n'aurait rien donné.

Je retournai à la cuisine. Mon visage me semblait rigide comme un masque. J'inspectai l'enveloppe. Elle était lourde, pour une enveloppe. Mon nom était inscrit en lettres carrées au verso. Elle n'était pas cachetée, le rabat avait juste été glissé dedans. Je le défis, plongeai deux doigts dans l'enveloppe…

… et en sortis une chaînette en or au bout de laquelle était attaché un petit cœur, en or aussi, orné de diamants. Je ne connaissais qu'une personne qui possédait un collier pareil.

Je l'examinai un moment pour m'assurer que je ne rêvais pas, puis je regardai si l'enveloppe contenait autre chose. Je découvris une feuille de papier blanc pliée en trois. Je la dépliai. La feuille était recouverte d'une écriture fine et élégante, qui ne pouvait être que la sienne.

> *Monsieur Coveleski,*
>
> *Je savais que vous viendriez pour obtenir des nouvelles de Sylvia et de Cloutier. J'ai retrouvé sa cabane, mais ils étaient partis. Je ne sais pas où ils sont et je ne peux pas attendre leur retour. J'ai l'impression d'étouffer, de me noyer. Je crois qu'on doit toujours répondre de ses actes, mais je n'en ai pas la force. De toute façon, il n'y a pas d'autre solution, les choses ont été trop loin. Je ne pourrais jamais vivre avec ce que j'ai fait, quoi qu'il arrive.*
>
> *Il n'y a pas de bonnes ou de mauvaises façons de le dire, alors je vais y aller directement : j'ai tué Nick Tremblay.*

Je cherchai à tâtons une chaise et en trouvai une juste à temps. «J'ai tué Nick Tremblay. » Je ne comprenais pas ou ne voulais pas comprendre. *J'ai tué Nick Tremblay.* C'était complètement irréel. Je luttai pour détacher mes yeux de ces quatre mots et poursuivre ma lecture.

> *Il fréquentait la même maison de jeu que Sylvia avant qu'on refuse l'entrée à ma fille. Elle avait perdu de gros montants que je n'avais pas pu rembourser au complet et je travaillais à cet endroit comme hôtesse. C'était une façon de remettre les dettes de Sylvia. C'est ainsi que j'ai connu Tremblay.*
>
> *La veille de notre rencontre chez madame Dufresne, il est venu me voir. Il avait son collier; il m'a dit qu'il l'avait acheté d'un receleur. Il voulait extorquer de l'argent à madame Dufresne et je devais m'assurer qu'elle paie. Je n'avais pas le choix: si je ne coopérais pas, il révélait à madame Dufresne ce que je faisais de mes soirées et ce que valait vraiment Sylvia.*

Je la revis frétillant sur son siège au retour de la banque, s'y prenant à trois coups pour allumer le briquet dans ma voiture et se mordillant la joue lors de notre dernière rencontre, avec les traits tirés, les yeux cernés. Elle se mourait d'inquiétude, mais pas pour la raison que je croyais.

> *Il m'a entraîné avec lui sur le mont Royal, l'autre soir, sans doute pour avoir un otage au cas où vous auriez essayé de le doubler. Je ne savais pas qu'il vous tabasserait comme il l'a fait, monsieur Coveleski. On aurait juré qu'il voulait vous tuer. J'ai dû le supplier pour qu'il*

arrête. Vous croyiez avoir entendu la voix de
Sylvia, mais c'était la mienne.

Elle m'avait sauvé la vie. Nick avait bel et bien
voulu me tuer – je l'avais jeté en prison puis forcé à
m'aider. Je l'avais sous-estimé. Et maintenant elle
était morte.

Après avoir quitté le mont Royal, nous
sommes allés chez lui. Je ne pouvais pas vous
laisser mourir au bout de votre sang là-haut,
alors j'ai passé le coup de fil anonyme à la
police pendant que Tremblay remettait l'argent
à un homme. Après que l'homme a été parti,
Tremblay a essayé de me faire une passe. J'ai
refusé et il a dit qu'il me tuerait et qu'il s'arran-
gerait pour qu'on trouve le collier en même
temps que mon corps. J'ai réalisé à ce moment-
là qu'il pourrait nous faire chanter quand il le
voudrait, Sylvia et moi. J'ai paniqué. Quand il
s'est de nouveau jeté sur moi, j'ai mis la main
sur un couteau qu'il portait sur lui et je l'ai
poignardé.

Je pouvais les voir se chamailler, ses yeux à elle
écarquillés par la terreur. Elle trouvait le couteau et le
lui plantait en plein ventre. Il se figeait et tombait par
terre, le couteau s'enfonçant davantage. J'en avais la
nausée.

Je continuai ma lecture.

J'aurais aimé plus que tout au monde dire à
Sylvia combien la tournure qu'avait prise notre
relation depuis la mort de son père me chagri-
nait, combien je l'aimais. Elle a posé des actes
blâmables, mais c'était ma fille. Je regrette
qu'elle ait à vivre avec le poids de ce que j'ai

fait et je lui demande pardon. Peut-être qu'à ses yeux je n'ai pas été une bonne mère, mais j'ai fait mon possible. J'espère qu'elle le savait.

Je vous demande pardon à vous aussi, monsieur Coveleski, de vous avoir menti. Je ne savais pas quoi faire, j'étais terrorisée, et j'espérais que vous me conduiriez à Sylvia. J'espérais peut-être aussi que le temps arrangerait les choses. Je réalise maintenant que c'est impossible et je vais en finir, je ne peux plus continuer. J'espère que je vais revoir Joseph. Je m'accroche à cette idée pour me donner un peu de courage.

Son nom était signé dans le coin inférieur droit de la feuille.

Je fixai le dernier « e » de Dufresne pendant je ne sais combien de temps. Je ne sentais plus la chaise sous mes fesses, ni le plancher sous mes pieds, ni rien. Puis un des enfants dans la ruelle poussa un cri et le réfrigérateur se remit à vrombir et je me rappelai où j'étais.

Il ne me restait qu'une chose à faire. Je repliai la lettre et la rangeai dans l'enveloppe. Mes mains tremblaient. J'enfouis le collier dans ma poche, m'extirpai de la chaise et me dirigeai vers le téléphone contre le mur, à côté de la chambre de Sylvia. Ça me parut une très longue marche.

Je décrochai le combiné, sortis la carte de visite de Blackburn et composai son numéro. Il répondit lui-même et marmonna son nom à l'autre bout du fil.

« C'est moi, Blackburn, dit une voix qui ressemblait à la mienne. Coveleski.

— Ah, Coveleski.

— J'ai trouvé quelque chose qui va vous intéresser.

— Ça a rapport avec le meurtre de Nick Tremblay ?

— Oui.

— Bien, bien, dit-il d'un ton satisfait. Et vous êtes en avance sur l'heure limite. Vous êtes à votre bureau ?

— Non. »

Je lui donnai l'adresse. Il ne la prit pas en note.

« On arrive, dit-il.

— Je vous attends. Passez par en arrière. »

Je raccrochai. L'empreinte humide de ma paume était visible sur le combiné noir. Je m'essuyai les mains sur mon pantalon, me rassis et attendis.

◆

Ils entrèrent dans la cuisine vingt minutes plus tard et la pièce devint morose. Ils la scrutèrent tous les deux comme s'ils voulaient louer le logement. Je me levai.

« Qu'est-ce qui se passe ? me demanda Blackburn. Vous avez bien l'air pâle. »

Je lui tendis l'enveloppe.

« C'est ça qui est supposé m'intéresser, hum ? »

Il sortit la lettre, la posa sur la table et se pencha dessus, les mains posées à plat sur la table. Fournier alluma le plafonnier – le soleil se couchait – et examina la lettre par-dessus l'épaule de son confrère.

Blackburn lut la lettre d'un bout à l'autre, ses lèvres sous sa moustache esquissant chaque mot. Puis il se redressa et fixa ses yeux dans les miens par-dessus la table.

« C'est qui, cette femme-là ?

— L'ex-femme d'un des fils de ma cliente. Il s'est fait descendre par les Boches, ajoutai-je comme si ça avait de l'importance.

— Où est-ce qu'elle est ?

— Dans sa chambre, à gauche au bout du passage.

— Je vais aller voir », dit Fournier.

Et il s'éloigna dans le passage.

« Cette lettre-là est arrivée à point pour vous, Coveleski, me dit Blackburn en rangeant la lettre.

— Déçu ? » grognai-je.

Il ne dit rien. Je parie qu'il l'était.

« Vous allez fourrer votre nez partout ? Poser des questions à gauche et à droite ?

— Pourquoi je ferais ça ? J'ai ce que je voulais. »

Fournier revint dans la pièce.

« Pis ? dit Blackburn.

— Elle est morte, pas de doute là-dessus, dit Fournier le plus naturellement du monde. Il y a une boîte de somnifères presque vide sur la table de chevet.

— *Overdose*. Un classique.

— Elle parle de la cabane d'un certain Cloutier dans la lettre, Stan, me dit Fournier. Tu y es déjà allé ?

— Hm-hm, fis-je.

— Où est-ce qu'elle est située ?

— Au lac Noir, passé Joliette.

— Indiquez-nous le chemin, dit Blackburn. Il va bien falloir avertir sa fille et on va commencer nos recherches par là. »

Je lui donnai les renseignements. Il les nota dans un calepin, puis décrocha le combiné sur le mur.

« J'appelle la morgue. »

Je n'attendis pas qu'il me donne la permission de partir pour le faire. Je ne pouvais pas rester là une seconde de plus. La température avait baissé. Le ciel était de deux tons, bleu et noir, qui se fondaient l'un dans l'autre. Je traversai la passerelle et posai le pied sur la première marche.

« Stan ? »

Je tournai la tête. Fournier se tenait à l'autre bout de la passerelle.

« Quoi ?

— Tu as parlé d'un docteur un peu louche, cet après-midi. »

On ne dit rien pendant un moment. La balançoire de tout à l'heure ne grinçait plus. Puis les dents de Fournier luirent dans la pénombre en un sourire coupable et il baissa la tête. Il était bien comme les autres membres de sa confrérie.

« C'est le docteur Landry, dis-je. Drummond Medical Building.

— Merci.

— Va au diable. »

Je descendis les marches et revins sur mes pas dans la ruelle. Les fenêtres des duplex étaient illuminées. Dans une cuisine, des gens jouaient aux cartes. Leurs éclats de rire emplissaient l'air.

Je rentrai directement chez moi, comme si je courais après la nuit blanche qui m'attendait.

CHAPITRE 23

Je rendis visite à madame Dufresne tôt le lendemain matin. Maria ouvrit la porte et, cette fois-ci, me
laissa entrer. Elle me conduisit à la chambre de madame Dufresne. Comme lors de ma première visite,
la chambre était plongée dans l'obscurité, excepté
pour la lampe qui éclairait madame Dufresne, assise
dans le fauteuil. Son visage était toujours dans l'ombre.

Je lui donnai son collier et lui racontai ce qui s'était
passé depuis notre rencontre en laissant de côté certains détails. Je ne lui parlai pas de Sylvia ni de Cloutier.
Ça ne lui aurait rien donné de connaître les escapades
de sa petite-fille et de son ex-chauffeur. Je laissai aussi
de côté les manigances du docteur Verreault, bien entendu.

Je ne lui parlai pas de la mort de Jeanne. On l'avait
sûrement mise au courant de ce qui s'était passé, de
toute façon. Ce fut comme un secret honteux entre
nous.

Madame Dufresne n'était pas très heureuse et me
le fit savoir en me faisant mon dernier chèque. C'était
peut-être sa façon à elle de vivre un deuil. Ou c'était
peut-être parce que je l'avais laissée poireauter plus
de quarante-hui heures avant de venir la voir et que

toute cette affaire lui avait coûté trente mille dollars, en plus de mon salaire. C'était aussi une bonne raison.

Tandis qu'elle me passait énergiquement son savon, je pensai à Élyse et me dis qu'au moins son secret était en sûreté. Cette pensée ne me fut pas d'un grand réconfort.

Jeanne fut portée en terre le surlendemain, au cimetière de l'Est. Je vis la notice dans le journal et me rendis sur les lieux. J'observai le tout de loin, caché derrière une immense stèle. Ils se serraient tous les uns contre les autres autour du cercueil. Des fleurs jaunes moussaient par terre derrière le curé, qui se tenait à la gauche du cercueil, encadré par deux servants.

Il y avait Henri-Paul et Élyse – je la reconnus à sa chevelure rousse –, Olympe et un homme qui devait être son mari, Paméla et Rosaire Leclerc. Rose devait être trop soûle pour se présenter. Aucun signe de Sylvia ni de Cloutier ; de toute évidence, Blackburn ne les avait pas encore retrouvés. Les autres affligés ne me disaient rien ; c'étaient sûrement les membres de la famille de Jeanne. Madame Dufresne était assise dans un fauteuil roulant, stationné à la droite du cercueil, comme un père présidant un souper familial.

Le curé ferma sa Bible, tout le monde fit son signe de croix. Le cercueil commença à s'enfoncer dans la terre, lentement. Des sanglots et des reniflements retentirent.

Je tournai le dos à la scène et m'en allai.

ÉPILOGUE

L'immeuble de Bell Telephone se fondait complètement dans le ciel. Ils étaient tous les deux gris et tristes. Plus je regardais cet immeuble, moins je l'aimais. Il ne semblait pas du tout à sa place dans le voisinage et on aurait dit qu'il hésitait entre deux identités. D'un côté, il avait la grosseur d'un immeuble bien carré et, de l'autre, ses vingt et un étages lui donnaient la hauteur d'un gratte-ciel. J'aurais bien aimé qu'il se branche.

L'heure de fermeture arriva et les employés sortirent à pleines portes de l'édifice. On aurait dit une colonie de fourmis qui quittait son nid. Je les observai, bien à mon aise derrière le volant de ma Studebaker, garée en haut de la côte du Beaver Hall. Des groupes de quatre ou cinq employés se formaient ici et là sur le trottoir, le temps de se dire salut, à demain, puis chacun partait de son côté.

Kathryn sortit seule. Aucune fourmi ne l'attendait. Elle commença à descendre la côte à petits pas pressés, serrant son sac à main contre elle. Elle portait un tailleur marron très sobre et un chemisier blanc. Ses cheveux étaient plus courts que dans mon souvenir. Avant, ils étaient assez longs pour être relevés en chignon alors que maintenant, ils tombaient juste sur sa nuque.

Je sortis de ma voiture et commençai à descendre la côte. Un tramway bondé de passagers me dépassa et s'arrêta en bas. Je m'arrêtai aussi. Kathryn faisait le pied de grue en compagnie d'une dizaine de personnes. Ils montèrent à bord du tramway à la file, la tête baissée. Le tramway reprit sa route.

Une grosse goutte de pluie tomba sur le pavé. Puis une autre et encore une autre. Je retournai sur mes pas jusqu'au sommet de la côte et remontai dans la Studebaker. Je démarrai, mis les essuie-glaces en marche et appuyai sur l'accélérateur. L'immeuble de Bell Telephone s'éloigna dans le rétroviseur.

Je parlerais à Kathryn une autre fois.

MAXIME HOUDE...

... est né en 1973 dans la métropole québécoise et il y demeure depuis. S'il a complété récemment des études en traduction à l'université de Montréal et surtout occupé, depuis sa graduation, différents emplois dans différents domaines, c'est qu'il a consacré une grande partie de ses dernières années à la rédaction de romans policiers. D'où la parution de la toute première enquête de son détective privé Stanislas Coveleski, *la Voix sur la montagne*, alors qu'il n'a toujours pas trente ans. Maxime Houde nous promet que cette enquête sera suivie par bien d'autres...

Extrait du catalogue

ALIRE

« L'Autre » Littérature Québécoise !

➡ ## Fantasy

ROCHON, ESTHER

013 • *Le Rêveur dans la citadelle*

En ce temps-là, Vrénalik était une grande puissance maritime. Pour assurer la sécurité de sa flotte, le chef du pays, Skern Strénid, avait décidé de former un Rêveur qui, grâce à la drogue farn, serait à même de contrôler les tempêtes. Mais c'était oublier qu'un Rêveur pouvait aussi se révolter…

022 • *L'Archipel noir*

Quand Taïm Sutherland arrive dans l'Archipel de Vrénalik, il trouve ses habitants repliés sur eux et figés dans une déchéance hautaine. Serait-ce à cause de cette ancienne malédiction lancée par le Rêveur et sa compagne, Inalga de Bérilis ?

KAY, GUY GAVRIEL

018 • *Tigane -1*   019 • *Tigane -2*

Le sort de la péninsule de la Palme s'est joué il y a vingt ans lorsque l'armée du prince Valentin a été défaite par la sorcellerie de Brandin, roi d'Ygrath. Depuis lors, une partie de la Palme ploie sous son joug, alors que l'autre subit celui d'Alberico de Barbadior. Mais la résistance s'organise enfin ; réussira-t-elle cependant à lever l'incroyable sortilège qui pèse sur tous les habitants de Tigane ?

024 • *Les Lions d'Al-Rassan*

Tout a commencé lorsqu'Ammar ibn Khairan a assassiné le dernier khalife d'Al-Rassan. Affaiblie et divisée, la contrée redevint alors la convoitise des royaumes jaddites du Nord et de Rodrigo Belmonte, leur plus célèbre chef de guerre. Mais un exil temporaire réunira à Ragosa les deux hommes et leur amitié – tout comme leur amour pour Jehane bet Ishak – changera à jamais la face du monde…

MEYNARD, YVES

029 • *Le Livre des Chevaliers*

Opprimé par des parents adoptifs mesquins et sévères, Adelrune se réfugie au grenier où il a découvert un livre dont les illustrations l'enchantent. Obsédé par les hommes qui y sont représentés, tous différents mais toujours porteurs d'une armure, le jeune garçon apprendra à lire afin de connaître leurs secrets. Lorsqu'Adelrune comprend que ce sont des chevaliers, il se jure que lui aussi deviendra chevalier un jour. Et à douze ans, il quitte sa famille. Ainsi commence la plus belle des aventures du *Livre des Chevaliers*...

➡ ## SCIENCE-FICTION

CHAMPETIER, JOËL

025 • *La Taupe et le Dragon*

Nouvelle-Chine, qui orbite autour de l'étoile double epsilon du Bouvier, a été terraformée au prix d'investissements colossaux afin d'accueillir un milliard de Chinois. Un siècle plus tard, l'heure des comptes a sonné, ce qui ne plaît guère au gouvernement en place. Pour s'assurer qu'il ne fera pas de bêtises, les investisseurs veulent éveiller la taupe qu'on y a introduite. Mais voilà, elle ne répond plus !

PELLETIER, FRANCINE

011 • *Nelle de Vilvèq* (Le Sable et l'Acier –1)

Qu'y a-t-il au-delà du désert qui encercle la cité de Vilvèq ? Qui est ce « Voyageur » qui apporte les marchandises indispensables à la survie de la population ? Et pourquoi ne peut-on pas embarquer sur le navire de ravitaillement ? N'obtenant aucune réponse à ses questions, Nelle, une jeune fille curieuse éprise de liberté, se révolte contre le mutisme des adultes...

016 • *Samiva de Frée* (Le Sable et l'Acier –2)

Apprentie mémoire, Samiva connaissait autrefois par cœur les lignées de Frée. Elle a cru qu'elle oublierait tout cela en quittant son île, dix ans plus tôt, pour devenir officier dans l'armée continentale. Mais les souvenirs de Frée la hantent toujours, surtout depuis qu'elle sait que le sort de son île repose entre ses mains...

020 • *Issa de Qohosaten* (Le Sable et l'Acier –3)

Devenue la Mémoire de Frée, Samiva veut percer le mystère des origines de son peuple. Mais son enquête la mènera beaucoup plus loin qu'elle ne le croyait, jusque sur la planète dévastée des envahisseurs. Et c'est là, en compagnie de Nelle, qu'elle découvrira enfin la terrible vérité...

SERNINE, DANIEL

026 • *Chronoreg*

Blackburn est hanté par la mort de son ami Sébastien et il essaie de modifier le passé en se procurant du *chronoreg*, une drogue qui permettrait de voyager dans le temps. Officier du contre-espionnage, il doit en plus neutraliser le chef des «Irréguliers», un escadron rebelle qui peut changer le cours de la guerre opposant le Québec souverain à Terre-Neuve et au Canada. Et si c'était le passé qui, dès lors, rattrapait inexorablement Blackburn?

VONARBURG, ÉLISABETH

003 • *Les Rêves de la Mer* (Tyranaël –1)

Eïlai Liannon Klaïdaru l'a «rêvé»: des étrangers viendraient sur Tyranaël… Aujourd'hui, les Terriens sont sur Virginia et certains s'interrogent sur la disparition de ceux qui ont construit les remarquables cités qu'ils habitent… et sur cette mystérieuse «Mer» qui surgit de nulle part et annihile toute vie!

004 • *Le Jeu de la Perfection* (Tyranaël –2)

Après deux siècles de colonisation, les animaux de Virginia fuient encore les Terriens. Pourtant, sous un petit chapiteau, Éric et ses amis exécutent des numéros extraordinaires avec des chachiens, des oiseaux-parfums et des licornes. Le vieux Simon Rossem sait que ces jeunes sont des mutants, mais est-ce bien pour les protéger qu'il a «acquis» la possibilité de ressusciter?

005 • *Mon frère l'ombre* (Tyranaël –3)

Une paix apparente règne depuis quelques siècles sur Virginia, ce qui n'empêche pas l'existence de ghettos où survivent des «têtes-de-pierre». Mathieu, qui croit être l'un d'eux, s'engage dans la guerre secrète qui oppose les «Gris» et les «Rebbims», mais sa quête l'amènera plutôt à découvrir le pont menant vers le monde des Anciens…

010 • *L'Autre Rivage* (Tyranaël –4)

Lian est un lointain descendant de Mathieu, le premier sauteur d'univers virginien, mais c'est aussi un «tête-de-pierre» qui ne pourra jamais se fondre dans la Mer. Contre toute attente, il fera cependant le grand saut à son tour, tout comme Alicia, l'envoyée du vaisseau terrien qui, en route depuis des siècles, espère retrouver sur Virginia le secret de la propulsion Greshe.

012 • *La Mer allée avec le soleil* (Tyranaël –5)

La stupéfiante conclusion – et la résolution de toutes les énigmes – d'une des plus belles sagas de la science-fiction francophone et mondiale, celle de Tyranaël.

DEIGHTON, LEN

009 • *SS-GB*

Novembre 1941. La Grande-Bretagne ayant capitulé, l'armée allemande a pris possession du pays tout entier. À Scotland Yard, le commissaire principal Archer travaille sous les ordres d'un officier SS lorsqu'il découvre, au cours d'une enquête anodine sur le meurtre d'un antiquaire, une stupéfiante machination qui pourrait bien faire basculer l'ensemble du monde libre...

PELLETIER, JEAN-JACQUES

001 • *Blunt – Les Treize Derniers Jours*

Pendant neuf ans, Nicolas Strain s'est caché derrière une fausse identité pour sauver sa peau. Ses anciens employeurs viennent de le retrouver, mais comme ils sont face à un complot susceptible de mener la planète à l'enfer atomique, ils tardent à l'éliminer : Strain pourrait peut-être leur servir une dernière fois...

022 • *La Chair disparue*

Trois ans plus tôt, Hurt a démantelé un trafic d'organes en Thaïlande, non sans subir des représailles qui l'ont blessé jusqu'au plus profond de son être. Et voici qu'une série d'événements laisse croire qu'un réseau similaire a pris racine au Québec, là même où F, l'énigmatique directrice de l'Institut, a trouvé un refuge pour Hurt...

➡ POLAR

MALACCI, ROBERT

008 • *Lames sœurs*

Un psychopathe est en liberté à Montréal. Sur ses victimes, il écrit le nom d'un des sept nains de l'histoire de Blanche-Neige. Léo Lortie, patrouilleur du poste 33, décide de tendre un piège au meurtrier en lui adressant des *messages* par le biais des petites annonces des journaux...

030 • *Ad nauseam*

Le directeur d'*Écho-Matin* veut acheter un quotidien en France ! Pour évaluer la possibilité de l'affaire, il enverra sur place ses deux experts, Pouliot et Malacci. Inutile de dire que le premier se mettra rapidement les pieds dans les plats et que Malacci tentera désespérément de sauver les meubles. Mais comment y arriver lorsque la xénophobie, cette fameuse *bête-qui-sommeille*, se met de la partie ?

CHAMPETIER, JOËL

006 • *La Peau blanche*

Thierry Guillaumat, étudiant en littérature à l'UQAM, tombe éperdument amoureux de Claire, une rousse flamboyante. Or, il a toujours eu une phobie profonde des rousses. Henri Dieudonné, son colocataire haïtien, qui croit aux créatures démoniaques, craint le pire : et si «elles» étaient parmi nous ?

028 • *L'Aile du papillon*

Afin de démasquer les auteurs d'un trafic de drogue, les autorités d'un hôpital psychiatrique décident de travestir en «patient» un détective privé. Mais ce dernier découvre qu'il se passe, à l'abri des murs de l'hôpital, des choses autrement plus choquantes, étranges et dangereuses qu'un simple trafic de drogue…

SENÉCAL, PATRICK

015 • *Sur le seuil*

Thomas Roy, le plus grand écrivain d'horreur du Québec, est retrouvé chez lui inconscient et mutilé. Les médecins l'interrogent, mais Roy s'enferme dans un profond silence. Le psychiatre Paul Lacasse s'occupera de ce cas qu'il considère, au départ, comme assez banal. Mais ce qu'il découvre sur l'écrivain s'avère aussi terrible que bouleversant…

VOUS VOULEZ LIRE DES EXTRAITS
DE TOUS LES LIVRES PUBLIÉS AUX ÉDITIONS ALIRE ?
VENEZ VISITER NOTRE DEMEURE VIRTUELLE !

www.alire.com

LA VOIX SUR LA MONTAGNE
est le trente-neuvième titre publié
par Les Éditions Alire inc.

Ce deuxième tirage
a été achevé d'imprimer
en mars 2006 sur les presses de